जिल्द पहला संस्करण : 2012
जिल्द दूसरा संस्करण : 2013
जिल्द तीसरा संस्करण : 2016
जिल्द चौथा संस्करण : 2025

470

002

वे लोग

(उपन्यास)

लोकोदय ग्रन्थमाला : ग्रन्थांक 1

4695, 21-ए, दरियागंज, नयी दिल्ली-110
फ़ोन : 011-23273167, 23275710
ईमेल : sales@vaniprakashan.in

वे लोग
(उपन्यास)
सुमति सक्सेना लाल

ISBN : 978-81-19014-54-5

मूल्य : **495**

मुद्रक : *सिटी प्रेस, दिल्ली-110 095 में मुद्रित*

VE LOG
(Novel)
by **Sumati Sexena Lal**

दादा को,
जिनके एक छोटे से सुझाव ने आगे
चलकर मुझसे यह उपन्यास
लिखवा लिया।

वे लोग

अम्माँ के निधन को पाँच साल बीत चुके हैं। अब गाँव आने का मन ही नहीं करता है। फिर भी कुछ महीनों में एक चक्कर लगा लेती हूँ। बिट्टो है न यहाँ। मरने से पहले मामी ने मुझसे बिट्टो का ख्याल रखने के लिए कहा था। कुछ ख़ास तो उसके साथ कभी नहीं किया—फिर भी उससे बिना मिले बहुत दिन हो जाते हैं तो उलझन होने लगती है और वह दिमाग में घूमती रहती है। उसके पास आती हूँ तो अम्माँ के घर जाए बिना मन नहीं मानता। हालाँकि उस ख़ाली घर में घुसते बहुत तकलीफ होती है। लौटने के बाद कई दिन के लिए बेचैनी बनी रहती है।

हमेशा की तरह इस बार भी बिट्टो मुझे देखकर ख़ुश हो गयी थी। कुछ देर पार्वती और बच्चों के साथ बैठकर मैं खड़ी हो गयी थी। बिट्टो अम्माँ के घर चलकर बैठेंगे।

''जीजी आप चलिए मैं चाय बनाकर उधर ही लेकर आती हूँ।'' उसने कहा था। हर बार ऐसा ही होता है। हम दोनों चाय अम्माँ के घर बैठकर पीते हैं और फिर दुनिया भर की बातें करते हैं—अम्माँ की, मामी की, कुछ अपनी भी।

घर का दरवाज़ा खोला था तो सामने की दीवार पर टँगी अम्माँ की तस्वीर पर बहुत लम्बे क्षणों के लिए मेरी निगाहें ठहर गयी थीं। कितनी जीवन्त तस्वीर है। चेहरे पर दबी सी मुस्कराहट—गालों में पड़ता गड्ढा और निगाहों में वही अनिश्चय वाला ठहराव—एक हताश सा भाव। जैसे चेहरे पर एक साथ मुस्कान और आँसू ठहर गये हों। लगता है चन्दर ने अभी कुछ दिन पहले ही यह तस्वीर यहाँ लगवाई है। चन्दन की इसी माला के साथ पहले तो उनकी दूसरी तस्वीर टँगी थी जिसमें वे गोदी में पड़े अपने हाथों की तरफ देख रही हैं। वह छवि अपने आपसे अलग थलग लगती रहती थी। पर इसमें तो अम्माँ सीधी निगाहों से हमारी तरफ देख रही हैं जैसे बहुत कुछ कहना चाह रही हों।

अम्माँ के साथ बिताया वह आख़िरी दिन अक्सर याद आता है। उनसे बहुत सी बातें हुई थीं। बल्कि वे तो चुप थीं मैं ही बोलती रही थी—कितना कुछ जो मन में पहले से था या जो कुछ उस समय अनायास आता गया था। लौटकर आने पर लगता रहा था जैसे पहली बार उनसे उतनी बातें की हैं। वह अन्तिम बार भी था यह तो बाद में पता चला था। क्यों होता है ऐसा कि अक्सर रोज़ की तरह सुबह शाम करके बीते समय में कुछ पल रहस्य की तरह महसूस होने लगते हैं—जैसे वे बाकी ज़िन्दगी से अलग थे—जैसे उनमें कुछ गूढ़ निहितार्थ था। उस दिन घर लौटने के बाद वैसा ही कुछ लगता रहा था।

उस दिन मैंने ज़िन्दगी में पहली बार अम्माँ से तेज़ बोला था—थोड़ा झुँझलाकर भी बात की थी। पर जब भी याद करती हूँ तो लगता है कि अच्छा हुआ उनसे खुलकर उतना कुछ कह लिया। शायद उनकी ज़िन्दगी के बचे हुए सात दिनों में उनमें बदलाव आया था—उनके सीने पर रखा वह पत्थर थोड़ा बहुत पिघला था। शायद वे पहले से ज़्यादा ख़ुश थीं—या कह लो कि वे पहले से कम दुखी थीं—पहले से कम अकेली थीं।

अगले इतवार हम सबका उनके पास जाने का कार्यक्रम बना था। किन्तु उन्हें तो उस बात का पता भी नहीं होगा। तब तक वे जीवित नहीं थीं। उसके एक दिन पहले अम्माँ ने दोनों कमरों के पलँग पर नये चादरें बिछाए हुए थे—अपने पहनने के लिए वीना की लाई नई साड़ी रखी हुई थी और पलँग के नीचे निकालकर रखी गयी नई चप्पलें। अपनी आख़िरी नींद सोती माँ के चेहरे पर तनाव नहीं था—बहुत सुकून था वहाँ। या शायद मरने के बाद सभी लोग ऐसे ही हो जाते हैं—सुख, दुख, जय, पराजय से परे—पूरी तरह से शान्त। क्या साँसों के साथ उस अन्तिम पल इंसान के सारे शिकवे-शिकायतें और तकलीफें भी ख़त्म हो जाती हैं? पता नहीं।

अम्माँ के मरने के बाद बहुत से लोगों ने कुछ कुछ बताया था।

"कल शाम को बुआ ने बहुत बातें की थीं हम से। वे ख़ुश थीं।" बिट्टो ने कहा था, "चन्दर की बहू का लाया सामान दिखा रही थीं—साड़ियाँ और बाकी चीज़ें। कह रही थीं कि बहू कुछ-न-कुछ भेजती रहती है।"

"बहू जी दुई किलो दूध मँगाइन रहिन खीर बनावै ख़ातिर। बतउती रहीं बिटिया बहुरिया अइहैं। हुई सकत है चन्दर भइया और जमाई बाबू भी आवें।" सतनाम ने बताया था। सतनाम उन दिनों बँटाई पर अम्माँ के खेत जोत रहा था। ज़रूरत पड़ने पर काम में उनकी मदद भी कर दिया करता था।

"बुआ ने बताया था कि कल वसुधा आएँगी, हो सकता है बहू भी आ जाए।" बिट्टो ने कहा था।

मुझे लगा था अम्माँ हम दोनों का इन्तज़ार कर रही थीं—ख़ासतौर से वीना का।

अकेली बैठी मैं चारों तरफ कमरे को देखती रहती हूँ। वैसे ही रखा हुआ है यह कमरा जैसा अम्माँ ने छोड़ा था। बदलाव के नाम पर सामने की दीवार पर टँगी अम्माँ की यह तस्वीर ही तो जुड़ी है। यह कमरा अब ठीक-ठाक ढंग से ड्राइंग रूम लगता है। कभी हम सब इसे छप्पर कहते थे। तब यह गाँवों के घरों में बने हुए छप्पर जैसा ही था। दो तरफ दीवारें और दो तरफ से पूरा खुला हुआ। खुले हुए हिस्से में एक तरफ गाय भैंसों का तबेला था और दूसरी तरफ वाले हिस्से के सामने बाग बगीचा था। चन्दर ने अपनी शादी से पहले जब इस घर को ठीक कराया था तो बाकी दोनों तरफ भी कवर करा दिया था। डेरी बन्द हो चुकी थी सो उस तरफ पूरी दीवार और सामने बाग बगीचे वाली तरफ शहरी घरों की तरह बड़ी-बड़ी काँच की खिड़कियाँ और बीच में काँच का दरवाज़ा। सामने की इस तरफ बप्पा ने ढेरों फूल पौधे लगा रखे थे। पर उनके निधन के बाद इस तरफ झाड़-झंखाड़ सा लगने लगा था। पर आज साफ सुथरा है और कई तरीके के फूल लगे हैं। अब इस घर में कोई नहीं रह रहा। अब इसे इतना मेनटेन करने का मतलब? मैंने सोचा था। अम्माँ के रहते तो चन्दर को यहाँ से कोई मतलब ही नहीं था। अब इस घर को लेकर इतना इमोशनल होता रहता है। अम्माँ के जाने के बाद पता नहीं वह कौन सी क्षतिपूर्ति करना चाहता है। उससे फायदा? कुछ भी तो नहीं।

चन्दर ने सतनाम से घर के अन्दर की सफाई और बाहर बाग बगीचा लगाये रखने की बात तय कर ली है। चन्दर उसे क्या दे रहे हैं पता नहीं, पर उसने बगीचा बहुत सुन्दर लगाया हुआ है। अलग-अलग आकारों में रंग बिरंगे फूलों की क्यारियाँ। इतने सारे फूल एक साथ—मुझे बप्पा याद आते हैं। बाग के सामने सतनाम ने गाँव की तर्ज पर ही बाँस का फाटक लगा रखा है जो इस समय खुला हुआ है।

मैं खिड़कियों के पास खड़ी हो गयी थी। सामने दिखता बगीचा, उसके पार हरे भरे खेत दिख रहे हैं और खेतों के पार दूर बनती हुई चौड़ी सड़कें और एक दो आधे अधूरे बने हुए मकान। जहाँ जहाँ मकान बन रहे हैं इन ज़मीनों को शायद शहर वालों ने ख़रीदा होगा। आधे या पूरे मकान बनाकर इन ज़मीनों पर अपनी मिल्कियत जताई जा रही है—भले ही इनमें अभी कोई रहने वाला न हो। एक छोटा सा घर उसके साथ बड़ा सा खेत—शहर वालों की जुबान में फार्म हाउसेस। जब गाँव पूरी तरह से शहर की म्यूनिसिपल सीमा में शामिल हो जाएगा, तब के लिए शायद यह इन्तज़ाम किया जा रहा है ताकि ज़मीन को बचाया जा सके। कुछ सालों के बाद इन ज़मीनों की प्लाटिंग हो जाएगी। बहुत से खेतिहर किसान तब तक अपने खेतों को बेचकर यहाँ से बाहर हो चुके होंगे और शहरी इन्वैस्टर मालामाल। चन्दर ने

भी तो ख़रीदी हैं बगल के गाँव में ज़मीनें। संजय को भी ख़रीदवाई हैं उसने। मुझे राजन का ध्यान आता है तो दुख लगता है। यहाँ के सबसे बड़े खेतिहर किसान का बेटा। पिता के मरने के बाद बेटों ने छोटी बड़ी ज़रूरतों के लिए बहुत सारी ज़मीनें बेच डालीं। कई साल हो गये जबसे हारी-बीमारी, शादी-ब्याह, और मुंडन-टुंडन किसी भी ज़रूरत के लिए ज़मीन के छोटे बड़े टुकड़े बेचे हैं और अपना गुज़ारा छोटी मोटी नौकरियों के बूते पर कर रहे हैं। वैसे भी चाचा के सात बेटे हैं—उतनों के बीच बँटने के बाद भला एक के हिस्से में कितनी ज़मीन बच पाती और उतने छोटे चक पर क्या खेती हो पाती। चाची के सातवाँ बेटा होने का जश्न याद आया था। सारे गाँव में मिठाई बँटी थी—पूजा पाठ, दान पुण्य, सब कुछ हुआ था। चाची सात बेटों की माँ बनी थीं—सतपूती थीं वे। अब पता नहीं कुछ बचा भी है या नहीं।

खेतों के पार जाती चौड़ी सी सड़क दिख रही हैं। गाँव की तो धीरे-धीरे जैसे पूरी शक्ल ही बदल रही है। कितना कुछ बदल चुका है—और कितना कुछ बदलने के रास्ते पर है। सड़क के दोनों किनारों पर लगे बहुत ऊँचे बिजली के खम्भों को मैं देखती रही थी। अभी बिजली का कनेक्शन नहीं आया है। तार बिछ गये हैं तो देर सबेर बिजली भी आ ही जाएगी। कभी सोचा था भला कि किसी दिन गाँव शहर में शामिल हो जाएँगे। हमारे अपने घर की खिड़की से बिजली के ऊँचे खम्भे और चौड़ी सड़कें दिखने लगेंगी। मन में एक हूक सी उठी थी। अब! जब वे सब इस दुनिया से जा चुके हैं। ख़ासतौर से अम्माँ, जो कभी भी गाँव के अँधेरों से समझौता नहीं कर सकी थीं। यह सब कुछ साल पहले भी तो हो सकता था—या फिर अम्माँ कुछ और साल भी तो जी सकती थीं।

कहाँ चला जाता है इंसान। एक एक करके पिछली पूरी पीढ़ी जा चुकी है। मेरा मन रोने रोने को करने लगता है। अम्माँ-बाकी चले गये सब लोग। टूटी फूटी कच्ची पक्की सड़कें और अँधेरों में बीत गयी उन सबकी पूरी ज़िन्दगी। इतने सालों तक अम्माँ गाँव में बिजली आने का सपना देखती रहीं। अपने जीवन के अन्तिम वर्षों में उन्होंने सपने देखना भी बन्द कर दिया था।

बिट्टो लोटे में चाय ले आई थी—साथ में दो गिलास। एक तश्तरी में थोड़ी सी मठरियाँ रखी हैं। लोटा उसने पास की मेज़ पर रख दिया था और गिलासों में चाय पलटने लगी थी।

मैं बिट्टो के बगल की कुर्सी पर चाय पीने बैठ गयी थी। बिजली आ जाएगी—बिट्टो को सोचकर अच्छा लगा था। कुछ देर हम लोग उखड़ी टूटी बातें करते रहे थे। अलग-अलग वाक्यों में अलग-अलग।

"जीजी एक बात कहूँ?" बिट्टो ने जैसे लम्बे संकोच के बाद मुझसे पूछा था।

मैंने उसकी तरफ देखा था।

"चन्दर ने बुआ का घर बन्द करके रखा हुआ है। उसे किराये पर भी नहीं उठाया है।"

मुझे लगा था बिट्टो से रघु ने कहा होगा इस हिस्से को इस्तेमाल करने के लिए देने को। मुझे पता है चन्दर उस बात के लिए तैयार नहीं होगा। वह रघु से नाराज़ है। मैं चुप हूँ। समझ ही नहीं आया था कि क्या कहूँ।

बिट्टो एकदम मेरे सामने बैठी है। पर वह मेरी तरफ न देखकर गर्दन घुमाकर खिड़की के बाहर दूर तक फैले मैदान, खेत, खलिहान और पेड़ों को देख रही है। "रघु के पास रहने का मन नहीं करता जीजी।" बिट्टो के स्वर में जैसे एक लम्बी सी सिसकी घुल मिल गयी थी।

मैंने चौंक कर उसकी तरफ देखा था।

उसकी आँखों में ठहरी हुई आँसुओं की मोटी सी परत। "रघु की निगाहों के सामने पड़ने से भी डर लगता है। खाँसने खँखारने में डर लगता है। मेरी तरफ वह सिर्फ गुस्सा कर देखता है और झुँझलाकर बोलता है। मेरी तरफ से उससे लड़ते जूझते पार्वती पस्त दिखती है। कहाँ चली जाऊँ? कोई मैका नहीं—भाई नहीं।"

मैंने प्यार से उसके घुटने पर हाथ रख दिया था, "कुछ दिन को मेरे साथ चलोगी बिट्टो?"

उसके सूखे से चेहरे पर हल्की सी मुस्कराहट आई थी जैसे मेरी बात की व्यर्थता पर हँसी हो वह। बिल्कुल वैसी ही हँसी-खिसियायी थकी हुई सी जैसे कुछ बरस पहले की अम्माँ मेरे सामने बैठी हों। मुझे लगा था कि बिट्टो की शक्ल अम्माँ से कितनी ज़्यादा मिलती है—उसके चेहरे पर ठहरा विषाद भी।

"मैं चन्दर से बात करूँगी।" मैंने उसे दिलासा दी थी।

देर तक मन में झुँझलाहट बनी रही थी—इतनी ज़मीन—दूर-दूर तक फैले खेत खलिहान—यह घर—सब अम्माँ बापू का ही तो है। अम्माँ अपनी अन्तिम साँस तक बिट्टो को इतना प्यार करती थीं। जो भी थोड़ा बहुत सहारा था वह अम्माँ और बापू मुझ में ही ढूँढ़ते थे। बारह साल बड़ी हूँ मैं चन्दर से—पर बिट्टो के इस घर में रहने के लिए मुझे चन्दर से इजाज़त लेनी पड़ेगी। हक के हिसाब से तो कुछ भी नहीं हम बेटियों का।

"चाहे तो चन्दर कमरे न खोलें। मुझे कमरों क़ी ज़रूरत भी नहीं है। मैं छप्पर के नीचे रह लूँगी। मेरे भर के लिए तो बहुत है। मेरे मन में काफी दिन से यह बात

आ रही थी। पर चन्दर से पूछने की हिम्मत नहीं पड़ रही थी। बची हुई ज़िन्दगी सुधर जाएगी मेरी।''

मैंने जैसे दिलासा देने को उसका कन्धा थपथपाया था।

बिट्टो धीरे से मुस्कराई थी, ''जब शादी होकर आई थी तो जब तब बुआ अपनी गोद में लिटा लेती थीं। एक बार फिर सोच लूँगी कि चैन से बुआ की गोद में लेटी हूँ।'' कुछ इस ढंग से बोला था बिट्टो ने यह वाक्य कि मेरी आँखों में आँसू तैरने लगे थे।

''मैं बात करूँगी।'' मैंने फिर कहा था।

बिट्टो की आँखों में आस की एक लौ चमकी थी। वह मुस्कराई थी, ''सोचा है यहाँ छप्पर के नीचे गाँव के कुछ बच्चे जमा करके उन्हें इतिहास, गणित, हिन्दी वगैरा पढ़ा दिया करूँगी। मेरा भी मन लग जाएगा और बच्चे भी थोड़ा सीख जाएँगे। साथ में लड़कियों को कढ़ाई-सिलाई वगैरा भी।''

मुझे उसका उत्साह अच्छा लगता है, ''पढ़ा पाओगी तुम?'' मैंने सवाल किया था।

''हाँ जीजी। तुमने मुझे इण्टर का फार्म भराया था न। वे सब कापी किताबें मेरे पास अभी तक रखी हैं—छिपाकर।'' वह हँसी थी।

मैं भी हँसी थी। याद आया था कि बिट्टो की आगे की पढ़ाई की बात सुनकर रज्जन भैया ने बहुत कोहराम मचाया था, ''नौकरी करानी है क्या हमें इनसे?'' और बिट्टो ने कापी किताबें समेटकर रख दी थीं। रज्जन भैया और ताई से भिड़ पाने का साहस बाबा-दादी के पास भी नहीं था।

''पड़ोस के दो तीन बच्चे हैं उनको पढ़ाई में मैं थोड़ी बहुत मदद कर देती हूँ। मुझे अच्छा लगता है। मैं बिट्टो की तरफ देखती रही थी। इतने साल हो गये इसे गाँव में रहते हुए। पर 'गाँवपन' ने इसे अभी भी नहीं छुआ है—शहर जैसी ही दिखती है—उसका पहनना-ओढ़ना, चलना-फिरना सब कुछ। गाँव वालों से बहुत फ़र्क़ लगने के बावजूद अड़ोस-पड़ोस के लोगों से वह और वे लोग उससे काफी कुछ घुले मिले हुए हैं—विशेष तौर से उनकी बड़ी हो रही बेटियाँ। मुझे अम्माँ याद आती हैं। अपनी पूरी ज़िन्दगी इस गाँव में बिताने के बाद भी एक ज़िद की तरह वे अकेली ही थीं।

इसने तो पूरा प्लान बना रखा है—मैंने सोचा था। यदि चन्दर तैयार नहीं हुआ तो इसका मन बहुत टूटेगा।

2

कितने साल गुज़र गये—वे दिन याद आते हैं तो लगता है जैसे कभी सपनों में बीते

थे। उतने तो पुराने भी नहीं जितने सुदूर लगते हैं। अम्माँ को गये पाँच साल ही तो बीते हैं—उसके दो साल के अन्दर ही ताऊ, ताई और रज्जन भैया। सबसे पहले बिना किसी हारी-बीमारी के साँप के काटने से रज्जन भैया गये थे। ताऊ और ताई उस आघात को झेल नहीं पाए थे और एक-डेढ़ साल में आगे पीछे चले गये थे।

मैं तो उससे भी बहुत पहले की बात कर रही हूँ। तब सब जीवित थे—अम्माँ, बापू, बाबा, दादी, ताऊ, ताई सब। संजय के पापा भी। गाँव में डेरी का काम अच्छा चलने लगा था और घर में अभावों का अहसास भूलने लगा था।

मेरी शादी को कुछ महीने ही बीते थे। उन दिनों दही, पनीर, मक्खन और टोकरे में भरकर सब्जियाँ अक्सर गाँव से हमारे घर भेजी जाती थीं। बजरंगी गाँव में गाय भैंस का काम करता था। वह रोज़ ही शहर की तरफ दूध बाँटने आता था। चिनहट और इस्माइलगंज हमारे गाँव के पास ही है। वहाँ पर छिटपुट घर बनना शुरू हो गये थे। उसका सारा दूध वहीं तक निपट जाता। पूरा दूध वहीं पर बाँटकर वह गाँव लौट जाता। पर जिस दिन हमारे घर के लिए यह सारा सामान भेजा जाता उस दिन बजरंगी को दूध बाँटने के बाद शहर की तरफ आना पड़ता और उसका काफी समय इस आने जाने में निकल जाता। फिर इतनी दूर साइकिल चलाने की थकान। उस दिन गाय भैंसों के बहुत से काम घर वालों को सँभालने होते होंगे। कभी-कभी अम्माँ साथ में आटे, बेसन के लड्डू और मठरी वग़ैरा भी बनाकर भेज देती थीं। घर के देसी घी की बनी मिठाई और नमकीन की ख़ुशबू से पूरा कमरा महकने लगता था।

साथ में आधे पौने पन्ने की एक चिट्ठी भी रहती। उसमें हर बार एक तरह के ही सवाल और आदेश रहते, ''जिज्जी कैसी हैं? तुम भाग्यवान हो जो उनके घर की बहू बनकर गयी हो। उनका ख्याल रखना बिटिया।''

मेरी सास जी मेरी मामी की बड़ी बहन हैं। उस नाते अम्माँ उन्हें बहुत पहले से जानती थीं और शुरू से उन्हें जिज्जी ही पुकारती रही हैं—और वे अम्माँ का नाम लेती हैं। वे ही नहीं हमारे ससुर जी भी अम्माँ को उनके नाम से ही पुकारते हैं।

तीन चार लाइन उनके बारे में लिखने के बाद अम्माँ हर बार ही पूछतीं कि ''मामी के घर गयीं या नहीं गयीं? जाती रहा करो बेटा। अब मामा भी नहीं हैं। तुम जाती हो तो मामी को अच्छा लगता है।'' फिर सबसे अन्त में वही दो लाइनें कि ''अपने लिए यह सारा सामान निकालकर थोड़ा मामी के घर ज़रूर दे आना।'' अधिकतर अम्माँ यह सब चीज़ें छुट्टी के दिन या उससे एक दिन पहले भेजतीं ताकि मैं स्वयं इन्हें मामी को पहुँचा सकूँ।

कई बार अम्माँ पर झुँझला चुकी हूँ कि ''तुम्हें मुझ पर भरोसा नहीं है अम्माँ

जो हर बार एक ही बात लिखती हो।'' और यह भी कि ''इस बात के अलावा तुम्हारे पास मुझे बताने के लिए कोई और बात नहीं होती है। सोचती हूँ कि तुम्हारी चिट्ठी पढ़ना बन्द कर दूँ।''

वे हर बार खिसियाकर मुस्करा देतीं पर अगली बार फिर वैसी ही काग़ज़ की चिन्दी मुझे मिल जाती—ऐसी कि उसे पढ़ना शुरू करते ही वह ख़त्म हो जाती।

पर उस बार उन्होंने काफी लम्बी चिट्ठी भेजी थी। कापी के बीचोबीच से दो जुड़े पन्ने निकालकर उनके दोनों तरफ लिखा हुआ था। बची हुई जगह में आड़ा तिरछा करके भी भरा हुआ। मुझे इतना लम्बा पत्र देखकर अच्छा लगा था और आश्चर्य भी हुआ था।

आठ दस लाइनों में यहाँ का हालचाल पूछने के बाद इलाहाबाद से मोहन मामा के आने की बात लिखी थी। ''रज्जन से बिट्टो की शादी तय करके गये हैं। दुल्हन की बरसी निपटते ही अप्रैल की तीस तारीख को शादी की तारीख तय है।''

मैं पढ़कर स्तब्ध रह गयी थी, ''बिट्टो से? एकदम बच्ची जैसी तो है। बच्ची जैसी क्या बच्ची ही है। अब मुश्किल से सोलह साल की होगी। मुझसे चार साल बड़े तीस साल के रज्जन भैया।

अभी तो भाभी को मरे एक साल भी नहीं बीता है। पेट में जुड़वाँ बच्चे थे। गाँव की दाई समझ नहीं पायी। तकलीफ बहुत ज़्यादा बढ़ जाने पर जब तक शहर के अस्पताल पहुँच पाते उससे पहले ही बेचारी चल बसी थीं। बड़ी दर्दनाक मौत थी वह।

मैं काफी देर तक अम्माँ का पत्र लिये बैठी रही थी। पूरा पत्र जैसे एक लम्बा सा विलाप है। बिट्टो की सूरत अम्माँ से मिलती है तो क्या क़िस्मत भी। दोनों इलाहाबाद के एक ही मकान में अलग-अलग समय पर बुआ भतीजी की तरह पैदा हुई थीं। अब शादी भी एक ही घर में चाचा और भतीजे से। लिखा है कि ''सोचती हूँ कि मोहन को बेटी से कोई ममता ही नहीं है जो कैसे भी, कहीं भी घर से निकालकर कुएँ में फेंक रहे हैं और पीछा छुड़ा लिया। इससे अच्छा पैदा होते ही मार देते अपनी बेटी को—उसे सारी ज़िन्दगी का अँधेरा तो न मिलता।''

मेरी निगाहें उन दो लाइनों पर बहुत देर तक ठहरी रही थीं। मैं स्तब्ध सी अम्माँ की चिट्ठी लिये चुपचाप बैठी रही थी। दिमाग में सोच की भीड़ लग गयी थी। बिट्टो के बहाने अम्माँ की अपनी पीड़ा भी उघड़कर मेरे सामने खड़ी हो गयी थी। अम्माँ जहाँ थीं और जैसे रह रही थीं वह सब स्वभाविक ही लगता रहा था। इसके अलावा अम्माँ कुछ और या कहीं और भी हो सकती थीं, ऐसा तो कभी दिमाग में ही नहीं आया था। मैंने तो उनको हमेशा वहाँ और वैसा ही देखा था। उससे अलग उनके बारे में कभी कुछ और समझा ही नहीं था।

मम्मी जी ने शायद बजरंगी को जाते देख लिया है। वह अपने कमरे से निकलकर बाहर के कमरे में आ गयी थीं, "बजरंगी आया था क्या?" उन्होंने पूछा था।

मैंने स्वीकार में गर्दन हिला दी थी। वे सभ्रम कुछ क्षणों तक मेरी तरफ देखती रही थीं। "गाँव में सब ठीकठाक?" उन्होंने पूछा था।

मैंने फिर से 'हाँ' में अपनी गर्दन हिला दी थी।

उनके चेहरे पर वह उलझन अभी भी है पर उन्होंने कुछ कहा नहीं था। मैं चुप बैठी हूँ। वैसे भी उनसे क्या कहूँ? अम्माँ की शादी के पहले से वह उन्हें जानती हैं। अम्माँ के लिए मामा मामी की तड़पन को भी और उस तड़प के कारणों को भी। किन हालात में किस तरह से अम्माँ की शादी कर दी गयी थी यह भी पता है उन्हें। तब भी अपने मुँह से अपने माँ के दुख की कहानी को दोहराना अच्छा लगता है क्या? वैसे भी उनके बारे में कुछ भी तो नया नहीं है जो उन्हें बताती। अम्माँ आज जहाँ हैं, आज से पहले भी हमेशा से तो वहीं थीं। आज तक अम्माँ को लेकर मैंने कुछ नहीं सोचा था तो क्या!

बिट्टो की भी क्या बात उनसे कहती? समय के साथ आगे पीछे अपने आप ही सब कुछ उन्हें पता चल ही जाएगा। तब की तब देखी जाएगी। कोई भी बात मुँह से निकली तो देर तक खिंचेगी—बहुत सारे सवाल—उनके कई सारे जवाब—उसके आगे पीछे की और बातें भी। अभी उस बारे में किसी से बात करने का मन ही नहीं कर रहा है।

मम्मी जी के पीछे पापा भी बाहर निकल आए थे, "प्रभा ने गाँव से सामान भेजा है?" उन्होंने ख़ुश होकर पूछा था। वह नहाए-धोये एकदम तरोताज़ा लग रहे हैं। मैं उनकी तरफ देखती रही थी। पाँच फीट की मम्मी जी और लगभग छह फीट के पापा। नाना कोशिश करते तो ऐसा ही कोई जीवन साथी अम्माँ को भी मिल ही सकता था—सुदर्शन, पढ़े-लिखे, शहर के नामी वकील, इतना बड़ा घर और घर में सारी सुविधाएँ। इनके साथ खड़ी अम्माँ कितनी सुन्दर लगतीं। शहर में रहती होतीं तो चेहरे पर वह गँवई गाँव की जाती आती छाप भी न होती।

मुझे बेचैनी होने लगी थी। जैसे मैंने पापा के मुकाबले बप्पा को खारिज किया हो। बप्पा के सन्दर्भ में वह सब सोचना अच्छा नहीं लगा था। कुछ भी सोचना सही नहीं लग रहा—जो है वह भी नहीं और उसके अलावा कुछ और भी नहीं।

सारे दिन मन में बेचैनी बनी रही थी। पूरे समय अम्माँ और बिट्टो दिमाग में घूमते रहे थे। अजब लगा था सोचकर कि इतने सालों बाद बिट्टो में जैसे अम्माँ की ज़िन्दगी दोहराई जा रही हो—थोड़े बहुत फेरबदल के साथ। मोहन मामा इलाहाबाद में रहते हैं। नाना भी तो कभी उसी शहर में उसी घर में रहते थे। नानी

का निधन सालों पहले हो चुका था। बड़े मामा फौज में कैप्टन थे। देश को आज़ाद हुए कुछ समय ही बीता था जब पाकिस्तानी सेना ने खूँख्वार जनजाति पश्तूनों के साथ मिलकर जम्मू कश्मीर पर हमला किया था। राजा हरी सिंह के लिए अपने सीमित संसाधनों के साथ उस आक्रामक हमले को सँभाल पाना सम्भव नहीं था। उन्होंने भारत सरकार से मदद की गुहार की थी और वे भारत सरकार की शरण में आ गये थे। मामा उस समय पूना में पोस्टेड थे जब उन्हें कश्मीर प्रस्थान के आदेश मिले थे। बड़े भैया उस समय तीन साल के थे और छोटे भैया होने वाले थे। मामी को उनके घर भेजकर मामा अपनी पोस्टिंग पर चले गये थे। मामी के दूसरा बेटा होने की और मामा के लापता होने की सूचना आगे पीछे एक साथ मिली थी।

पहले से बीमार नाना और बीमार हो गये थे। सीमा पर लापता बेटे के लिए तो वे दहशत में थे ही अपनी चौदह साल की बेटी को लेकर बेहद चिन्तित हो गये थे। यदि कुछ हो गया तो उनके पीछे बेटी का क्या होगा—कम उम्र और बेहद ख़ूबसूरत ? डेढ़ साल ऐसे ही गुज़र गया था। नाना हड़बड़ाने लगे थे। नाना के किसी दोस्त ने बप्पा का मैच सुझाया था। उनके पास ज़्यादा सोचने का न समय था न बूता और न उतनी दुनियादारी। बहुत सारी ज़मीन—सब से छोटा बेटा—लखनऊ से बीस पच्चीस मील की दूरी पर बसा गाँव। नाना को लगा था कि वह तो शहर के बाहरी मुहाने पर एक मोहल्ला हो गया। सोचा ही नहीं था कि गाँव का मतलब कच्चे पक्के घर-खेत खलिहान के बीच से होकर गुज़रते कच्चे रास्ते। सड़कें, पानी, रोशनी कुछ भी नहीं—बीमारों के लिए ठीक-ठाक अस्पताल भी नहीं—रातों को दूर-दूर तक अँधेरा। अम्माँ की शादी की यह कहानी मामी हमें न जाने कितनी बार सुना चुकी हैं। हर बार उनके स्वर में अफसोस तैरने लगता।

मामा गम्भीर घायल अवस्था में युद्धबन्दी बनाए गये थे। पाकिस्तान ने दो साल बाद युद्धबन्दियों को लौटाया था। हर वर्ष छात्राओं को भारत पाक सम्बन्धों पर लैक्चर देते समय वह पूरी कहानी किसी चलचित्र की रील की तरह आँखों के सामने से गुज़र जाती है—मामा का युद्धबन्दी बनाया जाना, उतने महीनों तक घर वालों का आतंक में जीना, हड़बड़ाहट में अम्माँ की शादी। जितना इतिहास में दर्ज है क्या सत्य केवल उतना ही है ? युद्ध तो उन ब्यौरों से हमेशा ही बहुत अधिक हुआ करता है। कितनी मौतें हुईं, देश को जन धन की कितनी हानि हुई—पढ़ने वालों के लिए सिर्फ आँकड़े भर ही तो हैं। कितनों के घर उजड़े, कितनों के सपने टूटे उसका हिसाब है कहीं ? फिर जम्मू कश्मीर की तो आत्मा ही छिन्न भिन्न हो गयी। जिस कश्मीरियत के लिए जाना जाता था वह प्रदेश, कहाँ बचा वह सब कुछ। प्यार और सद्भाव से एक साथ जीने वाले हिन्दू और मुसलमान एक दूसरे से नफरत

करने लगे। रिश्ते अनायास इतने अस्थायी कैसे हो जाते हैं।

अम्माँ अक्सर वे दिन याद कर लेती हैं। आज भी उनके स्वर में आतंक गहराने लगता है। "बड़े डरावने दिन थे वह। हम सब सारे समय रेडियो से चिपके बैठे रहते थे। आने जाने वाले भी बस एक यही बात। भगवान ने हम सबकी सुन ली जो दद्दा लौट आए।" अम्माँ हर बार इसके आगे चुप हो जातीं।

सन् 1949 की फरवरी में अम्माँ की शादी हुई थी। उसके दो साल बाद मैं पैदा हुई थी। 1962 के भारत चीन युद्ध में मामा घायल होकर सीमाओं से लौटे थे। तब तक वे कर्नल बन चुके थे। काफी लम्बे समय तक अस्पतालों में रहने के बाद वे घर आ पाए थे। किन्तु वे फौज की सक्रिय सेवाओं के लायक नहीं बचे थे। फौज से अवकाश पाकर वे लखनऊ में सैटल हो गये थे।

चीन युद्ध राष्ट्रीय स्तर पर भारतीय सेनाओं के साथ ही आदर्शवादी नेहरू की व्यक्तिगत पराजय थी। इस हार के लिए नेहरू को ज़िम्मेवार ठहराया गया था। उनके 'हिन्दू चीनी भाई भाई' का देश विदेश के पत्रों में ख़ूब मज़ाक बना था।

1965 के भारत-पाक युद्ध तक मामा फौज से अवकाश पा चुके थे। पर वे मन से हमेशा फौजी ही रहे। उस समय तक मैं मामा मामी के साथ रहने लगी थी। मामा की बेचैनी और उत्तेजना मैंने देखी थी। केवल मामा ही नहीं मामी और दोनों भैया लोग भी हर समय रेडियो से जुड़े रहते। घर में भी हर समय उसी के चर्चे। युद्ध की बात करते मामी अक्सर भावुक होने लगतीं। वे युद्ध को मानवता के विरुद्ध सबसे बड़ा अपराध कहतीं—जहाँ एक साथ इतने लोग मरते हैं। दोनों तरफ निर्दोष लोग ही तो होते हैं—अपने परिवार को प्यार करने वाले—किसी के बच्चे, किसी के पिता, किसी के पति और भाई। क्यों लेते हैं वे सामने वाले की जान और क्यों गँवाना पड़ते हैं उन्हें अपने प्राण। सही ही तो कहती थीं मामी। शासकों की शक्ति पूजा में न जाने कितनों की आहुति चढ़ जाती है। हमेशा से ऐसा ही तो होता रहा है—राम और कृष्ण के युग से। राम राज्य में भी तो होते थे अश्वमेध यज्ञ। राज्य का विस्तार राजनीति का आदर्श है—पर क्यों? जितना हमारे पास है उतने में ही हम सन्तुष्ट क्यों नहीं रह सकते। युद्ध केवल हार जीत की दास्तान भर ही तो नहीं होता—हज़ारों लोगों की जानें दाँव पर लगी होती हैं—हज़ारों ज़िन्दगियों पर बीत जाती है।

3

मामा मामी बताते थे कि नाना को बाद में उतनी हड़बड़ी में अम्माँ की शादी हो जाने का अफसोस सारी उम्र रहा—सीने के ऊपर अपराध का एक बोझ भी कि अपने

ही हाथों बेटी के साथ अन्याय कर बैठे। अब बिट्टो—उसी घर में। मोहन मामा तो सब कुछ जानबूझकर अपने स्वार्थ के लिए अपने पूरे होशोहवास में कर रहे हैं—जैसे अपनी हँसती खेलती बेटी को जान-बूझकर कुएँ में फेंक रहे हों।

मैंने जबसे होश सँभाला था तब से अम्माँ को अपने भावहीन चेहरे के साथ दिन भर काम में लगे रहते देखा था। वे खुश हैं या दुखी हैं इस बात पर कभी ध्यान ही नहीं गया था। अपनी ख़ुशियों या उदासी का अम्माँ कभी कोई ज़िक्र नहीं करतीं। आज अचानक ध्यान गया था कि गाँव में उन्हें किसी से मित्र भाव से हिल मिलकर बातें करते नहीं देखा...ताई की तरह कभी खिलखिलाते नहीं देखा और कभी किसी पर गुस्सा करते नहीं देखा था। सुबह को जागने से लेकर रात को सोने तक की बँधी बँधाई दिनचर्या—जैसे वे इंसान न होकर कोई मशीन हों—चुप और भावहीन। उनके यूँ मशीन बन जाने से घर में किसी को कोई फ़र्क़ भी नहीं पड़ता है। मैं तो उनकी पैदा की हुई बेटी थी, उनके रक्त और मज्जा का अंश। जब मैंने ही उनको लेकर कभी कुछ महसूस नहीं किया तो फिर बाकी लोगों के लिए क्या सोचना।

अपनी पूरी ज़िन्दगी अम्माँ को मैंने गाँव में ही रहते देखा है। बाहर के नाम पर बस कभी-कभी दो चार दिन के लिए बड़े मामा के घर ही आती थीं। एक तो बड़े मामा लखनऊ में रहते थे और वह हमारे गाँव से कुछ ही दूरी पर था। इस्माइलगंज तक थोड़ा पैदल और थोड़ा रिक्शे पर पहुँचकर अम्माँ शहर के लिए बस ले लेतीं। मामा मामी दोनों ही अम्माँ को बहुत प्यार करते थे। अपने लिए उस प्यार और तड़प को अम्माँ पहचानती थीं, इसलिए बड़े अपनेपन और अधिकार से वहाँ जाने का कार्यक्रम बना लेती थीं। मामा के निधन को दो साल बीत चुके हैं। अभी तक कभी नहीं सोचा था पर आज अचानक ध्यान गया था कि मामा की मौत के बाद अम्माँ बहुत अकेली हो गयी हैं। वही गाँव—और वहाँ की उदास फीकी ज़िन्दगी। मामी ख़ुद ही बेटों के साथ रह रही हैं। सो मामी बुलाने का और अम्माँ जाने का अधिकार खो चुकी हैं। एक तरह से अम्माँ का गाँव से निकलना इन दो सालों से बन्द सा ही है। कभी मामी से मिलने आती भी हैं तो सुबह आकर शाम तक लौट जाती हैं या फिर एक रात रुककर अगली सुबह चली जाती हैं। हर बार ही वह मेरे घर भी ज़रूर आती हैं, पर बस एक आध घण्टे के लिए, मिलने भर को।

हम लोग मम्मी जी पापा जी के साथ ही रहते हैं। शायद अम्माँ इसलिए और भी अधिक संकोच महसूस करती हैं। अम्माँ के मन में बेटी के ससुराल का लिहाज़ रहता ही है। दोनों ही परिवारों के बीच हैसियत और रहन-सहन में ज़मीन-आसमान का अन्तर भी शायद उनके आड़े आता है। संजय ने घरवालों के विरोध के बावजूद मुझसे शादी की थी। उस बात को अम्माँ कभी भूलती नहीं हैं और उन

लोगों के सामने अपराधी सा महसूस करती रहती हैं, जैसे उन्होंने अपनी बेटी को जबरन उन पर लाद दिया हो या अम्माँ की बेटी ने ही छल से उनका बेटा छीन लेने का अपराध किया हो। जबकि अब तक तो इस घर के सब लोग मुझे पूरे मन से स्वीकार कर चुके हैं।

अम्माँ जब भी आती हैं हर बार ही बेटी के घर आने की पूरी औपचारिकता का निर्वाह करती हैं। बहुत ही कायदे से मिठाई नमकीन लेकर आती हैं। थोड़ी देर बैठने के बाद एक बार घर के अन्दर आती हैं। मेरे घर को देखकर और मुझे उस घर में देखकर बहुत ख़ुश होती हैं और फिर चली जाती हैं। गाँव में ऐसा ही रिवाज़ है। लोग बेटियों के घर नहीं जाते, रहने के लिए तो बिल्कुल भी नहीं। यदि कभी रहना पड़ ही जाए तो अपने खाने का इन्तज़ाम बाहर से करते हैं या फिर अपने खाने का बेटी को पैसा देकर जाते हैं। अम्माँ के साथ वह नौबत कभी नहीं आती। कुछ दिन का क्या सोचना वे तो कुछ घण्टे भी मुश्किल से ही बैठती हैं।

तब मामा के घर आती थीं तो कुछ दिन आराम से रहती थीं। लौटकर जाने से पहले वे बहुत उदास और बेचैन दिखने लगती थीं। उनके जाते समय उतने ही उदास मामा मामी भी दिखते थे, जैसे अम्माँ अपने घर न जाकर किसी यातनागृह में जाने वाली हों। अम्माँ लौटकर अपने ही घर तो जा रही होती थीं फिर भी तीनों लोग इस कदर दुखी क्यों दिखने लगते थे, यह बात अपनी इतनी उमर बिता देने के बाद आज अचानक समझ में आनी शुरू हुई है। जहाँ किसी से भी अपने मन का तालमेल न हो, उस जगह का अपना घर होना भी तो एक तरह की यातना ही तो है। उस उम्र में रिश्तों की इतनी बारीकियों पर ध्यान कहाँ जाता था। साँसों से अलग अहसास भी होते हैं तब इस बात की भी अक्ल कहाँ थी। तब इतनी अक्ल भी नहीं थी कि इंसान को ज़िन्दगी बिताने के लिए सिर्फ पेट भर लेना, और सिर के ऊपर एक छत का होना ही काफी नहीं होता। तब की क्या कहूँ मैंने तो आज से पहले इस बारे में कभी सोचा ही नहीं था। मैं तो अपनी ज़िन्दगी में इतनी आत्मलीन रही कि अपने से अलग किसी की तरफ देखने और सोचने की जैसे फ़ुर्सत ही नहीं थी। फिर अम्माँ को लेकर तो कुछ भी सोचने की कभी कोई ज़रूरत ही महसूस नहीं हुई थी। वह तो आज अम्माँ की चिट्ठी पढ़कर अचानक अगला पिछला याद आने लगा था तो अम्माँ की आँखों का अकेलापन चुभने लगा था।

अम्माँ के पीछे भी मामा जब तब उनको याद करते रहते थे और उनके बचपन से लेकर उनकी शादी तक की बात करते रहते, "तेरी अम्माँ बहुत सुन्दर लगती थी। पढ़ने का इतना शौक कि हर बार क्लास में फर्स्ट आती थी।"

सुनकर अच्छा लगता था। अम्माँ के बचपन की तस्वीरें मन की आँखों के आगे

खिंचती जातीं। पर उस परी कथा के दुखान्त की तरफ कभी ध्यान ही नहीं जाता था।

"जब पहली बार मैं उसके गाँव गया था तो..." मामा हर बार ही वह बात आधी छोड़ देते। अम्माँ की शादी को न जाने कितने साल बीत गये पर आज भी वे अम्माँ के बचपन और उनकी शादी की बात करते तो उनकी आवाज़ में अफसोस तैरने लगता और आँखें पसीजने लगतीं। मामा की बात तो बाद में मामी पूरी करतीं, "कभी उन्हें वापिस गाँव छोड़कर लौटते तो बहुत दुखी होते थे यह वहाँ से आकर। हफ्तों बेचैन रहते। दूर-दूर मीलों तक अँधेरा, ऊबड़-खाबड़ कच्ची सड़कें। आधा पक्का आधा कच्चा मिट्टी से लिपा घर—कहते कैसे जीती होगी वह वहाँ?"

मामा और अम्माँ के बीच में हैसियतों का अन्तर कभी उनके प्यार में आड़े नहीं आ पाया था। अम्माँ काफी कुछ गाँव वाली बन चुकी थीं और मामा का परिवार पूरी तरह से शहरवासी—पढ़ा-लिखा और आधुनिक। मैं आज भी अक्सर मामा मामी से अम्माँ के रिश्ते को याद करती हूँ। मामा तो फिर भी भाई थे—ताज्जुब तो मामी के लिए होता है। अम्माँ के पहुँचने पर बाँहें पसारकर स्वागत करना, अम्माँ से घण्टों बातें करना और उनके लौटने पर उनके साथ ही दुखी होना। आज सोचती हूँ कि अम्माँ के प्रति वह क्या था—उनका प्यार, रिश्तों के लिए कर्तव्य या सहानुभूति या सब कुछ एक साथ था—या अम्माँ का स्वागत सम्मान करके मामी अम्माँ के प्रति मामा के प्यार और तड़प को मान देती थीं। जो भी हो मामा मामी के घर में अम्माँ सहज व ख़ुश लगने लगती थीं।

आज अम्माँ का पत्र पढ़कर वे बहुत ज़्यादा याद आई थीं। अजब लगा था सोचकर कि मैं तो कभी कुछ क्षणों के लिए भी अम्माँ के साथ अकेले बैठकर बोलती बतियाती भी नहीं हूँ। अचानक उनको छूने का और उनकी चोटों को सहलाने का मन किया था। अगले दिन शनिवार था। सोचा कालेज से आकर गाँव चली जाऊँगी और आगे के दो दिन छुट्टी ले लूँगी और चार दिन अम्माँ के पास रह लूँगी।

वैसे तो संजय हर डेढ़-दो महीने में मुझे घरवालों से मिलवाने के लिए गाँव ले जाते हैं। हम लोग वहाँ कुछ घण्टे रहते हैं...खाते पीते हैं और मेहमानों की तरह ख़ातिर कराकर रात से पहले आसमान में उजाला रहते लौट आते हैं। पर भाभी के मरे में दो तीन बार अकेले भी गाँव गयी थी। तब भी सुबह जाकर शाम से पहले लौट आती थी। कुछ दिन गाँव जाकर रहने का न मेरा ही मन करता था न वहाँ किसी ने मुझसे वैसी अपेक्षा रखी थी। इस्माइलगंज तक बस से चली जाती थी। उसके आगे गाँव के लिए रिक्शा करना पड़ता था। एक दो रिक्शेवाले वहीं के हैं। थके हारे भी बैठे हों तब भी मुझे देखकर ले जाने के लिए कभी मना नहीं करते। यह अलग बात है कि गाँव पहुँचने में समय अधिक लग जाता है और उस ऊबड़-

खाबड़ कच्ची सड़क पर रिक्शे के हिलने-डुलने से शरीर की हर हड्डी दर्द करने लगती है। कभी-कभी सोचकर अजीब लगता है कि देश को आज़ाद हुए तीस साल बीत चुके। लखनऊ उत्तर प्रदेश की राजधानी है और तब भी उसके एकदम अगल बगल बने इन गाँवों में अभी तक सड़कें और बिजली जैसी एकदम ज़रूरी चीज़ें तक नहीं पहुँच पायी हैं।

4

गाँव पहुँचते तक धूप कमज़ोर पड़ने लगी थी। ज़मीन पर आमने सामने बोरे पर बैठी अम्माँ और ताई साग बीन रही हैं। अम्माँ की मेरी तरफ पीठ है। मेरे पैरों की आहट सुनकर ताई ने निगाह उठाई थी, मेरी तरफ आश्चर्य से देखा था, 'अरे' ख़ुश होकर उन्होंने कहा था। मुझे पता है कि मेरा इस तरह अचानक अकेले गाँव पहुँच जाना एकदम अप्रत्याशित ही है।

अम्माँ ने पलटकर देखा था और वे उछलकर खड़ी हो गयी थीं और हमेशा की तरह दौड़कर मुझे सीने से लगा लिया था। अम्माँ न जाने कौन सा साबुन इस्तेमाल करती हैं कि कपड़ों में अजब सी गन्ध आती है।

मैं जानती थी कि अब अम्माँ बारी बारी से सबका हाल पूछेंगी। सबका हाल जानने के बाद मामी की बात करेंगी—"कैसी हैं भाभी? आख़िरी बार कब मिली थी?" फिर मेरा जवाब जो भी हो वे समझाएँगी, "मिलती रहा करो बेटा। मामा तो अब हैं नहीं। बहुत किया मामी ने तेरे साथ। उन दोनों ने तुम्हारी ज़िन्दगी बना दी।"

इतने साल बीत गये उस बात को पर आज भी अहसान के बोझ से अम्माँ की आँखें पसीजने लगती हैं।

तब चन्दर पैदा नहीं हुआ था। अम्माँ की पाँच सन्तानों में अकेली मैं ही जीवित बची थी। हम लोग मामा के घर गये हुए थे। अगले दिन सबेरे ही लौटने वाले थे। अम्माँ, मामा और मामी तीनों उदास थे।

अम्माँ उस समय अपनी छोटी-सी बकसिया ठीक कर रही थीं। उनके चेहरे पर अजब सी उलझन थी जैसे कुछ भूल रही हों या कुछ समझ न पा रही हों। उसी उलझन भरी निगाह से एक बार उन्होंने मामा की तरफ देखा था, "दद्दा!" अम्माँ ने अचानक कहा था और आगे कुछ भी बोलने से पहले अपना चेहरा अपने बक्से पर झुका लिया था। मुझे उनके चेहरे पर घबराहट लगी थी, जैसे उनके पास मामा की तरफ देखते रहने का साहस ही न बचा हो। मुझे नहीं पता कि उनके दिमाग में वह बात पहले से थी या अनायास वह विचार उनके मन में आया था।

"दद्दा, इनको अपने पास रख लो और अपने बच्चों की तरह पढ़ा लिखाकर इंसान बना दो, नहीं तो वहाँ गाँव में रहते यह भी..." अम्माँ ने सिर उठाकर एक बार मेरी तरफ देखा था और उनकी बड़ी-बड़ी आँखों में आँसू भरने लगे थे और वह अपनी बात पूरी नहीं कर पाई थीं। अम्माँ के स्वर में कुछ ऐसा निरीह भाव था, जैसे वे मामा से भीख माँग रही हों।

मामा मामी दोनों एक साथ हड़बड़ा गये थे और परेशान निगाह से दोनों ने एक दूसरे की तरफ देखा था। अपनी बात कह लेने के बाद अम्माँ के चेहरे पर खिसियाहट फैलने लगी थी जैसे उनसे कुछ अपराध हुआ हो। वे पहले की तरह अपना बक्सा ठीक करती रही थीं, जैसे कोशिश करके सबकी निगाहों से बच रही हों।

मुझे नहीं याद कि मामा कितनी देर मौन रहे थे पर उस दिन तो वह कुछ पल बहुत लम्बे महसूस हुए थे। उस उम्र में मुझे बहुत सी बातों की समझ नहीं थी, पर तब भी लगा था कि अगर मामा ने दो टूक मना कर दिया तो यहाँ से वापिस जाते समय कितना अपमान लगेगा। लगा अम्माँ ने नाहक कहा। किसी के घर दो चार दिन को आना और सदा के लिए रहने को कहना तो एकदम अलग बात है।

"बड़ी भारी ज़िम्मेवारी हमें सौंप रही हो प्रभा।" मामा हम दोनों की तरफ देखते रहे थे, "दूसरे का बच्चा रखते डर लगता है। कभी ऐसा न हो कि बच्चों के चक्कर में रिश्ते ही बिगड़ जाएँ। फिर तुम्हारे ससुराल वाले भी तो हैं। अपने पति से भी तो पूछ लो।"

"ज़िन्दगी तो सँवर जाएगी। वह बिगड़ गयी तो मैं क्या करूँगी। अपनी तो बर्दाश्त कर ली, इनकी नहीं झेल पाऊँगी।" अम्माँ की आँखों से इतनी देर से रोककर रखे गये आँसू झरने लगे थे—एक-एक आँख से कई-कई धार आँसू, "गाँव में पली लड़की की ज़िन्दगी गाँव की ही होकर रह जाएगी।" अम्माँ की आवाज़ रुँधने लगी थी।

मामी ने आगे बढ़कर मेरे सिर पर अपना हाथ सहलाया था और मुझे अपने निकट समेट लिया था जैसे मुझे आने वाली मुसीबतों से बचा रही हों। मामा ने मामी की तरफ ठहरी हुई निगाहों से देखा था और मुस्कराए थे। उस मुस्कराहट में सन्तोष था और उन निगाहों में मामी के प्रति बहुत सारा आभार।

अगले दिन अम्माँ गाँव वापिस चली गयी थीं। जाने से पहले के वे कुछ घण्टे अम्माँ मुझे छोटी से बड़ी न जाने कितनी बातें समझाती रही थीं। मन लगाकर पढ़ना बेटा से ले कर, मामी का कहना मानना, अपने आपसे निकालकर कुछ मत खाना, घर के काम में मामी का हाथ बँटाना, अपने कपड़े ख़ुद धोना, अपना सामान सफाई से रखना और न जाने कितनी बातें।

मामी ने मुझे बहुत प्यार से रखा था। स्कूल मामा के घर के एकदम पास में था और सामने दिखती पतली सी सड़क के उस पार भातखण्डे संगीत महाविद्यालय का पिछवाड़ा दिखलाई देता था। मैं स्कूल से आकर दुपहर में गाना सीखने के लिए चली जाती। शुरू शुरू में अम्माँ बहुत याद आती थीं। उनको याद करके सबसे छिपकर जब तब रो भी लेती थी, पर गाँव जाने का मन तब भी नहीं करता था। अम्माँ आतीं तो बहुत अच्छा लगता। मैं सारे समय उनके चारों तरफ मँडराती रहती। पर धीरे-धीरे मामी का घर, अपना स्कूल, अपना संगीत इन सबके बीच मैं ख़ुश रहने लगी थी।

उस छोटी सी उमर में मेरे लिए सब कुछ अजीब सा था—उलझा सा। मामा का घर अच्छा लगता था। पर कितना ही अच्छा लगे वह घर, पूरा का पूरा अपना कहाँ लग पाता था। मामा मामी के उतने प्यार, भैया लोगों के खेल खिलवाड़ के बावजूद अपने और घर के बीच पसरे पराएपन को नहीं छाँट पाई थी मैं। भूख लगे तो किचन में घुसकर खाने के लिए कुछ भी निकाल लेने का संकोच कभी नहीं छूट पाया—फ्रिज खोलकर पानी की बोतल तक निकालने में संकोच लगता था। गाँव जाते तो घर का हर ओना-कोना अपना होता था—पर बहुत कुछ ऐसा होता जो अच्छा नहीं लगता था। आधे घर का मिट्टी से पुता ऊबड़-खाबड़ फर्श और दीवारें—बेतरतीब ढंग से बने खिड़की और दरवाज़े और उनमें लटकती लोहे की मोटी सी साँकल, सारे घर में भरा हुआ चौके से निकलता धुआँ। साल बीतते न बीतते गाँव जाने का उछाह छीजने लग गया था। कभी वहाँ जाने का मन नहीं करता और कभी जल्दी लौटने का मन करने लगता। कोई घर पूरी तरह से अपना घर लग ही नहीं पाता था। एक घर अपना नहीं था इसलिए और दूसरे घर को मन पूरी तरह से स्वीकार नहीं पाता था इसलिए।

यह बात बहुत बाद में समझ आई थी—बहुत साल बीत जाने के बाद—शायद अपनी पढ़ाई पूरी हो जाने के बाद कि मामा का घर अपनी साफ सुथरी खुली बनावट और टाइल्स लगे आधुनिक बाथरूम्स और किचन के कारण से ही नहीं वहाँ के समझदार सोच भरे माहौल के कारण अच्छा लगता था। देश-विदेश में घटने वाली घटनाएँ घर के अन्दर चली आतीं—उन पर बातचीत होती—देर तक बहस होती। हरेक के पास अपनी सूचनाएँ और मत होते—तब वे बातें हमारी ज़िन्दगी को पास से छूने लगतीं। यह ज्ञान और जुड़ाव अच्छा लगता। सालों बाद तक कितनी बातों के लिए महसूस होता कि सबसे पहले मामा के यहाँ मिली थी वह जानकारी। लम्बी छुट्टी में गाँव आती तो उस माहौल की कमी अखरने लगती। गाँव के घर में होने वाली बातों से मैं अपने आप को जोड़ नहीं पाती और बीच-बीच में मन ऊबने लगता।

सामने बैठी अम्माँ साग बीन रही हैं। मैं उन्हीं के पास पीढ़े पर बैठकर उनके साथ साग बीनने लगी थी। खेतों के पार बाएँ हाथ को बने अस्पताल के पीछे सूरज आधे से ज़्यादा डूब चुका है। सूरज की रोशनी छप्पर के इस हिस्से पर तिरछी होकर अम्माँ के चेहरे पर पड़ रही है। मेरी निगाहें उनके ऊपर जम गयी थीं। सूरज की नारंगी आभा में उनका चेहरा तपता हुआ सा लग रहा है। मामा कहते थे तेरी अम्माँ बहुत सुन्दर लगती थी। मामी कहतीं उस पहनावे और रहन-सहन के साथ कितने दिन सुन्दर लग सकती थीं। मैं सोचती रहती हूँ। मेरी निगाहें अम्माँ की नाक की कील के लाल नग पर ठहर जाती हैं। नाक की कील के लिए यह चटक रंग कितना अटपटा है—हालाँकि उनके साफ सफेद चेहरे पर सुन्दर लग रहा है। आज की आधुनिकाओं जैसी होतीं तो शायद यह रंगीन नग फैशन स्टेटमैंट बन गया होता—तब इस लाल काँच के टुकड़े की जगह रूबी लगने लगती। मेरे चेहरे पर अनायास एक मुस्कराहट आकर ठहर जाती है। अम्माँ ने मेरी तरफ सवाल करती निगाहों से देखा था। मैं चुप हूँ। अगर वह मुझसे मेरे मुस्कराने का कारण पूछतीं तो उनसे क्या कहती? अपनी बात बताती क्या? अम्माँ मेरी बात समझ पातीं क्या? मैं उनकी तरफ देखती रही थी। उनके माथे पर कुछ ज़्यादा ही ऊपर को लगी लाल बिन्दी और आधी भरी माँग। आज अचानक उस ओर ध्यान गया था—गाँव की औरतें तो लम्बी माँग भरती हैं—सामने के शुरू से लेकर माँग के आख़िरी सिरे तक!

अन्दर से दादी ने शायद मेरी आवाज़ सुन ली थी और वे बाहर आ गयी थीं, ''भइया केर शादी सुन कै तेहिसे बिटौनी दौरि आई।''

''बन्ने, सोहर सब तैयार कर लेना।'' ताई चहकी थीं। मैं चुप रही थी पर मन में झुँझलाहट लगने लगी थी। भाभी को मरे अभी पूरा एक साल भी नहीं हुआ और यहाँ शादी के ही नहीं बच्चा पैदा होने के गानों की बात हो रही है। बच्चा पैदा होने में ही तो भाभी की मौत हुई थी। किसी कसाईबाड़े में ले जाए जाने के लिए तैयार बिट्टो की शक्ल सामने आकर खड़ी हो जाती है। दूसरे ही क्षण कुछ ग़लत सा लगा था। मैंने ऐसा क्यों सोचा। इस घर में बुरा जैसा तो कोई भी नहीं है। सोच अलग होने से इंसान अपने से अलग हो जाता है, पर वह ग़लत भी क्यों लगने लगता है? इन बेचारों का क्या अपराध? इसी परिवेश में पले हैं यह सब, यहीं जैसे तो बनेंगे। अम्माँ इन जैसी नहीं थीं, इसीलिए तो तकलीफ में रहीं। इसीलिए तो ताई की तरह कभी खिलखिलाकर हँस नहीं पाईं।

दादी के वृद्ध भोले से चेहरे पर बहुत सारा अफसोस है, ''अगर सबै सहिसे निबट गइल होत तौ आजु घरि माँ दुई बच्चा ख्यालत होत...और'' दादी ने अपनी बात आधी ही छोड़ दी थी। मैं उनकी तरफ देखती रही थी। मन में आया था उनसे

पूछूँ, "और क्या दादी?" पर मैं कुछ नहीं कहती। उनके स्वर के अफसोस में भाभी की याद भी शामिल है क्या या सिर्फ बच्चों का दुख है? दादी की कहावतों में बातें करने की आदत है। कभी उन्हीं के मुँह से सुना था, "जुग जुग जीवे हमार भएवा, अउर गलियन गलियन भौजाई।"

आज न जाने क्यों इस समय वह बात याद आ गयी थी और मन में कसैलापन भरने लगा था। वाह रे! औरत तक के मन में औरत की रत्ती भर भी कीमत नहीं। तभी तो इन गाँवों में रोज़ बच्चे पैदा होते हैं और रोज़ औरतें मरती हैं। आदमियों को ही क्या, शायद यहाँ तो औरतों को भी फरक नहीं पड़ता। चार दिन रोए फिर दूसरी शादी की तैयारियाँ। वह तो भाभी की कोई छोटी बहन नहीं थी, नहीं तो शायद उनके पिता ही दूसरी का रिश्ता लेकर पहुँच चुके होते।

तभी दादी धीरे से बुदबुदाई थीं, "उई बिचारौ कहु देखिन कहाँ—बस चल बसीं।" उनकी बूढ़ी मिचमिचाती आँखें पसीजने लगी थीं। वे चुप हो गयी थीं और किसी सोच में खो गयी थीं। बड़ी देर बाद वे धीरे से बुदबुदाई थीं जैसे अपने आपसे बात कर रही हों, "कुमरियन के भागय से सुहागन मरत हीं।"

मुझे बहुत ज़ोर से गुस्सा आया था। लगा था दिमाग की हर एक नस झनझना गयी है। भाग्य? क्या भाग्य है बेचारी बिट्टो का? पर मैं कुछ कहती नहीं। अम्माँ की तरफ देखती हूँ। वह निर्विकार भाव से साग बीन रही हैं। उनका चेहरा सदैव एक सा लगता है। वह किससे कब ख़ुश हैं या नाराज़ हैं या कितना नाराज़ हैं, समझ ही नहीं आता। दादी वैसे ही बैठी हुई हैं। मैं अनजाने ही बड़ी देर तक दादी की तरफ देखती रही थी। लगा था बार-बार इन बेचारी पर गुस्सा क्यों आ रहा है। इनसे क्या नाराज़ होना? सारी उम्र इस अँधेरे गाँव में बीत गयी—पैदा होने के पहले से लेकर आज तक। उनके लिए तो औरत का सबसे बड़ा काम बच्चे पैदा करना है और सुहागिन बन जाना उसका परम सौभाग्य है। इससे परे उसकी इच्छाएँ, उसके सपने, उसके सुख-दुख की बात उनकी समझ के परे हैं।

अचानक मैंने अम्माँ की तरफ देखा था। वह तो सोचने समझने वाली इंसान थीं—फिर भी बच्चे मरते रहे और पैदा होते रहे, जैसे बच्चे पैदा करना भी कोई मशीनी काम हो। अम्माँ इतने बच्चों को कैसे मरते देखती रह सकीं? गाँव में बच्चों के पैदा होने की और उनके जी पाने की सही सुविधा नहीं थी तो कम-से-कम वे बच्चे पैदा करना तो रोक सकती थीं। बप्पा को अक्ल नहीं थी तो क्या अम्माँ ही कोई रास्ता निकाल सकती थीं। गाँव के स्वास्थ्य केन्द्र में जाकर ख़ुद ही...

अपनी ही सोच से जैसे मेरा जी घबराने लगा था। माता पिता के सन्दर्भ में उस तरह से सोचते रहना अच्छा नहीं लगा था।

"चन्दर कहीं नहीं दिख रहा अम्माँ?" मैंने पूछा था।

अम्माँ ने गर्दन उठाकर खेतों के पार देखा था। ओंठ हिले थे पर बोली कुछ नहीं थीं। जवाब दादी ने झल्लाकर दिया था, "कहूँ आवारागर्दी करत हुईं हैं, यार दोस्तन के लगै।"

अम्माँ अभी भी उधर ही देख रही हैं। मुझे लगा था नाहक ही पूछा। मुझे तो पता है रुकन्दे चाचा के लड़कों के साथ कहीं खेल रहा होगा। धूप छाँव आँधी पानी से उसे फरक ही नहीं पड़ता—किसी के डाँटने फटकारने से भी नहीं। जैसे एकदम काबू के बाहर है। छोटा सा था तो कितना प्यारा लगता था—गोल मटोल, गोरा और गबदू जैसा। अब तो रात दिन धूप, धूल और मिट्टी में खेलकर कैसा तो लगने लगा है। चेहरे पर कोई रौनक नहीं, बोलने चालने में कोई शऊर नहीं। मेरा मन भारी होने लगता है। इकलौता छोटा भाई है—मन का कोई तार उससे जोड़ ही नहीं पाती हूँ। एकदम पराया सा लगता है।

दादी और ताई कुछ-न-कुछ बात किए जा रही हैं। मेरा मन किसी से बात करने का नहीं हो रहा है। मैंने अम्माँ की तरफ देखा था। वे अन्दर चलें तो मैं भी उठ जाऊँ। वे साग के कूड़े और नीचे की मिट्टी में से बची हुई एकाध हरी पत्तियाँ बीन रही हैं। मैं भी झुककर बीनने लगी थी। मन में आया था कि यह साग अम्माँ ख़रीदती तो हैं नहीं—खेतों से बिन भाव टूटकर आ जाता है। तब भी वह हीरे-मोती की तरह एक एक हरी पत्ती चुन रही हैं।

पर मैंने कुछ कहा नहीं था। उनके साथ ढूँढ़-ढूँढ़कर हरी पत्तियाँ निकालती रही थी।

अन्दर आकर अम्माँ ने चूल्हे पर चाय चढ़ा दी थी।

आज से पहले कब अपने घर पर रात बिताई थी ऐसा याद ही नहीं आता। "तुम्हारी याद आ रही थी अम्माँ। तुम्हारे पास रहने का मन कर रहा था।" मैंने जैसे कोशिश करके कहा था। कहने के बाद कुछ देर तक बड़ा नाटकीय सा लगता रहा था। कभी तो इस तरह से कुछ कहा नहीं। शायद उस तरह से महसूस भी तो नहीं किया था। अम्माँ ख़ुश लगने लगी थीं। लगा भला हुआ जो ऐसा कह पायी।

अँधेरा होने से पहले सतनाम दीया-बाती कर गया है। लालटेनों की चिमनियाँ साफ करके उसने कमरों में रख दी हैं। पहले घर में इतनी बड़ी लालटेनें और लैम्प थे ही कहाँ। अपना बचपन याद है। छोटी-छोटी ढिबरियाँ घर के ओनों कोनों में रख दी जाती थीं। पैट्रोमैक्स का तो तब हमने नाम भी नहीं सुना था। भाभी के बच्चा पैदा होने से पहले यह पैट्रोमैक्स ख़रीदी गयी थी—ख़ास मौकों में इस्तेमाल होने के लिए। शायद मेरा घर आना और रात में रुकना भी तो जैसे एक खास मौका ही

तो है। सतनाम को पैट्रोमैक्स लगाते देखा था तो अजब संकोच सा लगा था। सोचा मना कर दूँ पर समझ ही नहीं आया था कि क्या कहूँ।

अब डेरी का काम अच्छा चलने लगा है। जानवरों के काम सतनाम करता है। तब से वह घर के यह छोटे मोटे काम भीकर दिया करता है—होली दीवाली सफाई और पुताई भी।

मैं वहीं पड़े हुए पीढ़े पर बैठ गयी थी, ''अम्माँ तुमने मामा को इस शादी के लिए मना नहीं किया?'' मैंने बहुत धीरे स्वर में फुसफुसाते हुए पूछा था।

''मैंने?'' अम्माँ ने ख़ाली निगाह से मेरी तरफ देखा था, ''उससे फायदा? उससे फरक ही क्या पड़ने वाला था?'' अम्माँ एकटक जलती लकड़ियों की तरफ देख रही हैं, ''मोहन मन-ही-मन सब तय कर चुके थे। रज्जन उन्हें आसानी से बिना भाग-दौड़ के मिल रहे हैं। जिस आदमी को बेटी और मरती बीवी की परवाह नहीं वह मेरी बात क्या सुनता।''

''मामी ने मना किया था?'' मैंने पूछा था। अगले ही क्षण लगा था कि मैंने कितना बेतुका सा सवाल पूछा है।

अम्माँ ने लाचार निगाहों से मुझे देखा था, ''नहीं किया होगा क्या? सन्तो को मैं जानती नहीं क्या? कहती थी लड़की को मैं डॉक्टर बनाऊँगी। और मोहन को देखो लड़की की पढ़ाई छुड़वाकर शादी कर रहे हैं।''

मेरे मुँह से अपने आप 'अरे' निकला था पर आगे मैं चुप बैठी रही थी। ''कम से कम सन्तो को मर जाने देते। बेचारी यह एक और दुख तो सीने पर लेकर न जाती। उसके बाद चाहे उसकी पढ़ाई छुड़ाते, चाहे उसे गाँव में फेंकते, चाहे कुएँ में धकेलते क्या फरक पड़ता।'' अम्माँ ने दुखी स्वर में कहा था।

मैं पहले की तरह ही अम्माँ की तरफ देखती रही थी और उसी तरह चुप बैठी रही थी।

''सन्तो के मरने का इन्तज़ार कर लेते।'' अम्माँ ने अपनी बात दोहराई थी, ''उन्हें तो हड़बड़ी पड़ी है।'' अम्माँ के स्वर में हताशा है।

''उन्हें इतनी हड़बड़ी किस बात की है?'' इस बार मैंने पूछा था। अम्माँ व्यंग में भरा सा मुस्कराई थीं और विद्रूप से उनका चेहरा सिकुड़ गया था, ''किस बात की?'' उन्होंने उन्हीं उदास निगाहों से मेरी तरफ देखा था, ''इस बार मामा से मिलतीं तो समझ आ जाता।''

तभी उन्होंने अपनी बात पूरी की थी, ''बीबी कैंसर से मरने वाली है। डॉक्टर कहते हैं हद से हद दो महीने, और तुम्हारे मामा के चेहरे पर रौनक आने लगी है। चलते हैं तो लगता है फुदक रहे हैं। एकदम जवान लगने लग गये हैं। शायद बाल

भी रँगना शुरू कर दिये हैं। लगता है बहुत उतावली में हैं।''

अम्माँ ने मेरी बात का सीधा जवाब भले ही न दिया हो पर अपनी पूरी बात तो कह ही दी थी। मेरा मन उदास होने लग गया था। मोहन मामा की शादी में मैं शायद आठ साल की थी। बहुत सी दुनियावी बातों की अक्ल आना शुरू हो गयी थी। मामा का मामी के चारों तरफ मँडराते रहना, हर समय मामी के कमरे में घुसे रहना, अकेले बैठे भी भीना भीना सा मुस्कराते रहना याद आया था। बड़ी मामी ने अम्माँ से कहा था कि, ''मोहन लल्ला को समझाओ न कि उनकी दुल्हन उनके साथ ही जाएगी, हम उसे रख नहीं लेंगे। अपने घर ले जाकर उसी से चिपके रहें, पर अभी घर में मेहमान हैं, यह सब अच्छा नहीं दिखता।''

पर न अम्माँ ने उनसे कुछ कहा था, न मामी ने। मोहन मामा पहले की तरह नई नवेली पत्नी के कमरे में घुसे रहते। आस पास सब क्या कह रहे हैं और क्या सोच रहे हैं कि परवाह उन्हें नहीं थी।

वह सब याद आया था तो मन में और भी ज़्यादा कड़वाहट भरने लगी थी। क्या मोह के बन्धन इतने कमजोर भी हो सकते हैं। जिस पत्नी के आगे पीछे मँडराते थे आज उसके सुख-दुख, मरने-जीने से कोई वास्ता नहीं। अम्माँ जो कुछ बता रही हैं उससे तो ऐसा लग रहा है जैसे मामा, मामी के मरने के दिन गिन रहे हैं। मामी भी तो वह सब समझ ही रही होंगी। कैसे बर्दाश्त कर रही होंगी यह सब—सामने खड़ी मौत, बिट्टो की शादी और अन्तिम विदा देने के लिए तत्पर इतना उतावला बेमुरव्वत पति।

''यहाँ वाले भी तो समझ ही रहे होंगे?'' मैंने पूछा था।

''हाँ! समझ ही रहे हैं। सब समझ रहे हैं कि बिट्टो की शादी की इतनी हड़बड़ी इसीलिए है कि सन्तो के जाते ही अपनी शादी रचा लें।''

''तब?'' मुझे अजीब सा लगा था सोच कर।

''तब क्या?'' अम्माँ ने मेरी तरफ तेज़ निगाहों से देखा था, ''सबको सही ही लग रहा है। तुम्हारे बप्पा कहते हैं ठीक तो है। सन्तो की आज कल तो अब शुरू हुई है। बीमार तो वह चार साल से है। मोहन बेचारा तो तब से रंडुए की ज़िन्दगी जी रहा है।''

मैं सन्न रह गयी थी। ''बप्पा ने कहा ऐसा?'' मुँह से अपने आप निकला था।

अम्माँ चुप बैठी रही थीं। चूल्हे की बाहर तक जलती हुई लकड़ी को आगे की तरफ घसीटकर उन्होंने कोयलों को झाड़ा था और लकड़ी को झटके से अन्दर की तरफ धकेल दिया था।

चूल्हे पर रखा चाय का पानी खौल रहा है। अम्माँ पहला उबाल आते ही पानी में दूध और पत्ती डालना शुरू कर देती हैं। मन आया था कि उनको बताऊँ

कि काफी देर से पानी खौलने लगा है पर मैं चुप रही थी। उनके मौन में व्यवधान डालने का मन ही नहीं किया था।

तभी अम्माँ ने पानी में दूध, चाय की पत्ती और शक्कर डाली थी। हम दोनों चुपचाप चाय को पकते देखते रहे थे।

"रज्जन भैया तीस साल के हैं अम्माँ—और सोलह साल की बिट्टो। दादी कैसे तैयार हो गयीं?" मैंने अचानक पूछा था।

अम्माँ अजीब तरह से मुस्कराई थीं, "क्यों? दादी तैयार क्यों न होती? उन्हें क्या फरक पड़ने वाला है। वैसे भी गाँव में कहते हैं कि औरत जवान आ जाए तो मरद भी जवान हो जाता है।"

मेरे मन में तिलमिलाहट भर गयी थी।

"तब फिर सोलह की क्यों छह साल की बच्ची से कर लेते। फिर से बच्चा बन जाते।" मैंने चिढ़कर कहा था।

अम्माँ फिर से वैसे ही व्यंग में भरा सा हँसी थीं, "दस साल बाद बिट्टो भी मर गयीं तो फिर से सोलह साल की ले आएँगे—फिर से जवान हो जाएँगे।"

मैं चुप हो गयी थी। लगा था अम्माँ बिट्टो के मरने की बात मुँह पर क्यों ला रही हैं—कैसे ला पा रही हैं ऐसी बात मुँह पर? वैसे ही वह बेचारी तो...

मैं जानती हूँ कि इस समय उनका मन काबू में नहीं है। उनके मन में बहुत तकलीफ, बहुत गुस्सा भरा है।

सोचा था उस बात के लिए अम्माँ को टोकूँ। पर मैं चुप रही थी। मैं वैसा कुछ कहती तो क्या होता उनका जवाब? खिसियाकर चुप हो जातीं या फिर वे वैसे ही कुछ और चुभते हुए वाक्य और बोल देतीं—जैसे कि कह रही हों कि इस ज़िन्दगी से तो अच्छा बिट्टो मर ही जाती।

हम दोनों फिर से काफी देर के लिए चुप हो गये थे। याद आया था कि एक बार अम्माँ ने बताया था कि जब बिट्टो पैदा हुई थी तो मामा बहुत दुखी हुए थे। वे बेटा पैदा होने की आस लगाये हुए थे। उसके बाद मामी ने कई बार कन्सीव किया था। मामा हर बार पैसा ले देकर पता करवा लेते थे कि बेटा या बेटी और हर बार ही अबार्शन करवा देते। मामा बेटे का सुख नहीं पा सके थे। आज अचानक मन में आया था कि बेटी को तो ब्याहकर दूर धकेल रहे हैं मामा—बेटा होता तो उसका क्या करते? इन लोगों के लिए लड़कियों की ज़िन्दगी कितनी सस्ती है? पैदा होने से पहले मरवा दिया—पैदा होने के बाद मनमाने ढंग से कहीं भी रख दिया—कहीं भी फेंक दिया।

"मामा की उमर कितनी होगी अम्माँ?" अचानक मैंने पूछा था।

चाय छानती अम्माँ के हाथ क्षण भर के लिए थमे थे, "उमर से क्या फरक पड़ता है। किसी भी उमर के आदमी को बिन ब्याही मिल जाती है।"

मेरी निगाहें चूल्हे की काँपती आँच पर ठहर गयी थीं। इस बात के जवाब में मेरे पास कहने या पूछने के लिए कुछ भी नहीं है। अम्माँ काफी देर से चुप हैं जैसे कुछ सोच रही हों। वे वैसे ही स्थिर आँखों से जलती हुई लकड़ियों की तरफ देखती रही थीं। आग की चमक से उनका चेहरा दमक रहा है, "होंगे कोई बयालीस साल के।" उन्होंने उन्हीं उदास निगाहों से मेरी तरफ देखा था, "कोई ज़िम्मेदारी भी नहीं। एक लड़की थी उसे तो निकालकर फेंक ही रहे हैं।" अम्माँ ने लम्बी सी साँस भरी थी, "इस देश में तो श्मशान घाट में ही लड़किनों के बाप पैगाम लेकर पहुँच जाते हैं। आख़िर उन्हें भी तो अपने सिर के बोझे उतारने हैं।"

कुछ देर पहले कही दादी की बात याद आती है, "कुमारियों के भाग से सुहागिलें मरत हीं।"

मेरा जी घबराने लगता है। मैंने अम्माँ की तरफ देखा था। वे बहुत दुखी, हताश और अकेली लग रही हैं। मुझे पता है कि आजकल वे बिट्टो के लिए तो बेचैन हैं ही पर साथ ही उसकी ज़िन्दगी में नए सिरे से अपने दुखों को एक बार फिर जी रही हैं। चेहरे पर एक मजबूर सी थकान और उसकी हताशा ठहर गयी है, जैसे उनके साथ अभी अभी कुछ बहुत बुरा होने वाला है या हो के चुका है। मुझे लगा था मैंने बेवजह ही मामा, मामी और बिट्टो की बात छेड़ दी है। मैं तो अम्माँ के ज़ख्मों को सहलाने आई थी पर मैंने तो उनकी चोटों को खुरच डाला था।

मैं उठकर खड़ी हो गयी थी। बगल से एक थाली उठाकर मैंने उसमें सबकी चाय रख दी थी। बहुत सहज भाव से मैंने सामने रखे डिब्बों को खोलकर देखना शुरू किया था, "कुछ खाने के लिए है अम्माँ?" मैंने पूछा था। मुझे पता है कि कुछ सालों से इस घर में तो अक्सर ही मठरी, लड्डू वगैरा रहते हैं।

अम्माँ धीरे से मुस्कराई थीं। उनके मोती जैसे दाँत और गालों पर आकर ठहर गया वह गहरा सा गड्ढा। "तुम बाहर चाय लेकर चलो मैं अभी निकालकर लाती हूँ।"

लालटेन की हिलती रोशनी में उनके चेहरे पर रुकी वह मुस्कराहट अच्छी लगी थी। मामा की बात याद आई थी, "तेरी अम्माँ बहुत सुन्दर लगती थी।"

अब बिट्टो की बात नहीं करनी है—मैंने तय किया था। एक व्यर्थ सी कामना जागी थी कि अम्माँ सदैव ऐसे ही मुस्कराती रहें।

मैं चाय लेकर बाहर आ गयी थी। घर के सब लोग वहाँ बैठे हुए हैं।

बप्पा क्यारियों के पास पौधों की गुड़ाई कर रहे हैं। मुझे पता है कि बप्पा को

फूलों का शौक है। इस छप्पर के सामने की तरफ दूर तक ज़मीन है। बप्पा ने थोड़े से हिस्से में तीन तरफ झाड़ लगा दिये हैं—जैसे खुली ज़मीन में से घर का एक आँगन घेर लिया हो। जब मैं यहाँ रहती थी तब यह आँगन इतने सलीके से नहीं बना था। तब ज़मीन के इस टुकड़े पर सब्जियाँ उगाई जाती थीं और कुछ केले के पेड़। अब इसे पूरी तरह से आँगन की शक्ल दे दी गयी है। बीच में लाल ककैया ईंटों का खरंजा बना हुआ है, उसके सब तरफ क्यारियाँ बनी हैं, जिनमें बप्पा ने तरह-तरह के फूल लगा रखे हैं। क्यारियों के किनारे किनारे बड़े साफ-सुथरे ढंग से ईंटों की नुकीली बर्फी जैसी मेंड़ बनी हुई हैं जिन्हें गेरू से पोता गया है। मुझे पता है कि बप्पा बड़े यत्न से इन फूलों की सार सँभाल करते हैं। बप्पा का बहुत सा ख़ाली समय इन क्यारियों की सेवा में ख़र्च होता है। उनके दाहिने हाथ में खुरपी है जिससे वे पौधों की गुड़ाई कर रहे हैं और बाएँ हाथ से कंकड़ और घास को बीनकर बाहर फेंकते जा रहे हैं। मैं दूर से फूलों की तरफ और बप्पा की तरफ देखती रही थी। बप्पा के व्यक्तित्व में फूलों जैसा कोमल तो कुछ भी नहीं दिखता फिर भी इस बागवानी से इतना प्यार—नियम की तरह इनकी इतनी सार सँभाल। इंसान के वजूद का कितना कुछ उससे मेल नहीं खाता और कितना कुछ छिपा पड़ा रहता है। आज अचानक पहली बार बप्पा के इस शौक की तरफ ध्यान गया था।

अम्माँ अन्दर से एक थाली में मठरियाँ और लड्डू निकाल लाई थीं और जहाँ सब लोग बैठे हैं वहाँ बीच में रख दिया था। मैं अम्माँ की तरफ देखती रही थी। सच तो है भाग्य ने इनके साथ न्याय नहीं किया। अँधेरे गाँव के इस देहाती घर में जीवन जीने की कामना तो उन्होंने नहीं ही की होगी। अपनी ज़िन्दगी के प्रति एक गहरा अवसाद, चारों तरफ के माहौल के प्रति नकार उनके चेहरे पर किसी स्थायी भाव की तरह जमा हुआ है। पर न्याय बप्पा के साथ हुआ क्या? नहीं न! मैं उनकी तरफ देखती रही थी—दीन हीन और देहाती से दिखते बप्पा-बेचारे। अम्माँ की आँखों में भी तो उनके लिए कभी वह प्यार या स्वीकार नहीं दिखता जिसकी कामना हर पति को रहती होगी। वे दोनों साथ होते हैं तो भी किसी यात्रा में मिल गये दो अजनबी जैसे ही दिखते हैं। उनकी मौजूदगी में तो अम्माँ और भी अधिक अधूरी लगने लगती हैं। बप्पा भी तो समझते ही होंगे उस बात को। इतनी ऊब और परायेपन के साथ दो लोग इतने अन्तरंग रिश्ते का निर्वाह भला कैसे कर पाते होंगे। मुझे बहुत देर तक अजीब सा लगता रहता है—एक ख़ालीपन का अहसास—एक अकेलापन—एक दूरी।

पर दोष तो अम्माँ का भी नहीं है। दोनों में से दोष तो किसी का भी नहीं पर दोनों ही एक दूसरे के संग का दण्ड भुगतने के लिए अभिशप्त हैं।

बप्पा अपनी कमर सीधी करते हुए उठकर खड़े हो गये थे—दो कदम लँगड़ा कर चलने के बाद वे फिर से कमर सीधी करने के लिए रुक गये थे। उन्हें सीधे हो पाने में समय लगा था। मुझे बप्पा पर तरस आया था।

5

रात में मैं अम्माँ के साथ ही सोयी थी। याद ही नहीं आ रहा कि आज से पहले मैं इस तरह से रात में अपने घर कब रुकी थी। मैं अम्माँ के चेहरे की तरफ देखती रही थी।

अम्माँ की उमर हद से हद तैंतालीस, चवालीस साल होगी—अचानक दिमाग में आया था। हमारे स्टाफ में इस उमर की न जाने कितनी टीचर्स एकदम जवान और तरोताज़ा दिखती हैं जैसे उमर ने अभी उनको छूना शुरू ही नहीं किया है। सोचकर अजीब लगा था। मैंने तो शायद अम्माँ को कभी उतना युवा देखा ही नहीं। मुझे उनके लिए दुख लगने लगा था।

बड़ी देर तक हम दोनों बातें करते रहे थे। अम्माँ बड़े मामा को याद करती रही थीं। मैं तो जब भी उनसे मिलती हूँ वह जब तब मामा की बात करती रहती हैं। कभी-कभी लगने लगता है कि उनके पास मुझसे बात करने के लिए इसके अलावा कुछ है ही नहीं। मैं जानती हूँ कि मामा का जाना उनकी ज़िन्दगी का कभी भी भूल न सकने वाला आघात है। अम्माँ को मामा का बहुत सहारा था। मेरी शादी और मेरे इतने वर्षों तक मामा मामी के साथ रह लेने से वह भरोसा और गहरा हो गया था।

बगल की चारपाई पर बेसुध सोते चन्दर की तरफ अम्माँ बेचैन निगाहों से देखती रही थीं, "इनका क्या होगा समझ नहीं आता।" उन्होंने व्यथित स्वर में कहा था, "तुम्हारी ज़िन्दगी दद्दा भाभी ने सँवार दी। हमारा कहाँ बूता था इत्ता कुछ करने का—इत्ती पढ़ाई...डॉक्टर पति...इत्ता अच्छा ससुराल...सब उन्हीं दोनों का दिया हुआ है।"

मैं चुप हूँ। कितना कुछ याद आने लगा था—मेरी शादी—अपनी अपनी तरह से दोनों घरों का तनाव—संजय के मम्मी पापा की बेचैनी जैसे उनका बेटा छीन लिया गया हो—अम्माँ के चेहरे का वह आशा निराशा के बीच बदलता हुआ रंग और मेरी अपनी हताशा। अम्माँ लाचार सी हर समय मेरा चेहरा निहारती रहतीं—जैसे वे मेरी अपराधी हों—जैसे उन्होंने गाँव वाले और ग़रीब कम पढ़े-लिखे होने का अपराध किया हो। वे कुछ दिन कई युगों की तरह बीते थे। तब मामा किसी दुर्दान्त शिला से तनकर खड़े रहे थे। मामा ने साम दाम दण्ड भेद हर नीति को अपनाया था। संजय के घर जाकर गिड़गिड़ाये भी थे—उन लोगों को मनाया भी था—और

एक हताश सी धमकी भी कि अगर यह शादी नहीं हुई तो हम दोनों पति पत्नी कभी आपके घर में कदम नहीं रखेंगे। मामा ने पापा को समझाया था, ''लड़की गाँव की है, यही एतराज़ है न आपको? लड़की में तो कोई कमी नहीं लगती है न? देखने में सुन्दर—कालेज में टीचर और इतनी अच्छी सिंगर—सबसे बड़ी बात आपका बेटा पसन्द करता है उसे। समझ लो बिटिया उनकी नहीं हमारे घर की है। गाँव मत जाना बारात लेकर। सारी ज़िन्दगी लड़के बहू को मत भेजना वहाँ। हम मियाँ बीबी हैं न उसका मायका!

मामा के मनाने से माने थे वे लोग या संजय की उदासी से या सभी कुछ था उनकी हाँ में। मेरी शादी मामा के घर से ही हुई थी। अम्माँ, बप्पा, दादा, दादी सबकी वह सहमी हुई सी ख़ुशी और डरी डरी संकोच में भरी हुई सी शिरकत।

अम्माँ का स्वर पिघलने लगता है, ''बिटिया, हम तो इत्ता ऊँचा सपना भी न देख पाते। दद्दा ने सच कर दिया।''

अम्माँ जब भी बड़े मामा मामी की बात करती हैं तब मैं उन लोगों के प्रति बहुत कुछ महसूस करने के बावजूद चुप रहती हूँ। जितने सच्चे मन से अम्माँ उन दोनों के प्रति आभार दे चुकी होती हैं कि उसके अतिरिक्त मेरे पास कुछ कह पाने के लिए बचता ही नहीं है। अम्माँ देर तक मामा मामी की बात करती रही थीं।

मेरी आँखों में नींद भरने लगी थी। एक तो दिन भर की थकान है। वैसे भी रात का ग्यारह बजने वाला है। पर अम्माँ की बातों के बीच सो जाना अच्छा नहीं लगा था। याद ही नहीं आता कि अम्माँ ने कभी मुझसे इतनी बातें की थीं—नज़दीकी का एक अनहोना सा अहसास। मैं अपनी नींद से लड़ती रही थी और हाँ ना में उनके सवालों के जवाब बड़ी मुश्किल से देती रही थी।

पहले अम्माँ ने बात करना बन्द कर दी थी या मैं उससे पहले ही सो गयी थी—पता नहीं।

सुबह बाहर के शोर से आँख खुली थी। लगा था बहुत सारे लोग एक साथ बात कर रहे हैं—साथ ही और भी आवाज़ें। जग जाने के बाद भी मैं बिस्तर पर देर तक लेटी रही थी। बाईं तरफ गर्दन घुमाकर दीवार पर मैंने घड़ी टटोली थी। पर दीवार ख़ाली है। मैंने चारों तरफ निगाह घुमाई थी। मैं गाँव में हूँ समझ पाने में मुझे थोड़ा समय लगा था। खुली खिड़की देखकर ध्यान आया था कि कल अम्माँ के साथ सोयी थी। सबेरा हुए शायद देर हो चुकी है पर चिड़ियों के चहकने की आवाज़ यदा कदा अभी भी आ रही है। अपने बचपन की याद ताज़ा हो गयी थी। तब अक्सर सुबह सबेरे कोयल की कूक और चिड़ियों के चहचहाने से ही आँख

खुला करती थी। तब हमारा और चिड़ियों का सबेरा लगभग साथ साथ ही होता था—पूरी तरह से अँधेरा छँटने के पहले। अब इतने साल शहर में रहते देर से सोने और देर से उठने की आदत पड़ गयी है। बल्कि सच कहें तो आदत जैसा कुछ बचा ही नहीं है। सुविधा और असुविधानुसार हर दिन अलग-अलग। सुबह जल्दी क्लास है तो जल्दी सो लिये और जल्दी उठ लिये—फिर भी गाँव की तरह एकदम अँधेरे सूरज उगने से पहले जागना तो कभी नहीं होता। सबेरे के सात बजे उठ जाना भी हमारे लिये जल्दी ही होता है। सुबह क्लास नहीं है तो रात देर तक पढ़ते रहे और सुबह देर तक सोते रहे। मम्मी पापा जल्दी उठ जाते हैं। मेरे जगने से पहले ही उन्हें सतवन्ती चाय बनाकर दे चुकी होती है। जल्दी उठ गये तो कालेज जाने की भागमभाग—तब चिड़ियों का चहचहाना सुनने की फुर्सत ही किसे होती है। वैसे शायद शहर के रिहायशी इलाकों में कोयल की कूक गूँजती भी नहीं है—नहीं तो कभी तो सुनी होती—कभी तो उस पर ध्यान गया होता।

मैं तो इतने सालों में यह सब भूल चुकी थी। पर शायद पहले इतना शोर भी नहीं रहता था। मेरे यहाँ रहते घर में डेरी थी ही कहाँ? न घर में नौकर चाकर ही थे। खेती की बुवाई और कटाई के समय कुछ मज़दूर रख लिये जाते थे। उतने दिनों घर के पुरुष भी खेतिहर मज़दूर जैसे ही काम करते। शाम ढले घर के पुरुष घर लौट आते और मज़दूर लोग अपनी मज़दूरी लेते—बाहर बने कुएँ पर बाल्टी से पानी खींचकर अपने हाथ पैर धोते और बाहर से ही चले जाते।

साल दर साल सूखा पड़ने के बाद घर में जानवर पालने का इरादा बना था। शुरुआत एक गाय से हुई थी। अम्माँ कई महीनों से मामा के घर नहीं गयी थीं। रक्षाबन्धन पर राखी बँधवाने के लिए मामा गाँव पहुँच गये थे। उन दिनों घर के अभाव मुखर होने लग गये थे। घर वालों के उदास चेहरे और रूखे-सूखे से दिखते बच्चे। सूखा खेतों में पड़ा था पर हमारे घर का पूरा माहौल प्राणहीन दिखने लगा था। उजास किसी के चेहरे पर नहीं दिखता। गाय ख़रीदने की राय मामा ने दी थी और पैसा भी उन्होंने ही खर्च किया था, ''यह हमारी तरफ से तुम्हें रक्षा के टीके का उपहार।'' कुछ नहीं तो कम-से-कम बच्चों को खुले हाथ दूध दही तो नसीब होगा—चारे भूसे का कोई ख़ास खर्चा गाँव में है नहीं।''

मामा के जाने के बाद अम्माँ बहुत देर तक रोती रही थीं। मुझे समझ नहीं आया था कि मामा इतने सारे रुपये देकर गये हैं—अम्माँ को तो ख़ुश होना चाहिए था फिर वे रो क्यों रही थीं।

कुछ ही महीनों बाद मामा दुबारा आए थे। बाबा को घर में डेरी खोलने की बात कही थी। ''खेती के भरोसे जीवन नहीं चल सकता बाबू जी। सूखा पड़ जाए

तो फसल नहीं और आमदनी नहीं। फसल पकने, कटने के समय ज़्यादा बारिश हो जाए तो सारे साल की मेहनत पर पानी फिर जाए और आमदनी गोल। मौसम अच्छा रहे और फसल अच्छी हो जाए तो मण्डी में अनाज की बेहिसाब आमद से अनाज के दाम कम और आमदनी कम।'' मामा ने बाबा को समझाया था, ''बाबू जी इससे अच्छा डेरी का काम बढ़ा लीजिए। आमदनी के लिए साल भर इन्तज़ार नहीं करना पड़ेगा। इसी आमदनी से धीरे-धीरे जानवर बढ़ाते रहना।'' मामा ने बाबा के सामने नोटों की गड्डी रख दी थी। अम्माँ को समझाया था, ''फायदा हुआ तो पैसा तुम्हारा। नुकसान हो जाए तो समझ लेना कि दद्दा ने कुछ नहीं दिया।'' अम्माँ तो उस बार भी मामा के जाने के बाद बहुत रोयी थीं। मुझे तब भी समझ में नहीं आया था कि वे रो क्यों रही हैं?

बाबा काफी समय तक ऊहापोहों में रहे थे, ''गाँव वाले हँसेंगे कि बामन अब गाय भैंस और डेरी का काम करने लगे।''

पर मामा पैसा देकर जा चुके थे। बाबा बिना जानवर ख़रीदे उस पैसे को रखना भी नहीं चाह रहे थे और उसे वापिस भी नहीं करना चाह रहे थे। सो बहुत ही अधूरे मन से तीन जानवरों से डेरी की शुरुआत हो गयी थी। शुरू में आस-पड़ोस में यही कहा गया था कि बच्चों के दूध दही के वास्ते जानवर रख लिये हैं। एक गाय के रहते वह बात सच ही थी। फिर कुछ समय बाद सफाई सी दे दी गयी थी कि इतना दूध बच जाता है तो थोड़ा बहुत आसपास में बेच लेते हैं। घर में पैसा आने लगा था तो गाँव वालों का सामना करने की हिम्मत खुलने लगी थी। बाबा के चेहरे पर मालिकाना रौनक दिखने लगी थी। मामा के दिए तर्क को वे दमखम से दुहराने लगे थे। कुछ ही समय में जानवरों की संख्या बढ़ने लगी थी और डेरी का काम बाकायदा चलने लगा था। जेब में पैसा हो तो सीने में साहस यकबयक आने लगता है और लोगों का सामना करने में घबराहट नहीं होती।

तभी मैं अपनी पढ़ाई के लिए मामा के पास चली गयी थी। दूध-दही से होने वाली आमदनी से अम्माँ ने थोड़ा थोड़ा करके मामा के पैसे लौटाना शुरू कर दिए थे। अम्माँ जब आतीं थोड़ा बहुत दे जातीं। ''आगे कभी मुसीबत आई तो तुम दोनों के पास ही आऊँगी।'' अम्माँ ने मामा मामी से कहा था, ''मुझे पता है तुम्हारे पास कोई खत्ती नहीं गड़ी है''।

मामा के दिए उन रुपयों को लौटा देने का आग्रह बाबा की तरफ से ही था। ''या डेयरी अकेल तुम्हारिन नाय है। सबै घरवालन को है। तुम्हार भैया का रुपया कौड़ी रखै की बात तौ नाय बनत है ना।'' बाबा ने अम्माँ को समझाया था, ''जरूरत के बखत हमार मदद करि दिहिन-तहै बड़ा एहसान है।''

पहले बापू और ताऊ जानवरों का सारा काम कर लेते थे और दूध दही का काम अम्माँ और ताई करती थीं। धीरे-धीरे जानवरों की संख्या बढ़ जाने से काम बहुत बढ़ गया था सो मदद के लिए सतनाम दिखने लगे हैं। दूध बाँटने के लिए जाने का काम शुरू से बजरंगी कर रहे हैं। घर लगभग वैसा ही है—उतनी ही असुविधाएँ हैं। पर पैसे की तंगी अब नहीं है। शायद इसीलिए थोड़ी रौनक दिखने लगी है।

अपना घर याद आया था—अपने घर का सबेरा ध्यान आया था। मेरे पलँग के सामने की दीवार पर एक किनारे से दूसरे किनारे तक फैली खिड़कियाँ और उनसे अन्दर झाँकती रोशनी और खिड़कियों के पार दिखता हमारा छोटा सा हरा भरा लॉन।

मैंने एक बार फिर सामने की दीवार पर देखा था। एक किनारे पर स्टील के फ्रेम में एक छोटा सा शीशा अपने स्टैण्ड के सहारे एक कील पर तिरछा होकर टँगा हुआ है। दीवार के दूसरे किनारे एक तस्वीर टँगी है। उसका काँच गन्दा हो चुका है—तस्वीर भी अन्दर से बदरंगी हो गयी है। किसी का भी चेहरा साफ दिखाई नहीं देता पर यह यहाँ पर न जाने कब से टँगी हुई है। लगा था अम्माँ इस तस्वीर को और इस शीशे को यहाँ से हटाती क्यों नहीं। सोचा था अगली बार आऊँगी तो एक ढंग का शीशा ले आऊँगी।

अम्माँ की चारपाई पर तकिए के ऊपर उनकी दोहर तह करके रखी हुई है। लगता है वह काफी पहले उठकर जा चुकी हैं। अम्माँ तो वैसे ही पूरी तरह सबेरा होने से पहले ही उठ जाती हैं। यहाँ तो सभी लोग भोर होने से पहले ही बिस्तर छोड़ देते हैं। मैं अम्माँ के पास आई हूँ यह सोचकर अच्छा लगता है—किसी कर्तव्य के निर्वाह की तसल्ली जैसा। पर फिर भी एक उलझन है—एक अटपटापन सा। लखनऊ के अपने घर में पूरा सिस्टम सैट है—सुबह जगने से लेकर रात को सोने तक। यहाँ लग रहा है जैसे कोशिश करनी पड़ रही है।

बाहर से बहुत तरह की मिली-जुली आवाज़ें आ रही हैं—बाल्टियों के खड़कने की—गाय भैंसों के गले में बँधी घण्टियों की रुनझुन और बीच-बीच में उनके रम्भाने की आवाज़ें। कुछ लोग सामने दुहा हुआ दूध लेने आते हैं—चिनहट और इस्माइलगंज तक से आते हैं। उनकी बातचीत और चलने फिरने की आहट भी इन्हीं बहुत सी आवाज़ों के बीच मिल गयी है।

मैं काफी देर तक ऐसे ही बिस्तर पर लेटी रही थी। समझ नहीं आया था कि उस शोर को सुनकर कैसा लग रहा है। मैं तो इतने सालों में यह सब भूल चुकी थी।

बाहर आई थी तो मुझे देखकर घर के सब लोग ख़ुश हो गये थे। बाहर के शोरगुल में बप्पा, बाबा, दादी और ताई के चहकने की आवाज़ें भी जैसे घुलमिल गयी थीं। अम्माँ हमेशा की तरह चुप हैं पर ख़ुश लग रही हैं—शायद मेरी वजह

से। मुझे पता है कि मैं घर की बेटी भर नहीं हूँ बल्कि परिवार का एक ऐसा अंश हूँ जिस पर बहुत सारा घमंड किया जाता है—मेरे पीछे भी और मेरे सामने भी। बाबा दादी, अम्माँ बाबू सब कोई—जैसे घर का कोई नायाब अजूबा। ये सब लोग जब उन आदर भरी निगाहों से मुझे देखते हैं तो अजब सा लगने लगता है—एक मिला-जुला अहसास—अपने आसपास इन सबका होना और इनके बीच अपनी उपस्थिति बहुत ही बेगानी सी लगने लगती है।

आपस में फरक होने से एक ही रक्त और मज्जा होने के बावजूद रिश्ते कितने दूर हो जाते हैं—इतने दूर कि अक्सर एक ऊब के सिवा साथ वालों के लिए कुछ महसूस ही नहीं होता। मैं इस समय वह सब सोचना नहीं चाहती पर ख़ामख़्वाह वह बात दिमाग में आई थी। सुबह सुबह एक अपराध का अहसास।

अजीब लगा था सोचकर कि मैं तो कभी गाँव को याद ही नहीं करती। घर के नाम पर सिर्फ एक अम्माँ—एक अम्माँ ही तो याद आती हैं—एक धर्म और कर्तव्य की तरह। ख़ून की डोर जो बँधी है उनसे। पर ख़ून की यह डोर क्या सिर्फ अम्माँ से ही जुड़ी है? इतने और लोग भी तो हैं—बाबा, दादी, ताऊ और ताऊ के बच्चे-और बप्पा!

यहाँ तक कुछ भी सुनाई न देने के बावजूद मैं इतना समझ जाती हूँ कि दूध लेने के लिए आए उन सज्जन को बाबा मेरे बारे में कुछ बता रहे हैं। बीच-बीच में बाबा ने बप्पा की तरफ भी इशारा किया था—शायद बताया होगा कि मैं उनके किस बेटे की बेटी हूँ। वह सज्जन मेरी तरफ ही देख रहे हैं। उनकी आँखों में अचरज है—शायद मैं बाकी सबसे अलग दिखती हूँ, इसलिए। मैं उनसे अपनी निगाह बचाकर फूलों की क्यारियों के पास उकड़ूँ बैठे बप्पा की तरफ देखती रही थी।

आज अचानक ध्यान आया था कि यह गाँव उसमें बना हमारा यह घर ही तो बप्पा की पूरी दुनिया है। मामा के जीवन काल में अम्माँ तो फिर भी कभी-कभी कुछ दिन को मामा के घर रह आती थीं। अब भी दो चार महीने में एकाध दिन को मामी से मिलने चली जाती हैं। बप्पा को तो कभी गाँव से बाहर जाते देखा ही नहीं। शायद शहर के रिश्तों के बराबर जाकर खड़े हो पाने का साहस उनके पास नहीं है।

6

रसोई थोड़ी अन्दर की तरफ बनी हुई है पर यहाँ छप्पर के नीचे बैठे वहाँ का काफी कुछ साफ दिखलाई पड़ता है। घर के सभी लोगों का अधिकांश समय इस छप्पर के

नीचे ही बीतता है। जाड़ों में दुपहर ढलते तक ठंड बढ़ने लगती है तो सब अन्दर चले जाते हैं नहीं तो सारे समय सब बाहर यहीं पर बैठे रहते हैं। घर की स्त्रियाँ अनाज, मसालों और सब्जियों का काटना, बीनना, कूटना यहीं बैठकर करती हैं। हमारे घर का यह खुला छप्पर गतिविधियों का केन्द्र रहता है। मैं निगाह घुमाकर चारों तरफ देखती रहती हूँ—अगर इसके बाकी तरफ दीवारें और दरवाज़े खिड़कियाँ बनवा दिए जाएँ तो कितना बड़ा सा कमरा निकल आए—एक पूरा अच्छा भला हॉल। लखनऊ में हमारे घर में तो कोई भी कमरा इतना बड़ा नहीं होगा। यहाँ जगह का कितना फैलाव है—अचानक मेरे दिमाग में आया था। सामने भी फूल बूटों से भरा वह ज़मीन का टुकड़ा। शहर में तो लोग उस साइज़ के लॉन के लिए तरसते हैं। मैं सोचती रही थी और निगाह घुमाकर चारों तरफ अपने घर को और उसके आस पास फैली बगिया को देखती रही थी—अपने खेतों को और खेतों के अलावा घर की सुविधा के लिए छोड़ी गयी ज़मीन को। काश लखनऊ में हमारे पास इस बगिया भर की जगह और इतना फैलाव होता। आज पहली बार इस छप्पर के नीचे बैठना अच्छा लग रहा है। पर हवा के साथ आती जानवरों की गन्ध कब से परेशान कर रही है।

उस दिन मुझे कहाँ पता था कि मैंने तो केवल सोचा ही था पर आसपास के शहर वालों की निगाहें सच में इन गाँवों और यहाँ की ज़मीनों की तरफ उठ जाएँगी। किसान बेचारे समझ भी नहीं पाएँगे और उनकी छोटी-छोटी ज़रूरतों को पूरा करने के लिए उन्हें पैसों का लालच देकर उनसे मिट्टी के मोल यह खेत ख़रीद लिये जाएँगे। कभी ट्रैक्टर ख़रीदने के लिए, कभी घर की बेटियों की शादी गौनों के लिए और कभी इलाज के लिए और कभी-कभी मुण्डन-टुण्डन जैसी छोटी ज़रूरतों के लिए भी। थोड़ी सी ज़मीन का टुकड़ा ही तो बेचा है उसके एवज़ में इतना सारा पैसा। धीरे-धीरे इस आसान पैसे का ख़ून मुँह लग जाएगा और छोटे-बड़े चक बेचते इनके पास अन्त में कुछ भी नहीं बचेगा। जो बुद्धिमान हैं या जिनकी ज़मीनें किस्मत से बच जाएँगी वे कुछ सालों में मालामाल हो जाएँगे। अच्छे के लिए हो या बुरे के लिए कभी-कभी किस्मतें कितने चुपचाप पलट जाती हैं।

आज घर में उत्सव जैसा माहौल है—शायद मैं आई हुई हूँ इसलिए। नहीं ख़ाली वही नहीं। आजकल खेतों की कटाई हो रही है। इस साल फसल काफी अच्छी हुई है सो घर में सब ख़ुश हैं—फिर रज्जन भैया की शादी।

अम्माँ और ताई रसोई में काम कर रही हैं। ताई चूल्हे पर कुछ बना रही हैं और अम्माँ सिल पर बैठी मसाला पीस रही हैं। सुबह जबसे उठी हूँ तब से न जाने कितनी बार उन्हें सिल पर कुछ-न-कुछ पीसते देख चुकी हूँ। मुझे उलझन हो रही है—थोड़ी सी झुंझलाहट भी। ताज़े मसाले पीसने की ज़रूरत ? पिसे पिसाए पैकट के

मसाले यह लोग क्यों नहीं ख़रीद सकते? नहीं तो चक्की से इकट्ठा ही पिसवाकर रख लें। यहाँ तो नमक भी दिन में दस बार पीसा जाता है—जब ज़रूरत पड़ी मुट्ठी में साबुत नमक निकाला और पीसने बैठ गये। फिर सिल को धोया और खड़ा कर दिया—फिर उसे गिराया और पीस लिया—कितना झंझट है। मुझे सुबह से शाम तक ऐसी किसी न किसी बात पर झुँझलाहट होती रहती है। ज़िन्दगी जैसी है उसके साथ जीने की आदत भी रगों में कितने आराम से बस जाती है। जीवन को आसान बना लेने का जैसे कोई महत्त्व ही नहीं। शहरों की कितनी सारी सुविधाएँ यहाँ नहीं हैं—बिजली तक नहीं—फिर बिजली से जुड़े उपकरण होने का तो सवाल ही नहीं है। उनके बिना आराम से जीवन यापन हो रहा है—जैसे कोई कमी ही नहीं। पुरानी आदतें बदलने की बात भी कोई नहीं सोचता। लोग कहते हैं कि इंसान को बहुत जल्दी सुविधाओं की आदत पड़ जाती है—नहीं भई—मैं सोचती हूँ—आदत तो असुविधाओं की भी पड़ जाती है। हमारे घर में तो कभी गैस ख़त्म हो जाए तो जैसे आफत आ जाती है। अड़ोस-पड़ोस में सिलिंडर की ढुँढ़ाई होने लगती है। अब तो संजय ने तीन तीन सिलेंडर की व्यवस्था घर में कर ली है। सो वैसी नौबत कभी आती ही नहीं है। अचानक दिमाग में आया था कि फ्रिज मिक्सी जैसा बिजली का सामान तो यहाँ लिया नहीं जा सकता पर गैस का चूल्हा और कुकर जैसी चीज़ें तो ली ही जा सकती हैं। अब तो यहाँ एक दो वर्कर भी हैं। कोई भी साइकिल के पीछे बाँधकर शहर से सिलिंडर ला ही सकता है, नहीं तो थ्री व्हीलर पर ही सही। सोचा था कि मौका लगने पर बप्पा या ताऊ से बात करूँगी। अम्माँ और ताई से भी रसोई के बहुत से पुराने तौर तरीके बदलने के लिए कहूँगी। आख़िर सुविधा और आराम भी कोई चीज़ होती है। इन लोगों के लिए चौके का काम आसान हो जाएगा। उतना सोचते ही अच्छा लगा था।

सबसे पहले घर के पुरुषों को खाना परोस दिया गया था। हमेशा ऐसा ही किया जाता है। पुरुषों के बाद बच्चे और सबसे बाद में औरतें। दादी बताती हैं कि पहले ज़माने में मर्दों के खा लेने के बाद उनकी थालियाँ ढँक कर रख दी जाती थीं। औरतें अपना काम ख़त्म करके उन्हीं थालियों में खाना खाती थीं। छोटी थी तो वे बातें सुनने में किसी इतिहास जैसी मज़ेदार लगती थीं जैसे किन्हीं परी कथाओं का हिस्सा हों। अब तो सोचती भी हूँ तो घिन लगने लगती है, जैसे उबकाई आ रही हो—छि: बचे हुए ठण्डे खाने के साथ झूठी थाली। शायद अम्माँ ने ही धीरे-धीरे घर का वह रिवाज़ बदल दिया था। दादी के स्वर में उस बात के लिए शिकायत होती थी।

मुझे याद आता है कि मैं और ताई के बच्चे घर के पुरुषों के खा लेने का बेसब्री से इन्तज़ार करते आस पास चक्कर लगाते रहते थे। सबसे बाद में घर की

औरतें। पुरुषों को न इस बात का ध्यान रहता था कि बच्चे भूखे घूम रहे हैं और वे धीरे-धीरे बातें करते हुए खाना खा रहे हैं और न इस बात का कि कोई स्वादिष्ट बनी हुई चीज़ स्त्रियों के लिए या बच्चों के लिए बची है या नहीं। अब बच्चों के नाम पर घर में एक चन्दर ही तो है। अम्माँ ने उसे सबके साथ परोस दिया था। वैसे भी अब घर में पहले जैसी तंगहाली नहीं है। खाना अब हाथ रोककर नहीं बनाया जाता। पहले के दिन याद आते हैं—पानी जैसी दाल और जो सब्जी भी खेत में इफरात से हो रही होती रोज़ वही एक सब्जी। नहीं तो किसी दिन ख़ाली सब्जी और किसी दिन सिर्फ दाल ही। अब तो कायदे से खाना बनता है। हो सकता है मेरे आने के कारण वैसा रहा हो। अम्माँ मुझसे भी जल्दी खा लेने की ज़िद करती रही थीं। अपने ही घर में अपने मेहमान बन जाने का अहसास अटपटा है—अम्माँ का मुझसे खाने के लिए ज़िद करना और बहुत भूख लगने के बावजूद मेरा मना करते रहना भी।

मैं चुपचाप दूर बैठी सबको खाते देखती रही थी। बाबा, ताऊ, बप्पा, रज्जन भैया और चन्दर। मन न मिलते हों तो ख़ून के रिश्ते कितने रीते लगने लगते हैं। इनमें से किसी के लिए भी तो मन में अपनापन नहीं उपजता। क्या यह सब मेरे लिए भी ऐसा ही महसूस करते होंगे—एक संवेदनहीनता की स्थिति। एक दूसरे के लिए कुछ भी न महसूस करते हुए भी मन में रिश्तों के बन्धन क्यों अटके रह जाते हैं? एक गुनाह की तरह। पता नहीं।

आज सुबह से आसमान में बदली है। सुबह उठी थी तो मौसम की नमी अच्छी लगी थी—पर घर में सब मौसम को लेकर परेशान दिखने लगे थे। दस बजते बजते एकदम चटक धूप छितरा गयी थी। हर चेहरे पर ख़ुशी दिखने लगी थी। आजकल फसल की कटाई चल रही है। काफी फसल गोदामों में पहुँचाई जा चुकी है। मण्डी से मजदूर बुला लिए गये थे ताकि यह काम जल्दी से ख़त्म किया जा सके। किसानों की ज़िन्दगी तो आसमान का मुँह ताकते ही गुज़र जाती है—फसल कट रही है तो मौसम का सूखा रहना ज़रूरी है और फसल की बुवाई चल रही है तो थोड़ी बहुत रिमझिम तो होनी ही चाहिए नहीं तो सूखी ज़मीन-कोंपल कैसे फूटेगी। आजकल गाँव में बहुत से अनजान चेहरे दिखने लगते हैं। फसल काटी जा रही है। शहर से ख़रीदार चक्कर लगाने लगते हैं—बिचौलिए—दलाल। खेतों से सीधे उठाकर अपने शहरों के गोदामों में भर लेंगे और सही समय पर बाज़ार में निकालेंगे।

रोटी ताई बना रही हैं। अम्माँ अभी भी सिल पर कुछ पीस रही हैं। शायद शाम के खाने की तैयारी अभी से शुरू कर दी है। लखनऊ में मम्मी जी को रसोई में जाते कम ही देखा है। सतवन्ती आउट हाउस में हमारे ही घर पर रहती है। बहुत साल से हमारे घर पर काम कर रही है और घर का पूरा तौर तरीका और सबकी

पसन्द नापसन्द ख़ूब अच्छी तरह समझती है। ऊपर के काम के लिए लल्लू है। सो ज़िन्दगी सुविधा से बीत रही है। पैसे की तंगी तो अब इस घर में भी नहीं दिखती—बस एटिट्यूड की बात है। चाहें तो बर्तन कपड़े और झाड़ू के लिए मदद यहाँ भी रखी ही जा सकती है। अगर रहने सहने के ढंग नहीं बदले तो फिर आमदनी बढ़ने का फायदा? घर के पुरुषों ने तो फिर भी अपने लिए थोड़ी बहुत सुविधाएँ मुहैया कर ली हैं। डेरी के लिए भी और खेती के लिए भी। अभी कुछ साल पहले तक खेती के और डेरी के लगभग सभी काम प्रायः घर वाले ही करते थे।

अम्माँ हर समय थकी सी दिखती हैं। ताई भी थकती ही होंगी—यह अलग बात है कि वे हर समय खुश और चहचहाती रहती हैं तो उनकी थकान समझ में नहीं आती है—शायद वे स्वयं भी वैसा महसूस नहीं करती होंगी। सोचा था मौका देखकर इन लोगों से बात करूँ क्या? हालाँकि जानती हूँ कि दो औरतों के होते हुए घर के काम के लिए बाहरी मदद की बात इस घर में सबके लिए ही फिजूल बात है—शायद बहुत थकान के बावजूद घर की स्त्रियों के लिए भी।

हम दोनों चुपचाप खाना खाते रहे थे। ताई खाने के बीच लगातार दादी से और ताऊ और बप्पा से बातें कर रही हैं। अम्माँ हमेशा की तरह चुप हैं। मुझे पता है कि सुबह से काम में लगी हैं। साफ सफाई, चौका बर्तन खाना बनाना—फिर दूध का काम कोई कम होता है? दूध को दूहने का फिर उनको अलग-अलग कैनियों में भरने का काम नौकर करते हैं, पर एक बार वे सब जब उन कैनियों को साइकिल में बाँधकर बाँटने के लिए निकल जाते हैं तब से दूध के सारे काम अम्माँ और ताई को करने होते हैं। दादी अब कुछ नहीं करतीं। वे चुपचाप अपनी खटुलिया पर बैठी रहती हैं और घर के कामों में अपनी टिप्पणी देती रहती हैं। मुझे पता है खाना ख़त्म होते ही अम्माँ बर्तन माँजने बैठ जाएँगी और ताई रसोई की साफ सफाई के काम में। मैं चुपचाप अम्माँ की तरफ देखती रही थी। बस यही ज़िन्दगी है इनकी—सुबह से लेकर रात और फिर दूसरे सबेरे से लेकर अगली रात तक।

7

सूरज ढलने से पहले एकदम धूल-धूसरित से चन्दर घर में बौखलाए हुए से घुसे थे। ओसारे तक जाकर पहले लोटा उठाकर बाल्टी से पानी निकाला था। तीन चार लोटे पानी अपने हाथ पैरों पर डाला था—बार बार पानी के छींटे डालकर अपनी आँखें और चेहरा धोया था। पानी के साथ शरीर पर चिपकी मिट्टी नीचे बहने लगी थी। फिर घड़े से पानी निकालकर उसने अपना सिर ऊपर उठाकर आधे लोटे से

ज़्यादा पानी वहीं खड़े-खड़े एक ही बार में पी लिया था। उसके चेहरे व हाव-भाव से एक वहशी सा गुस्सा झाँक रहा है। उसके उस अटपटे से व्यवहार पर सबका ही ध्यान गया था।

सब लोग चन्दर की तरफ ही देख रहे हैं।

''क्या हुआ?'' अम्माँ ने पूछा था तो लगा था कि उसकी आँखों में खून उतर आया था। उसने खेत पार बने बद्री काका के अखाड़े की तरफ इशारा किया था, ''वो स्साले बड़े चौधरी बने घूमते हैं—अपने आपको साहूकार समझते हैं। खेतों की कटाई के बहाने नई क्यारियाँ बनाकर हमारी तरफ से आधी क्यारी भर की ज़मीन पूरी लम्बाई में अपनी तरफ छेंक ली है।'' चन्दर कुछ क्षण चुप रहा था, ''बात करने गया था।'' उसने बड़ी शान से कहा था और अपनी गर्दन टेढ़ी कर ली थी।

''ऐं'' अम्माँ के मुँह से हैरान स्वर निकला था। बाबा, ताऊ और बप्पा की आवाज़ों में और चेहरों पर हड़बड़ाहट है।

चन्दर अपनी ही धुन में है। उसने किसी की तरफ ध्यान नहीं दिया था, ''सबै अस हसत रहै जैसन कोई बावला—कहत रहै बचुआ रातै मा का भंग चढ़ायै रहो या रातै में कौनु सपना आवा रहै?'' चन्दर की आँखों में वहशत उतर आई थी, ''सालों के खेतों में आग लगा दूँगा, खड़ी फसल फुँक जाएगी तो सारी पहलवानी भूल जाएँगे।''

अम्माँ घबड़ा गयी थीं, ''ऐ चन्दर तू इस सबके बीच में न पड़।'' वे गिड़गिड़ाई थीं, ''यह सब बड़ों की बातें हैं बड़े लोग जाकर कर लेंगे। वैसे भी उन ठाकुरों से पुश्तों की अनबन। वे लोग तो यूँही कोर्ट कचहरी पुलिस का मौका ढूँढ़ते हैं।''

''डेरी के इस काम से चार पैसे घर में आने लगे हैं सो आधा गाँव वैसे ही जलने लगा है हम सब से....'' ताई ने कहा था।

दादी ने घुड़का था, ''पहनवानन ते भिड़े के पहले अपन सूरत सीसा में देखो—टिटहरी लागत हौ। चुप्पै बैठो।''

अन्दर की तरफ जाता हुआ चन्दर अपने दोनों हाथ ऊपर को उठाए हुए बाहर की तरफ को झपटा था।

''का बानर असि कुदि रहे हो। अरे इनका नाम चन्दर नाय बन्दर होइ चहै।'' ताऊ चिल्लाए थे।

बाबा हँसे थे, ''सही। ई का नाम चन्दर नहीं बन्दर राखे का रही।''

चन्दर और भी ज़ोर से बड़बड़ाने लगा था, ''सारे मर्दाने जनानियाँ बन जाएँ।'' उसने कनखियों से बप्पा और ताऊ की तरफ सरसरी सी निगाह डालकर गुस्से से अम्माँ को घूरा था, ''सब अपनी मूँछें मुड़वा लें और चूड़ियाँ पहन लें।''

अम्माँ गुस्से से एकदम बौखला गयी थीं, "इसकी हिम्मत तो देखो! बाबा, ताऊ, बाप किसी के सामने कैसे ही बोलेगा तू—कुछ भी बोलेगा।"

"काहे न बोलब? हमार खेत हमारी महतारी के समान हैं। महतारी की खातिर जान देइऊ सकित हैं—जान लेइऊ सकित हैं।"

"अरे!" अम्माँ के मुँह से हैरान स्वर निकला था, "जब से पैदा हुआ है तब से पैदा करने वाली माँ को रुला ही रहा है। धरती माँ का बड़ा सग्गा बन गया।" अम्माँ ने लाचार क्रोध में पास में रखी चप्पल चन्दर की तरफ फेंककर मारी थी।

बाबा अभी तक कुछ नहीं बोले थे अपना हुक्का गुड़गुड़ाते रहे थे। उन्होंने बप्पा और ताऊ की तरफ मिचमिचाती आँखों से देखा था, "का कहि रहा बचवा? जाइके बात करि ले भैया।"

ताऊ ने झल्लाकर बाबा की तरफ देखा था, "का बात कर लें? सनक गया है साला। रुकन्दे के सबै लौंडा इन्का भड़काव देत हैं और यह चढ़ि जात हैं हज़रत झाड़े पर बौराय गये कि पगलाय गये। उयी सबै तो अपनी चार पुश्तन क्यार हिसाब किताब करत हैं—इन ससुर से पूछो ई हर घड़ी काहे बौखलाय रहत हैं। आवारागर्दी के सिवाय करना धरना कछु है नहीं। हर समय इस ससुरे के दिमाग में शक्क शुबह का कीड़ा बसत है।" ताऊ ने हाथ के इशारे से दिखाया था, "यहि कोने ते उई कोने तक हमरे उनके खेत फैले हैं। कौनु एक क्यारी केर मेड़ है जौनु बदल देंगे।"

ताऊ ने बप्पा की तरफ देखा था, "भैया चलो शाम को उनके ठीहा पर—गप्पें हाँक लें और रज्जन की शादी की ख़बर उन्हें दे दें। जित्ती बिगाड़ आएं हैं ई सरउ, उत्ती लीपा-पोती कर लें।"

"हम लीपा-पोती करें ये सरऊ जाकर फिर साना पोती कर देंगे?" बप्पा ने निराश होकर कहा था।

"तब की तब देखब।" ताऊ ने लाचार होकर कहा था, "इन्हूँ का कछु करि का पड़ि।

"कारड तो श्राद्ध के बाद ही बाँटे जइहें। उई कै दसै दिन बाद शादी।" बाबा शादी की सोच में उलझ गये थे।

रज्जन भैया सामने बैठे हैं। मुझे लगा था जैसे उनकी आँखों में हल्की चंचल सी मुस्कराहट है। या शायद मुझे वैसा भ्रम हुआ था।

मुझे अजीब लगता है। भाभी का वजूद इस दुनिया से ही नहीं घर वालों के दिल दिमाग से भी पूरी तरह धुल पुंछ चुका है।

बाबा ने चौंककर मेरी तरफ देखा था, "बिटिया गजोधर की बिटियन से तो तुम्हार दोस्ती रहे—पहले हर समय साथ खेउल्ती थीं। अब काहे नहीं जाती हो? मिलि आओ।"

मैं चुप हूँ। मैं हाँ या न कुछ भी कह पाने की स्थिति में नहीं हूँ। बाबा को भी कब की बातें याद हैं। उस दोस्ती को गुज़रे तो ज़माना बीत गया। मुझे उन दोनों के नाम याद नहीं आ रहे। तभी ताई ने कहा था "श्यामा के अभी पिछले हफ्ते ही बिटवा हुआ है। पाँचवाँ बच्चा है—तीन बिटियाँ और दो बेटे। ताई ने मेरी तरफ देखकर कुछ ऐसे कहा था जैसे वे मुझे श्यामा की कोई बड़ी उपलब्धि बता रही हों। मुझे अचानक ही याद आया था—हाँ श्यामा—दूसरी वाली का शायद रामा था। अब तो वे कहीं मिल भी जाएँ तो कहाँ पहचान सकूँगी। अजब ऊब के साथ सब कुछ ध्यान आया था।

उत्तर की अपेक्षा में बाबा मेरी तरफ देख रहे हैं। मैं चुप हूँ। हाल फिलहाल तो इस समय शाम हो चुकी है और कल सुबह ही मुझे चले जाना है।

8

मैंने अम्माँ की तरफ देखा था। उनकी निगाहें अभी भी सोते हुए चन्दर पर टिकी हुई हैं। आज शाम को चन्दर ने जिस तरह से कोहराम मचाया था अजब विरक्ति सी महसूस हुई थी—चन्दर से—बाकी सब से—इस घर के पूरे माहौल से—अम्माँ से भी। जिस तरह से चन्दर चिल्ला रहा था और जिस तरह से बाबा, ताऊ और बप्पा हीं हीं करके हँस रहे थे और जिस तरह से अम्माँ ने खींचकर चन्दर को चप्पल मारी थी। लगा था कैसे लोगों के बीच बैठी हूँ। अपने ससुराल और मामा के घर का पढ़ा लिखा माहौल याद आया था। यह भी लगा था कि अगर आज संजय मेरे साथ होते तो उनसे आँख कैसे मिला पाती। अपने ऊपर अजब तरस सा आया था—यह मेरा घर है—यह सब मेरे घर वाले हैं—चाहूँ तब भी तो कुछ बदल नहीं सकती। कालेज में मेरी और भी तो दोस्तें हैं—कितनों के घर जा चुकी हूँ—कितनों की मम्मी और घर वालों से मिल चुकी हूँ। सजे सजाए घर और पढ़े-लिखे लोग। लगा था कि ज़िन्दगी यहाँ से दूर ही भली है—मैंने नाहक ही यहाँ आने का सिलसिला शुरू किया और बेकार ही रुकने की बात सोची।

अचानक ही अम्माँ पर निगाह पड़ी थी। चिन्ता के वेग से उनके माथे पर अनगिनत सिलवटें पड़ी हुई हैं। अम्माँ के लिए दुख लगा था। इन हालातों में और ऐसे लोगों के बीच इनकी तो पूरी ज़िन्दगी बीत गयी। यह भी तो कुछ बदल नहीं सकती थीं यहाँ का। इन सबके बीच थोड़ा बहुत स्वयं बदली हों तो कुछ अनहोना तो नहीं। अभी कुछ क्षण पहले की अपनी ऊब पर ग्लानि होने लगी थी। मन किया था कि आगे बढ़कर उनके माथे को सहलाकर वहाँ पड़ी सिलवटों को समेट दूँ।

पर मैं वैसे ही बैठी रही थी। चन्दर इस अगस्त में दस साल का हो जाएगा। मैं जब मामा के पास रहने गयी थी तब इससे थोड़ी छोटी ही थी। चन्दर को लेकर अम्माँ की बेचैनी समझ रही हूँ।

''गाँव की लड़की गाँव की ही होकर रह जाएगी।'' अम्माँ ने तब मामा से कहा था। कितने साल बीत गये उस बात को। मैं सोचती हूँ कि अम्माँ चन्दर को लेकर भी तो ऐसा ही डर महसूस करती होंगी। आज सुबह ही तो अम्माँ ने बहुत दुखी होकर मुझसे कहा था कि ''वह बिरले ही होते हैं जो सड़क की रोशनी में बैठकर पढ़ लेते हैं और कुछ बन जाते हैं। अपना चन्दर उनमें से नहीं है।''

मैं अम्माँ की तरफ देखती रहती हूँ। अजब मिला-जुला सा अहसास—अम्माँ के लिए बहुत सा प्यार, बहुत सा तरस और शायद उतनी ही झुँझलाहट भी। गाँव में कोई कायदे का स्कूल नहीं, घर में बिजली नहीं, बच्चों को कोई पढ़ाने वाला नहीं—ऐसे माहौल में बच्चे पैदा करने की क्या ज़रूरत थी। वह तो कहो मामा ने मेरी ज़िन्दगी सँवार दी। पर मैं तो अकेली थी। मेरे साथ अगर अम्माँ के वे पाँच बच्चे भी जीवित होते तो क्या वे मामा से मुझे रखने की बात कर पायी होतीं। तब मेरा क्या होता—मैं आज कहाँ और कैसी होती? ताई की बेटियों जैसी—हर साल बच्चे पैदा करने वाली। मुझे जैसे घबराहट होने लगती है। मेरे बाद चन्दर पैदा न होता तो आज अम्माँ कितनी निश्चिन्त और सुखी होतीं।

मन में आया था कि अम्माँ ने मामा से मुझे अपने पास रखने की बात कह ली थी। मैं भी तो लखनऊ में रह रही हूँ...अच्छा भला घर है, सारी सुविधाएँ हैं... फिर भी। उन्होंने कभी मुझसे चन्दर को रखने की बात नहीं कही, शायद वैसा सोचा भी नहीं। क्या अम्माँ को मामा, मामी के प्यार पर जैसा भरोसा था वैसा भरोसा मेरे ऊपर नहीं है—या वे बेटी से सहारा माँगने की बात सोच ही नहीं पा रही हैं। अगर किसी दिन अम्माँ ने वैसा ही कुछ मुझसे कहा होता तो मैं क्या करती।

पर चन्दर मेरा भाई है मैंने भी तो कुछ नहीं सोचा। सोचती भी तो क्या करती? कैसे करती? लगा था जैसे दिल और दिमाग संकल्प विकल्प के कई खण्डों में बँटने लगा था—कभी इधर-कभी उधर।

मेरा मन रोने रोने को करने लगता है। लगा था जैसे किसी जाल में फँस गयी हूँ—जैसे किसी दलदल में धीरे-धीरे धँसती जा रही हूँ। अपने आपको पूरी तरह से मुक्त करने का कोई ज़रिया भी तो समझ नहीं आ रहा। अपने होने पर शर्म आने लगती है। इतने सालों तक अपने सुखों में आत्मलीन रही मैं...मेरा पी-एच. डी., मेरा भातखण्डे, मेरी नौकरी, मेरी म्यूज़िक कान्फ्रेंसेस—मेरा प्यार, मेरा घर और मेरी अपनी ज़िन्दगी। और...और...पाने में लगी रही। अपने सिवा किसी का होश

ही नहीं था। इतना पाया उसका फायदा? अम्माँ के इतने बच्चे नहीं जीये। मैं भी न जीती तो अम्माँ की ज़िन्दगी में क्या फरक पड़ जाता। कुछ भी तो नहीं।

कितनी ही कोशिश कर लूँ चन्दर के लिए मन में कुछ उपजता ही नहीं है—भाई है तो क्या। सोचती भी तो भला क्या कर लेती? मेरी शादी से पहले मामा ने संजय की मम्मी से कितनी तरह से कितने वायदे किये थे। "मत जाना गाँव बारात लेकर। आपसे कोई गाँव आने के लिए नहीं कहेगा।" मामा ने संजय के मम्मी और पापा से कहा था, "मन न हो तो बेटे और बहू को कभी गाँव की देहरी मत जाने देना। हम हैं न उसका मायका!" उन दिनों दोनों तरफ के घरों में बहुत तनाव था। जबसे संजय ने मुझसे अपनी शादी की इच्छा जताई थी तब से मम्मी जी एकदम बौखला गयी थीं। ख़ुश पापा भी नहीं थे। संजय की ज़िन्दगी और उनकी शादी को लेकर दोनों ने ही बहुत सारे सपने देखे हुए थे। इकलौता बेटा—मेडिकल कालेज का टापर। सपने साकार होने का समय आया था तो किसी अशुभ साए जैसी मैं बीच में आ गयी थी।

मेरी शादी को दो साल पूरा होते न होते मामा एक दिन नींद में ही चले गये थे। मेरे लिए केवल मेरे मामा ही नहीं गये थे—अपने साथ वे मेरा मायका भी ले गये थे। अब तक अम्माँ जब तब मामा के घर आ जाती थीं और मैं वहाँ पहुँच जाती—कभी रहने के लिए और कभी अम्माँ के साथ दो चार घण्टे बिताने के लिए। अब तो मामी स्वयं बेटों की आश्रिता हैं। मामा के जाते ही उस घर में जाने में अजब संकोच सा लगने लगा है। कितनी बातें ऐसी हैं जो कोई किसी से कहता नहीं है पर वे अपनी गन्ध और सच के साथ हवा में मौजूद महसूस होती रहती हैं। भैया लोगों ने कभी कुछ मुँह खोलकर किसी से नहीं कहा पर मुझे पता था कि मेरे कारण से हर दस पन्द्रह दिन में अम्माँ का आना और रहना उन दोनों को अच्छा नहीं लगता था। ख़ासतौर से हर समय शोर मचाता चन्दर और साथ में आया फूलबूटे वाला अम्माँ का टीन का सिलेटी बक्सा। इन दोनों बातों को लेकर उन लोगों को आपस में बड़बड़ाते मैं एक दो बार सुन चुकी थी। मामा के रहते कुछ भी कहने का साहस किसी के पास नहीं था पर मामा के जाते ही न जाने कैसे स्थितियाँ एकदम पलट गयी थीं। मामी बेटे बहुओं से डरने लगी थीं और अम्माँ का उस घर में आना जाना लगभग बन्द ही हो गया था। वैसे मेरी बात अलग थी। संजय उन दोनों के मित्रवत मौसेरे भाई थे और मैं उन लोगों की कज़िन होने के साथ ही संजय की पत्नी थी। मैं कभी संजय के साथ और कभी मम्मी के साथ जाती रहती। पर अम्माँ का आना लगभग बन्द सा ही है।

मैं अम्माँ से मिलने के लिए तरसने लगी थी। कुछ ही महीनों में मम्मी जी

को दिया गया मामा का वचन संजय ने तोड़ दिया था और मुझे लेकर वे गाँव जाने लगे थे। मम्मी को अच्छा नहीं लगा था। उन्होंने कहा कुछ नहीं था पर उनका चुप चेहरा देखकर मैं समझ गयी थी कि वे रूठी हुई हैं।

लगभग हर महीने में कभी एक बार कभी दो बार कुछ घण्टों के लिए हमारा गाँव जाना होने लगा है। संजय के डर से मैंने कभी मम्मी जी से अपने घर जाने की इज़ाजत नहीं माँगी थी। संजय ने वैसा ही करने को कहा था, ''उनको बताओ कि तुम जा रही हो और बिना रुके चुपचाप बाहर निकल आओ। इजाज़त माँगोगी तो मना कर देने पर नहीं जा पाओगी। धीरे-धीरे आदत पड़ जाएगी उनकी।''

मैंने वैसा ही किया था। पर हर बार लगता कि कुछ ग़लत कर रही हूँ। घर से निकलते और घर लौटने पर डर लगता रहता।

संजय या तो अपनी माँ को मुझसे बेहतर समझते थे या वे मेरे मुकाबले ज़्यादा दुनियादार थे। वैसा ही हुआ था जैसा संजय ने कहा था। धीरे-धीरे वे हमारे जाते रहने की अभ्यस्त हो गयी थीं। कुछ महीनों बाद हमारे गाँव से लौटकर आने पर अक्सर वे हमारे कमरे में आकर बैठ जातीं और गाँव के और अम्माँ के हाल-चाल पूछती रहतीं। कभी-कभी काफी देर तक विस्तार से। अम्माँ से अपने पुराने परिचय के किस्से भी सुनाने लगतीं। अम्माँ के भेजे कतरी और नमकीन की भी तारीफ करतीं और बड़े चाव से खातीं और बड़े चाव से उस सामान को एयर टाइट कंटेनर्स में सहेजकर रखतीं।

9

गाँव में अब तक घर की आर्थिक स्थिति बेहतर हो चुकी है। बचपन याद आता है। हफ्ते के सातों दिन किसी बच्चे को दूध नहीं मिल पाता था। छह बच्चे ताई के और सातवीं मैं। हर दिन बारी बारी से एक बच्चे को दूध मिला करता था। जिस दिन अपना नम्बर होता था उस दिन सुबह से कुछ अच्छा अच्छा लगता रहता था। तब तक शायद पनीर का नाम हम लोगों ने नहीं सुना था और दही भी प्राय: नहीं आता था। ऐसी कोई चीज़ आती भी थी तो सब बच्चों को अलग-अलग हिस्से से परोस दी जाती।

दोनों तरफ के स्टैंडर्ड भले ही न मिलते हों पर बेटे के ससुराल का पूरा सुख यहाँ सब लोगों को मिल रहा है। जब तब मम्मी पापा उस बात को कहने में भी कोई कमी नहीं करते हैं। मुझे अच्छा लगता है—अम्माँ का सामान भेजते रहना भी और

इन सब लोगों का उस बात के लिए खुशी ज़ाहिर करना भी। पर स्थितियाँ कितनी ही बेहतर हो गयी हों, मायके के रिश्तों को अपने घर लेकर आने की बात मैं नहीं कर सकती। मुझे पता है कि उस बात का स्वागत स्वयं संजय भी नहीं करने वाले। फिर चन्दर-उजड्ड सा रखरखाव। संजय की क्या कहूँ मेरे अपने मन में भी तो चन्दर के लिए ऊब के सिवा कुछ भी तो नहीं उपजता।

अम्माँ बड़ी देर से चुप बैठी हैं। मैं भी चुप हूँ।

अचानक अम्माँ से मेरी निगाह मिली थी, "अम्माँ यह चन्दर कभी-कभी एकदम देहाती भाषा बोलने लगा है। कम-से-कम उसकी भाषा तो सही कर सकती हो।" मेरे स्वर में झुँझलाहट है, "मत बोलने दिया करो उसे इस तरह से। अच्छा नहीं लगता है।" मैंने आजिज़ी से कहा था, "वह तो कहो संजय के सामने वह रुकता ही नहीं है। आज अगर संजय होते तो कितना बुरा लगता।" कहते ही शाम का पूरा वाकया अपने एक्शन रिप्ले के साथ निगाहों के सामने सिनेमा की किसी रील की तरह निकल गया था। तभी अम्माँ के थके उदास चेहरे पर निगाह पड़ी थी और एकदम से लगा था कि मुझे वैसे नहीं कहना चाहिए था। अम्माँ तो वैसे ही तब से उदास दिख रही हैं। नहीं तो मेरे आकर रहने के कारण इन दो दिनों में कितनी उल्लसित थीं।

अम्माँ के चेहरे पर खिसियाहट है, "हमसे ठीक से बोलता है। सबके बीच में आता है तो उन्हीं सबकी तरह हो जाता है। क्या करेंगे?" अम्माँ के स्वर में लाचारी है, "दिन दिन भर गाँव के बच्चों के साथ खेलता है और घर में भी तुम्हारे ताऊ, ताई, बाबा, दादी और" अम्माँ कुछ क्षण को जैसे हिचकिचाई थीं, "और तुम्हारे बापू" अम्माँ ने अपना वाक्य आधा ही छोड़ दिया था।

अम्माँ ने अपनी बात आधी छोड़ दी थी तो क्या—जो कुछ वह कहना चाहती थीं वह मैं समझ ही गयी थी। इस घर में तो ज़्यादातर लोग गाँव की भाषा ही बोलते हैं—कोई पूरी तरह और कोई मिली-जुली। मैंने अम्माँ की तरफ देखा था। उनके चेहरे पर खिसियाहट है। मुझे उन पर तरस आया था। अपने ऊपर थोड़ी सी झुँझलाहट भी। मैं इन सबसे क्या उम्मीद रखती हूँ? पन्द्रह बीस दिन में कुछ देर के लिए यहाँ आकर मैं क्या यहाँ का सब सुधार दूँगी।

अम्माँ की बोलचाल में भी अक्सर वह ग्रामीण लटक रहती ही है। मैं लाचार सा महसूस करने लगती हूँ। वे काफी देर तक कुछ सोचती रही थीं। "तुम किस्मत वाली थीं जो यहाँ से बाहर निकल गयीं। वैसे भी तुम यहाँ थीं तब भी जब तब मामा के घर जाती और रहती थीं—पर बेचारा चन्दर!" अम्माँ ने अपनी बात फिर आधी ही छोड़ दी थी। तब मुझे ध्यान आया था कि चन्दर तो मेरे घर भी कहाँ आता

है। याद ही नहीं आता कि उसने कब मेरा घर देखा होगा। मैंने भी तो कभी उससे आने के लिए नहीं कहा।

मैं तो बिट्टो की शादी की बात सुनकर अम्माँ की चोट को सहलाने आई थी पर यहाँ आकर तो साथ ही और और उलझनों में उलझती जा रही हूँ। यह अहसास एकदम नया है पर न जाने क्यों लगा था कि मैं न जाने कब से इनमें उलझी हुई हूँ—जैसे सालों से या फिर हमेशा से। जानती हूँ मेरे लिए इस सबसे बाहर निकल पाना इतना आसान भी नहीं है।

बहुत देर से हम दोनों चुप हैं।

तभी अम्माँ ने लम्बी सी साँस भरी थी, "तुम जब यहाँ थीं" वे फिर से चुप हो गयी थीं जैसे दुविधा में हों। मैं वाक्य के पूरा किये जाने के इन्तज़ार में उनकी तरफ ही देख रही हूँ। उनकी निगाहें मेरी नज़रों से टकराई थीं, "दद्दा के पास जाने से पहले", कुछ क्षणों के बाद उन्होंने झिझकते हुए अपनी बात पूरी की थीं, "जब तुम यहाँ थीं तो तुम भी अक्सर ऐसी ही देहाती बोली में बात करती थीं—कम्मो, रज्जो, गजाधर चच्चा की बिटियाँ और तुम—सब एक साथ खेलते थे और एक सी भाषा में ही तो बात करते थे।" उन्होंने धीमे स्वर में कहा था जैसे चन्दर की वकालत कर रही हों।

मैं खिसिया जाती हूँ। वह दिन याद आने लगते हैं—अखाड़े वाले गजाधर चाचा की बेटियों के साथ ताई की बिटिया और हम पूरे पूरे दिन गुट्टे खेलते थे—रस्सी कूदना, लँगड़ी टाँग खेलते रहना। कभी वे लोग हमारे घर और कभी हम उनके आँगन में खेल रहे होते थे—धूप, लू, धूल, बारिश का होश हमें ही कब रहता था।

मामा के पास जाने के बाद शुरू शुरू में जब छुट्टियों में गाँव आती थी तो मेरा ज़्यादा समय उन्हीं लोगों के साथ बीतता था। तब हम लोग दीवानों की तरह खेलते रहते जैसे पीछे छूट गये समय की क्षतिपूर्ति भी कर रहे हों। याद ही नहीं आता कि समय के साथ कब और कैसे उन लोगों के साथ खेलने-कूदने का चाव कम होने लग गया था और धीरे-धीरे उन लोगों से मिलने और बात करने तक की इच्छा ख़त्म हो गयी थी।

मुझे अजीब लगने लगता है। ऐसे कैसे मन की स्लेट से पिछला वह सब पूरा का पूरा धुल-पुँछ गया। कितने आराम से मैंने अपने आपको उस दूसरी दुनिया का मान लिया जैसे इस बीत गयी ज़िन्दगी से मेरा कुछ लेना देना रहा ही न हो। फिर यह ज़िन्दगी बीती भी कहाँ है—मेरे साथ साथ ही तो चल रही है—मैंने मुँह मोड़ लिया तो क्या।

उस रात बड़ी देर तक नींद नहीं आई थी।

बगल में लेटी अम्माँ बड़ी गाढ़ी नींद में सो रही हैं। दिन भर के काम से थका शरीर—आँख बन्द करते ही नींद घेर लेती है। अभी चन्द मिनटों पहले चन्दर के लिए इतना व्यथित हो रही थीं और अभी इतनी गाढ़ी नींद में हल्के खर्राटों के साथ सो रही हैं। चिन्ताओं की बात करते करते अचानक ऐसे कैसे सो लेती हैं वह? अच्छा है—अगर सो भी न पातीं तो किस तरह से जी पातीं। जिस दिन चिन्ताएँ उनकी नींद को रोकने लगीं वह समय उनकी ज़िन्दगी के लिए बहुत कठिन होगा। मैं इधर से उधर करवटें बदलती रही थी। गाँव की रातें डरावनी और अकेली सी लगती हैं। खिड़की के बाहर दूर-दूर तक अँधेरा और कमरे के भीतर ढिबरी की काँपती हुई लौ।

आज मन भी भारी है।

मैं नींद के आने का इन्तज़ार करती रही थी पर विचारों में एक बात से दूसरी बात जुड़ती चली गयी थी और मैं जागती हुई करवटें बदलती रही थी। अम्माँ के साथ बिताये ये कुछ दिन टुकड़ों में आँखों के सामने घूमते रहे थे। उस दिन अम्माँ मुड़कर बहुत देर तक सतनाम को चिमनियाँ चमकाते देखती रही थीं। अम्माँ के चेहरे पर अजब खिसियाई हुई सी मुस्कान थी, ''हम जब शादी होकर आई थीं तब घर में इत्ती बड़ी-बड़ी लालटेनें नहीं थीं—लैम्प तो एक भी नहीं थे। बस छोटी-छोटी लालटेनें।'' कुछ देर के मौन के बाद उन्होंने अपनी बात में सुधार किया था, ''नहीं—वह भी कहाँ थीं। तब ज़्यादातर तो ढिबरियाँ ही जलती थीं। तब रात में बड़ा डर लगता रहता था। शुरू-शुरू में तो बहुत डर लगता था।'' अम्माँ बुदबुदाई थीं जैसे अपने आपसे बात कर रही हों—जैसे अपने दुखों को याद कर रही हों। मैंने अम्माँ की तरफ देखा था। वे दयनीय सी लगने लगी थीं। मुझे उन पर तरस आया था। वे अभी भी सतनाम को चिमनियाँ चमकाते देख रही थीं। मैं चुप थी क्या कहती।

संजय के साथ आती हूँ तो शाम के चार बजने से पहले ही लौट लेती हूँ। अम्माँ ख़ुद ही देर नहीं करने देतीं। गाँव की ऊबड़-खाबड़ अँधेरी सड़कें। वे डरती रहती हैं। अँधेरा हो जाने पर यहाँ आए दिन चोरी डाके की वारदातें भी हो जाती हैं। घर वाले कहते हैं कि रास्ते में क्रिमिनल इलाका है—वहाँ कई घर डाकुओं के हैं। मैं चुपचाप हिलती हुई ढिबरी की तरफ देखती रही थी—वे कौन कौन लोग होंगे—मन में आया था? कैसे डालते होंगे वे डाका? दिमाग उलझ गया था और बुरा सा लगता रहा था।

इतने साल हो गये अम्माँ आज तक गाँव के हालातों से समझौता नहीं कर पायी हैं। कैसा लगेगा बिट्टो को यहाँ आकर। मेरा मन उदास होने लगता है जैसे सीने के ऊपर किसी ने भारी सा बोझ रख दिया हो। अचानक लगा था कि बिट्टो

की शादी रज्जन भैया से तय हो जाने के बाद अम्माँ को एक बार मामी से मिलने जाना चाहिए। वैसे भी जब मामी की अब तब लगी हुई है तो मिलने जाना तो बनता है—न जाने किस दिन ख़बर आ जाए। लगा था अभी फौरन अम्माँ से कहूँ यह बात—पर वे सो रही हैं।

सुबह अम्माँ से कहा था तो वे रुआँसी लगने लगी थीं। मैं तो कब से सन्तो से मिलने जाना चाहती थी।

"फिर गयी क्यों नहीं?" मेरे स्वर में हल्की सी झुँझलाहट है।

अम्माँ निरीह सी दिखने लगी थीं, "किसके साथ जातीं। तुम्हारे बप्पा तो कहीं जाते ही नहीं। उन्होंने तो साफ मना कर दिया।"

साथ की ज़रूरत क्यों थी मन में आया था। पर वह बात मैंने कही नहीं थी। मेरी बात अम्माँ नहीं समझेंगी। मैं भी तो नहीं समझ रही अम्माँ की बात। सालों से इस छोटी सी दुनिया की चार दीवारों में कैद—अचानक यूँ इतनी बड़ी दुनिया में अकेले निकल पाना आसान है क्या?

"मैं चलूँगी तुम्हारे साथ।" मैंने शान्त स्वर में कहा था, "मामी से मिलने का मेरा भी मन है। अभी तीन चार महीने पहले ही तो गये थे हम। तब ध्यान ही नहीं रहा कि तुमसे भी चलने के लिए पूछ लें।"

अम्माँ के चेहरे पर तसल्ली दिखने लगी थी।

जब गयी थी तब मैं मामी के घर दो दिन रही थी। डरी सहमी सी बिट्टो मामी के आसपास बनी रहती। बिट्टो को देखकर बुरा लगता रहा था। सोचकर दुख लगता रहा था कि मामी नहीं रहेंगी तो इस अकेले घर में यह छोटी सी बच्ची कैसे रहेगी। मामी ने उसे बहुत ही लाड़ से पाला था। इतने सख्त मिज़ाज के मामा।

पहले जब भी आई थी तब हर बार ही मामी की पूरी दिनचर्या को बेटी के चारों तरफ ही बीतते देखा था—बिट्टो का स्कूल—उसकी पढ़ाई—उसके कपड़े—उसका खाना-उसकी पसन्द और नापसन्द। मामी की दुनिया बिट्टो थी और उसकी दुनिया मामी। जब तब मामी उसे डॉक्टर सरस्वती कहकर दुलार से पुकारा करती थीं और तब सपने पंछी बनकर उन दोनों की आँखों में फड़फड़ाने लगते—ऊँचे और ऊँचे। तब कहाँ सोचा था कि एक दिन उन दोनों के वह सपने इस तरह से धूल-धूसरित हो जाएँगे कि उनका कोई अवशेष भी शेष नहीं बचेगा।

मैं चुपचाप बैठी रही थी। जिन मामी से मैं सिनेमा की कहानियों से लेकर घण्टों दुनिया जहाँ की बात कर लेती थी उस दिन समझ ही नहीं आ रहा था कि क्या बात करूँ। मैं चुपचाप बिट्टो की तरफ देखती रही थी।

तब कहाँ सोचा था कि इस फूल सी बच्ची की शादी कर दी जाएगी और वह भी उससे लगभग दुगने बड़े तीस साल के रज्जन भैया से। साधारण सी नौकरी और गँवई गाँव की वह फीकी सी बीहड़ ज़िन्दगी और सदियों पुरानी सोच—गरम मिज़ाज। बिजली नहीं—सड़कें नहीं—आए दिन नलों में पानी आना बन्द हो जाता है और हैण्ड पम्प से पानी खींचकर पानी भरना पड़ता है। इक्के-दुक्के कच्चे-पक्के घर और दूर-दूर तक चारों तरफ फैले खेत और रात के समय उनके ऊपर पसरा अँधेरा। जाड़ों की रातों में जब सियार और कुत्ते हू हा करके आवाज़ें निकालते हैं तो अजब मनहूसियत सी लगने लगती है।

10

प्लेटफार्म पर खड़े मामा दिख गये थे। मामा ने भी हमें देख लिया है और वह हमारे डिब्बे के साथ तेज़ कदमों से चलने लगे थे। ट्रेन पूरी तरह से रुकने के पहले ही हम दोनों दरवाज़े के पास आकर खड़े हो गये थे। हमारे पास सामान कुछ ख़ास नहीं है। हम जल्दी ही उतर लिये थे। मामा ने लपककर अम्माँ के पैर छूए थे—अम्माँ ने मामा का कन्धा थपथपाया था और मुँह से बुदबुदाहट जैसी कोई आवाज़ निकली थी। मेरे मन में जिज्ञासा हुई थी—क्या कहा अम्माँ ने! खुश रहने का आशीर्वाद दिया उन्हें? एक आदत की तरह वह वाक्य बोल दिया या भाई को देखकर ममता उमड़ आई। मामा ने आगे बढ़कर मेरा कन्धा थपथपाया था और हँसते हुए मेरे हाथों से वह छोटा सा बैग मेरे मना करने के बावजूद ले लिया था। अचानक अम्माँ की बात याद आती है, ''चेहरे पर रौनक आने लगी है—चलते हैं तो लगता है कि फुदक रहे हैं।''

न चाहने के बावजूद मेरी निगाहें अपने आस पास चलते मामा पर बार बार ठहरने लगी थीं। मेरा मन उदास होने लगता है। मामा के प्रति एक अकथनीय क्रोध—एक अलगाव।

घर में सामने का दरवाज़ा खुला हुआ है। मामा ने बाहर से ही बिट्टो को पुकारा था। मामा के घर में पहले से ही काफी आती रही हूँ। प्रयाग संगीत महाविद्यालय के सभी इम्तहान मैंने दिये हैं—सो इलाहाबाद तो बार बार जब तब आना होता ही रहता था। हर बार मामी के पास ही तो ठहरती थी। पहले की बात होती तो मामा को बिट्टो को पुकारने की ज़रूरत न पड़ती। वह यहीं कहीं दरवाज़े के आस पास खड़ी हुई हमारे आने की आहट ले रही होती और हमारा रिक्शा रुकने से पहले ही मामी और बिट्टो दरवाज़े पर खड़े मिलते।

मेरी आँखों में आँसू भरने लगते हैं।

मामी से मिलना और उनके घर रहना मुझे हमेशा ही अच्छा लगता था। रात देर तक हम लोगों की बातें होती रहती थीं। बातें और गाने। मामी को पुरानी फिल्मों के न जाने कितने गाने पूरे के पूरे याद हैं—ग़ज़लें भी। वे मेरे साथ गुनगुनाती रहतीं। मेरा स्वर अधिक शास्त्रीय होने लगता तो वे बीच में चुप हो जातीं और फिर थोड़ी देर में साथ पकड़ लेतीं और मेरे स्वर के सहारे देर तक गाती रहतीं। हम दोनों का ही समय ख़ूब अच्छा बीतता। मामी अपने गाना न सीखने का अफसोस करतीं। किसी गुरु से गाना सीखने का सुझाव मैंने उन्हें कई बार दिया था। बहुत बार सोचा भी कि उन्हें किसी से मिलवा दूँ पर हर बार बात आई गयी हो गयी थी। मामी ने भी कभी अपनी तरफ से आग्रह नहीं किया था। शायद उस शुरुआत का उन्हें साहस ही नहीं हुआ था।

अम्माँ मामी के पलँग के बगल में रखी कुर्सी पर बैठ गयी थीं। मैं वहीं पास में खड़ी हूँ। बड़ी मामी काफी समय से यहीं हैं। अपने दायित्व के निर्वाह में वे कभी चूकती नहीं हैं—हर रिश्ते की हर ज़रूरत में वे हमेशा पूरी तरह से सही रहती हैं। अम्माँ सन्तो मामी के बालों में उंगलियाँ डाले उनका माथा सहलाने लगी थीं। दोनों लोग ही चुप हैं—मामी की आँखों से लगातार आँसू निकल रहे हैं। बीच-बीच में अपनी आँखें अम्माँ ने भी चुपचाप पोंछी हैं।

मामा ने बिट्टो को आवाज़ लगायी थी। वह चुपचाप सामने आकर खड़ी हो गयी थी।

दिद्दी को ऊपर के कमरे में ले जाओ। दिद्दी का सामान वहीं ले जाओ। मामा ने अपनी आदत के अनुसार जैसे घुड़ककर कहा था। बिट्टो ने मेरी अटैची उठा ली थी। मामा हँसे थे, ''अब यह तेरी दिद्दी नहीं ननद हैं, ख़याल रखना इनका।'' हँसते हुए चारों तरफ देखा था जैसे कोई बड़ा भारी मज़ाक किया हो उन्होंने। पर सब चुप हैं। उनके उपहास उल्लास में किसी ने साथ नहीं दिया था। बिट्टो का चेहरा निर्विकार है—एकदम गुम निगाहें। मामी की आँखों से नए वेग से आँसू झरने लगे थे। बड़ी मामी के चेहरे पर गुस्सा है। मामा लगातार कुछ-न-कुछ बोले जा रहे हैं। समझ नहीं आ रहा कि मामा किस बात पर इतना ख़ुश हैं और किस बात पर इतनी हँसी आ रही है। इतना भी नहीं जानते यह कि घर के किसी को मौत लेने के लिए आकर खड़ी हो जाए तो इस तरह से नहीं हँसा जाता।

मैं अम्माँ और बड़ी मामी की तरफ देखती हूँ। इनसे कोई कुछ बोलता क्यों नहीं—कम से कम ये चुप तो रह सकते हैं। इतना चहकने की क्या बात है। इस समय मामा की तेज़ आवाज़ दिल दिमाग को चोट जैसी लग रही है। मामी की आँखों से पतली धार की तरह लगातार बह रहे आँसुओं को पोंछना चाहती हूँ पर

मैं चुपचाप खड़ी रही थी।

बड़ी मामी और अम्माँ नीचे के कमरे में सन्तो मामी के पास ही सोई हैं। मैं बिट्टो के साथ ऊपर आ गयी थी। हम लोग जबसे आए हैं तब से वह कुछ भी नहीं बोली है। वह अभी भी चुप ही है। मैंने बात शुरू करनी चाही थी, पर समझ ही नहीं आया था कि इससे क्या बात करूँ। पहले की तरह आज कुछ भी ऐसा नहीं है जिस पर उससे संवाद किया जा सके—उसकी पढ़ाई—उसकी सहेलियाँ—या फिर उसकी सम्भावित ज़िन्दगी। कुछ भी तो नहीं।

सुबह देर से आँख खुली थी। नीचे आई थी। मामा घर पर नहीं हैं। सन्तो मामी पिछले दिन के मुकाबले में शान्त और स्थिर लगी थीं। उन्होंने मुझे कुर्सी अपने निकट को ले आने का इशारा किया था, मैंने वैसा ही किया था। मामी ने मेरी हथेली के ऊपर अपना हाथ रख दिया था। ''मेरी बिट्टो का ख़याल रखना।'' मामी की बेहद कमज़ोर आवाज़ और निगाहों में एक याचना। मैंने उनके हाथ को अपने दूसरे हाथ की हथेली से ढँक लिया था। उन्हें किस तरह से तसल्ली दूँ और क्या बोलूँ? क्या कहूँ उनसे कि जब आप इस दुनिया में नहीं रहेंगी तब मैं आपकी बिट्टो का ख्याल रखूँगी। ऐसे समय कैसे बात करनी होती है—मेरे समझ नहीं आता। मामी ने ही अपने कमज़ोर स्वर में बात आगे बढ़ाई थी, ''दीदी कह रही थीं कि वहाँ बिजली आने वाली है। लाइनें पड़ गयी हैं।''

मैंने अम्माँ की तरफ देखा था। वे यहीं मामी के सिरहाने पर खड़ी हुई हैं। ''दीदी यह भी बता रही हैं कि गाँव के स्कूल में हाई स्कूल और इण्टर खुलने वाला है।'' मामी की हथेली पसीजी हुई है। कमज़ोर स्वर में उन्होंने अपनी बात जारी रखी थी, ''मेरी बिट्टो की पढ़ाई पूरी करवा देना बेटा। एक बार इण्टर हो गयी तो आगे की पढ़ाई तो वह प्राइवेट भी कर लेगी। तुम भी उसकी मदद कर सकती हो। दीदी कह रही थीं कि लखनऊ के अपने कालेज से तुम ही फार्म भरवा सकती हो—सारी टीचरें तुम्हारी दोस्त ही तो हैं।'' मामी की आँखों में उम्मीद की कमज़ोर सी लौ चमकी थी। मेरी निगाहें फिर एक बार अम्माँ से मिली थीं। कुछ झूठ कितने नेक होते हैं।

मैंने मामी का कन्धा थपथपाया था। मामी के चेहरे पर एक खिसियायी सी मुस्कराहट है, ''डॉक्टर नहीं भी बनी पर पढ़ तो जाएगी। अनपढ़ तो नहीं रहेगी न।''

''मामी'' मैं हँसी थी, ''वैसे भी अब गाँव के घर में अँधेरा नहीं रहता है। घर में बड़े बड़े लैम्प जलते हैं। पैट्रोमैक्स भी जलाई जाती है, बिल्कुल दिन जैसी रोशनी देती है वह।'' मैंने बड़ी मामी की तरफ देखा था, ''बड़े मामा होते तो अब वे अम्माँ के लिए परेशान होना छोड़ देते। अब हम गाँव जाते हैं तो बड़े मामा बहुत

याद आते हैं। एक बार गाँव की अच्छी शक्ल देख लेते।'' कमरे में कुछ हँसकर और कुछ उत्तेजित होकर बातें होने लगी थीं। सन्तो मामी के बीमार उदास चेहरे पर हल्की सी तसल्ली दिखने लगी थी।

11

तीन दिन यहाँ रुककर आज हम लोग वापिस जा रहे हैं। अम्माँ इससे ज़्यादा नहीं रुक सकतीं। घर लौटकर शादी का बहुत काम है। सामान कुछ ख़ास हमारे साथ नहीं है। मैं ऊपर आकर जो थोड़े से कपड़े-कंघा साबुन वगैरा इधर-उधर फैला हुआ है उस सबको समेटकर रख रही थी कि बड़ी मामी आ गयी थीं। एक पैकेट में हमारे साथ के लिए खाना उन्होंने मुझे पकड़ाया था. ''वसु बेटा, हम चाहते हैं कि शादी में तुम गाँव न जाकर यहाँ आओ!''

''जी मामी''। मैंने कहा था। रंजन भैया से बिट्टो की शादी हो रही है इतना ही तो सोचा था—मुझे उसमें शामिल भी होना है की बात तो दिमाग में आई ही नहीं थी। मैं मामी से अपने मन की बात नहीं कह पायी थी कि इस शादी में किसी भी तरह से शिरकत करने का मन नहीं है—कितनी बातें हैं जिन्हें लेकर मन उलझा हुआ है। पर मामी कह रही हैं तो मुझे आना ही है। वैसे भी आना तो था ही।

मामी कुछ चिन्तित मुद्रा में मेरे सामने बैठी हैं। मामी के स्वर में घबराहट है, ''उस समय बिट्टो और सन्तो दोनों को ही सँभालना आसान नहीं होगा।'' मामी जैसे अपने आपसे बात कर रही हों, ''समझ ही नहीं आ रहा कि कैसे होगा यह काम।''

मैं चुप हूँ। मामी धीरे से बुदबुदाई थीं, ''सन्तो को चैन से मरने देते मोहन लल्ला। पर नहीं। न जाने कितनी जल्दी पड़ी है उन्हें। अपने जी न पाने का दुख कोई कम था उस बेचारी को जो जाते जाते ये इतनी बड़ी चोट।''

उस दिन गाँव में अम्माँ ने भी तो यही कहा था। सब कितना कितना सोच रहे हैं पर कोई कर तो कुछ भी नहीं पा रहा। आज फिर एक हूक सी उठी थी—काश बड़े मामा जीवित होते तो वे यूँ बिट्टो की बलि न चढ़ने देते। एक इंसान के न होने से कितना कुछ बिखर गया है। काश मोहन मामा इतने स्वार्थी न होते।

अम्माँ मेरे सामने की बर्थ पर खिड़की के पास बैठी हैं। वे बहुत थकी और उदास लग रही हैं। पिछले दो दिन से वे न तो ठीक से सो सकी हैं और न ही थोड़ा भी आराम ही मिला है—ऊपर से इतना अधिक मानसिक तनाव। मामी को जिस हालत में हम लोग छोड़कर आए हैं उसे लेकर मन में हताशा है। आज रिक्शे में बैठते ही

अम्माँ ने अपने आँसू पोंछे थे, ''अब सन्तो से फिर मिलना नहीं होगा!'' अम्माँ ने रुँधे गले से बस इतना ही कहा था।

मुझे अभी कुछ ही दिनों में एक बार और आना है कि बात फौरन मेरे दिमाग में आई थी—बिट्टो की शादी में शामिल होने के लिए—मामी और बिट्टो को सँभालने के लिए। मुझे घबराहट होने लगी थी।

मैं चुप थी। अम्माँ की बात का खण्डन करने का कोई मतलब नहीं था।

''तुम्हारी बदौलत सन्तो से मिलना और उसे देखना हो गया—नहीं तो'' अम्माँ ने अपना वाक्य आधा छोड़ दिया था। वह चुप हैं और कुछ सोच रही हैं।

''लेटोगी अम्माँ?'' मैंने पूछा था।

''नहीं बेटा!'' उन्होंने कहा था और मेरी तरफ देखती रही थीं।

मैंने उठकर अम्माँ की तरफ की खिड़की का काँच बन्द कर दिया था, ''बाहर से धूल मिट्टी आ रही है।'' मैंने कहा था और अपनी तरफ का भी काँच गिरा दिया था। अम्माँ मुझे उन्हीं ख़ाली सी निगाहों से देखती रही थीं। वे सोचती मुद्रा में चुपचाप बैठी रही थीं जैसे कुछ समझ न पा रही हों।

''कुछ झूठ बड़े भले होते हैं।'' मैंने बात शुरू की थी, ''भला हुआ जो तुमने मामी से गाँव में बिजली आने वाली बात कह दी—और कालेज खुलने वाली बात—मामी को थोड़ी तसल्ली हो गयी।''

अम्माँ अभी भी चुप ही थीं और उसी मुद्रा में सोचती रही थीं—''हाँ सो तो'' काफी क्षण बीत जाने के बाद वह धीरे से बुदबुदाई थीं, ''पर ऐसा झूठ भी नहीं बोला।'' उन्होंने अटकते हुए कहा था, ''हाँ कालेज की बात बोल दी बहू को दिलासा देने के लिए—बिजली वाली बात भी।'' उन्होंने उलझे हुए स्वर में कहा था। वह फिर से किसी गहरे सोच में डूब गयी थीं। मैं उनकी तरफ देख रही हूँ और वे खिड़की के बाहर। ''पर ऐसा झूठ भी नहीं बोला'' उन्होंने कुछ क्षण पहले कही अपनी बात दुहराई थी, ''सच ही तो है कि गाँव में बहुत कुछ पहले से बहुत बेहतर तो हो ही गया। पहले अपने घर पहुँचने के लिए कोसों तक लढ़िया से जाना पड़ता था। मोटर या रिक्शा चलने के लिए सड़क थी ही कहाँ—कच्ची पक्की कैसी भी नहीं।'' अम्माँ ख़ाली सी निगाह से कुछ देर तक यूँही देखती रही थीं जैसे आँखें खुली हों पर वह सिर्फ सोच रही हैं कुछ भी देख नहीं पा रही हैं। ''घरों में तो आज भी बिजली नहीं है पर कम-से-कम कुछ सड़कों पर तो दूर पर हण्डे जलते दिखते हैं—तब तो सब तरफ अँधेरा...घुप्प अँधेरा।'' अम्माँ चुप हो गयी थीं। मैं भी चुप हूँ। अम्माँ उदास निगाहों से बाहर की तरफ देख रही हैं, ''हम शादी होकर आई थीं तो जून का महीना था। हिलती डुलती लढ़िया—उस पर नीचे तक का घूँघट डाले

उकड़ूँ बैठे लगा था शरीर की हर एक हड्डी चटक गयी हो जैसे—चारों तरफ से धूल के साथ लू के थपेड़े। गर्मी तो बिट्टो की शादी में भी है—पर कम-से-कम लढ़िया में तो नहीं आना होगा उसे।'' अम्माँ कुछ क्षण के लिए चुप हो गयी थीं, ''लखनऊ स्टेशन से मामी की गाड़ी गाँव लेकर जाएगी।'' अम्माँ ने बताया था।

मैं चुप बैठी हूँ—बस चुपचाप अम्माँ की तरफ देख रही हूँ। समझ नहीं आता क्या बात करूँ। अम्माँ के अतीत में शामिल नहीं होना चाहती—उस बारे में बात करने के लिए कुछ भी नहीं है—जो मालूम है वह भी नहीं और जो नहीं मालूम उन यादों में भी कुछ तो नहीं सिवाय दुख अकेलापन और अँधेरा। पर मैं जानती हूँ कि वे वही सब सोच रही हैं—गाँव में अपना आगमन—अपनी शादी के बाद के शुरू के दिन। बिट्टो की शादी ने अम्माँ को एक बार फिर उन्हीं दिनों में लौटा दिया है। अम्माँ के चेहरे पर खिसियाहट है, जैसे अपमानित किये जाने के बाद का उतरा चेहरा। वे हँसी थीं—जैसे कुछ अचानक याद आ गया हो।

''क्यों हँस रही हो?'' मैंने पूछा था।

''कुछ नहीं।'' उन्होंने बैठे बैठे ही दाहिने पैर से बाएँ की तरफ करवट बदली थी और उघड़ रहे पैर को धोती खींचकर ढँका था और एक किनारे को पैर के नीचे दबा लिया था। अम्माँ फिर उसी मुद्रा में हँसी थीं। ''घर पहुँचते तक न जाने कितना समय लग गया था। गाँव में घुसते ही न जाने कहाँ से लढ़िया के पीछे पीछे ढेर सारे बच्चे शोर करते हुए दौड़ने लगे थे 'दुलहनिया! नई दुलहनिया!' अम्माँ काफी देर के लिए चुप हो गयी थीं और खिड़की के बाहर देखती रही थीं जैसे कुछ सोच रही हों, ''हमें अच्छा नहीं लगा था—जैसे हमारा तमाशा बन रहा हो।'' बहुत देर के बाद उन्होंने जैसे अचानक कही थी यह बात, ''उन्हें किसी ने रोका भी नहीं था।'' उन्हीं उदास निगाहों से अम्माँ ने मेरी तरफ देखा था और वे और भी ज़्यादा लाचार दिखने लगी थीं ''पर हम कुछ कर ही नहीं सकती थीं—सिवाय चुप बैठे रहने के। साथ में बैठे तुम्हारे बप्पा उस छोटी सी जगह में पैर समेट कर सो गये थे।''

मैं चुप हूँ। वह पूरा दृश्य आँखों के सामने खिंच गया था। चाहूँ तो भी अम्माँ की उन यादों को किसी गठरी में बाँधकर बाहर कहीं फेंक नहीं सकती। अम्माँ से वह सब मुझे बताने के लिए मना भी नहीं कर सकती। अम्माँ की उन यादों को मैं अपने पास सहेजकर भी नहीं रखना चाहती—पर जानती हूँ कि इस सबको भूल पाना भी तो सम्भव नहीं है। हम दोनों ही बाहर की तरफ देख रहे हैं—दोनों ही उदास हैं। बढ़ती हुई ट्रेन के साथ पीछे की तरफ भागते हुए पेड़ और खेत पीछे छूटते जा रहे हैं। मैंने बात बदलनी चाही थी।

''बड़ी मामी कब तक रुकेंगी वहाँ?'' मैंने पूछा था।

"भाभी?" अम्माँ ने अजब निगाहों से मेरी तरफ देखा था, "सन्तो भला कितना जीएँगी अब?" वे चुप हो गयी थीं और सोचती रही थीं, "फिर बिट्टो की शादी भी तो है।"

अम्माँ ने अटपटा सा जवाब दिया था। मैं चुप रहती हूँ। मैं समझ गयी थी कि मामी की मौत और बिट्टो की शादी, जो भी बाद में होगा, उसे निबटाकर ही बड़ी मामी लौटेंगी। अजीब लगता है सोचकर यूँ गुपचुप किसी की मौत का इन्तज़ार किया जाना—अलग-अलग कारणों से।

स्टेशन पर संजय हमारी नई गाड़ी लेकर लेने के लिए आए हुए थे। गाँव तो हम लोग हमेशा अपनी पुरानी गाड़ी में ही जाते हैं। अम्माँ को बताया था। उनके थके चेहरे पर चमक दिखने लगी थी। मुझे अच्छा लगा था। इतने दिन बाद अम्माँ के ख़ुश दिखने का एक छोटा सा कारण तो मिला।

शाम का धुँधलका होने लगा है। आज की रात अम्माँ को मेरे घर पर रुकना पड़ेगा सोचकर वह सकुचाने लगी थीं। मम्मी पापा गेट खुलने की आवाज़ सुनकर पहले से बरामदे में आकर खड़े हुए मिले थे। उसी सकुचाती मुद्रा में अम्माँ गाड़ी से उतरी थीं और बेहद झिझकते हुए उन्होंने पोर्च की वे तीन सीढ़ियाँ चढ़ी थीं। मम्मी ने बहुत अपनेपन से अम्माँ का स्वागत किया था—और उनके कन्धे पर हाथ रखे हुए उन्हें अन्दर ले गयी थीं। अम्माँ अस्पष्ट सा बुदबुदाई थीं जैसे उन लोगों के सामने अपना माफीनामा रख रही हों। मैं समझी नहीं थी कि अम्माँ ने क्या कहा। पापा और मम्मी दोनों खुलकर हँसे थे।

"यह तो तुमने बहुत ग़लत किया प्रभा कि ख़ाली हाथ आ गयीं!" पापा ने हँसते हुए कहा था।

मैं समझ गयी थी कि बेटी के घर ख़ाली हाथ आने का अफसोस किया था अम्माँ ने। मम्मी किचन के अन्दर जाकर कुछ दिन पहले गाँव से आए लड्डू और कतरी के डिब्बे निकाल लाई थीं, "तुम्हारे घर की मिठाई तो इन कुछ सालों में हम सबने इतनी खा ली है प्रभा कि पूरी ज़िन्दगी में इतनी नहीं खायी थी।"

अम्माँ मुस्कराई थीं। उनके मोती जैसे दाँत और गालों में पड़ता गहरा सा गड्ढा—पर चेहरे पर ठहरा हुआ वह शाश्वत खिसियाया सा भाव।

मैं सुबह कालेज चली गयी थी। अच्छा है आज मेरा पहला क्लास है। उसके बाद प्रिंसिपल से इज़ाज़त लेकर जल्दी घर आ जाऊँगी। अम्माँ को लंच के बाद गाँव

जाना है। कल तक कालेज बन्द था इसलिए आज मेरा जाना ज़रूरी था नहीं तो सब दिन की छुट्टी लग जाती।

मम्मी पापा दोनों ने अम्माँ से कुछ दिन रुकने के लिए कहा था। पर वे आज ही जाना चाहती हैं। मैं जानती हूँ कि उन्हें आज ही जाना होगा। एक तो अकारण बेटी के यहाँ रुकना—फिर उनका गाँव भी जल्दी पहुँचना ज़रूरी है। शादी का बहुत काम है। फिर चन्दर! अम्माँ चन्दर के लिए भी बेचैन हैं।

कालेज से घर लौटी थी तो देखा था मम्मी पापा दोनों अम्माँ के साथ बैठे बातें कर रहे हैं। "आज आप कचहरी नहीं गये पापा?" मैंने पूछा था। पापा अम्माँ की तरफ देखकर हँसे थे, "आज प्रभा आई हैं तो हमने सोचा आज लंच के बाद जाएँगे—कहीं गुस्सा हो गयी तो हमारे लड्डू, कतरी, नमकीन सब बन्द।"

अम्माँ मुस्कराई थीं। मुझे इतनी आत्मीयता से तीनों लोगों को साथ बैठे देखकर अच्छा लगा था। मैं किचन में जाकर खाना लगवाने लगी थी।

जाने लगीं थी तो अम्माँ कार के अन्दर बैठने से पहले सकुचाई सी ठिठककर मम्मी जी के पास खड़ी हो गयी थीं जैसे बहुत देर से कुछ कहना चाह रही हों, "हमारी बिटिया किस्मत वाली थी जिज्जी जो आपके घर की बहू बनकर आ गयी।" एक खिसियाया सा अपराधी भाव अम्माँ के चेहरे पर साये की तरह तैर गया था। आगे अम्माँ ने कुछ कहा नहीं था पर मैं उनके मन की बात जानती हूँ कि हम तो इत्ता ऊँचा सपना भी न देख पाते। मुझे अजीब लगा था पर मैं चुप हूँ। मम्मी जी ने अम्माँ के दोनों कन्धों पर बड़े अपनेपन से अपने हाथ रख दिये थे, "तुमने हमें इतनी प्यारी बिटिया दे दी प्रभा कि हमारे घर में रौनक आ गयी।" पास खड़े पापा ने हामी भरी थी। माहौल ख़ुशगवार लगने लगा था।

अम्माँ ने मेरी तरफ देखा था। उनकी आँखों में तैरते आँसू और चेहरे पर अद्‌भुत तसल्ली है।

अम्माँ चली गयी थीं।

कुछ देर हम सब चुपचाप बैठे रहे थे। अचानक मम्मी उठकर खड़ी हो गयी थीं जैसे कुछ याद आ गया हो। वे अपने कमरे में गयी थीं। मैं और पापा बात करते रहे थे। कुछ ही देर बाद वे लौटी थीं तो उनके हाथ में दो रंगीन लिफाफे थे जो उन्होंने मेरी तरफ बढ़ाए थे। मैंने उन्हें पकड़ लिया था, "यह क्या है मम्मी?" मैंने पूछा था।

"बिट्टो के लिए नेग है।" मम्मी ने कहा था।

"मतलब?" मेरे मुँह से अपने आप निकला था।

"तुम्हारे मामा ने तुम्हारी माँ के हाथों निमन्त्रण भेजा है तो शगुन का कुछ भेजेंगे न।"

''हाँ।'' मैंने अटपटाते हुए कहा था, ''पर दो क्यों?'' मैंने पूछा था।

''तुम्हारे ताऊ के घर से भी न्योता तो आएगा ही। सो एक लिफाफा मामा को और एक गाँव में दे देना।''

''जी!'' दोनों लिफाफे मेरे हाथ में हैं।

''हमने तुम्हें अभी से दे दिया। जाने वाले दिन कहीं हड़बड़ाहट में भूल न जाएँ। अगर इन रुपयों से उसके लिए कुछ लेना चाहो तो अभी बीच में थोड़ा समय है।''

मम्मी कुछ सोचती रही थीं। ''अपनी शादी का लहँगा ले जाओ। शादी के दिन पहनाने के लिए। पता नहीं वहाँ पर वे लोग कुछ कर भी पाए हैं या नहीं।

''कैसी शादी और कैसी सजावट!'' मैंने सोचा था। पर मैं चुप हूँ।

मम्मी मेरी तरफ देखती रही थीं। उन्होंने शायद मेरे मन की बात समझ ली थी, ''शादी तो शादी ही होती है। उस दिन लड़कियों को भी सजने का चाव होता है। दुल्हन तो दुल्हन की तरह ही अच्छी लगती है। कायदे से तैयार होगी तो उसे भी अच्छा लगेगा और मामी को भी।''

मैं अटपटी सी निगाह से मम्मी की तरफ देखती रही थी। शायद वे ग़लत नहीं कह रहीं। सोचती रही थी कि बिट्टो को कैसा लगेगा—पता नहीं। लिफाफे अभी भी मेरे हाथ में हैं। मैंने एक लिफाफे के अन्दर झाँककर देखा था। सौ सौ के कई नोट रखे हैं। दूसरे लिफाफे में भी इतने ही होंगे—मैंने सोचा था, ''मम्मी दोनों जगह लिफाफे देने की जगह अगर एक अच्छी सी चीज़ ले लूँ बिट्टो के लिए—कान का कुछ या फिर?'' अपने स्वर का उछाह मुझे स्वयं अटपटा लगता है।

मम्मी कुछ देर सोचती रही थीं, ''हाँ। फिर चीज़ तो कुछ अच्छी सी आ जाएगी। ले लो। बस दोनों तरफ दिखा देना और बता देना।''

मैंने लल्लू को बुलाकर दुछत्ती से एक सूटकेस उतरवाया था। स्टील की अल्मारी से अपनी शादी का लहँगा निकालकर उसमें रखा था और इलाहाबाद ले जाने का सामान रखने लगी थी—मेरे पास रखी कुछ नई साड़ियाँ वगैरा।

अगले तीन चार दिन मैं रोज़ ही कालेज से लौटते पर बाज़ार जाती रही थी—बिट्टो के लिए छोटा बड़ा तमाम सामान—कान के झुमके, साड़ियाँ, चूड़ियाँ, बिन्दियों के पैकेट, पर्स, परफ्यूम, और न जाने क्या क्या। मम्मी बड़े शौक से मेरा लाया सामान देखतीं और मुझे सुझाव देती रहतीं। दुकान से सामान उठाते और घर लाकर सूटकेस में रखते अक्सर शादी का उछाह मुझे अनजाने ही छूने लगता—उसके बाद एक अकथनीय बेचैनी और झुँझलाहट।

12

घर के अन्दर उमस लग रही है। वैसे भी थोड़ी देर एकदम चुपचाप अकेले बैठना चाह रही हूँ। माहौल में उदासी घुली हुई है। पर शादी का घर है सो शादी जैसा तो लगना ही चाहिए। कोशिश तो की ही गयी है। रंग बिरंगे पतंगी काग़ज़ की तिकोनी झंडियाँ आँगन में इस तरफ से उस तरफ तक सुतली से बेतरतीब सी बँधी हुई हैं। आँगन के अन्दर के बराम्दे में एक तरफ दीवाल पर एक बड़ा सा काग़ज़ चिपका हुआ है—उसमें देवी देवताओं की तस्वीरें बनी हुई हैं—शायद वहाँ पर पूजा की व्यवस्था की गयी है—चावल के आटे से ऐपन किया हुआ है। बगल के ही कमरे में सन्तो मामी लेटी हुई हैं।

मैं बाहर आँगन में आकर बैठ गयी थी। मामा दूसरी तरफ बैठे किसी से बातें कर रहे हैं। वे इतने कम उम्र में बिट्टो की शादी करने का औचित्य उन्हें बता रहे हैं, ''उसकी माँ की तो जब तब लगी हुई ही है। लड़का हमें अच्छा मिल गया। पोस्ट आफिस में बाबू है और अपनी खेती बारी है।'' मैं दूर बैठे मामा की तरफ देखती रही थी। क्या मामा को सच में सब कुछ सही लग रहा है—उम्र का इतना अन्तर—पिछड़ा हुआ गाँव—सड़क, बिजली, पानी कुछ नहीं। अम्माँ के गाँव में रहते भी मामा ने कभी एक रात भी वहाँ बिताना नहीं चाही। मामा के बगल में एक छोटे से स्टूल पर टेबल फैन लगा हुआ है। किट किट की आवाज़ के साथ वह एक लय ताल पर चल रहा है। इतनी देर में कान के साथ दिमाग भी उस लय के साथ एक सम पर स्थिर हो गया है—'किट किट' करते कितनी देर में यह आवाज़ 'खट्ट' और फिर 'खड़ाक' की आवाज़ के बाद कुछ देर को फिर 'किट किट' करने लगती है। मामा के बगल में बैठे वे सज्जन जा चुके हैं। मामा मुझे टुकड़ों में शादी के इन्तज़ाम के बारे में बता चुके हैं। पड़ोस का घर आजकल ख़ाली पड़ा है। घर वालों के खाना बनाने और खाने का इन्तज़ाम वहाँ किया गया है। ''थोड़ा आराम हो गया। घर में खाना बनता तो मुश्किल रहता। घर भी और गरम हो जाता। जनवासा भी इसी सड़क पर थोड़ी दूर पर ही है। आसानी रहेगी। शादी के लिए सामने वाला पार्क ले लिया गया है। द्वारचार और जयमाल वहाँ होगी और बाकी पूजा घर में।''

मामी तो सामने पार्क भी नहीं जा पाएँगी—मैंने सोचा था पर कुछ कहा नहीं था।

मामा कुछ कुछ बताते रहे थे। मैं चुपचाप सब सुनती रही थी। अपनी तरफ से कुछ पूछने या कहने की इच्छा ही नहीं हुई थी। मामा थोड़ी देर में चुप हो गये थे और फिर उठकर बाहर चले गये थे।

इस साल गर्मी कुछ ज़्यादा ही है शायद। कल रात नींद ही नहीं आई थी। पता नहीं गर्मी से या जगह बदलने से या यूँही। कितने दिन हो गये ज़िन्दगी अजब

अव्यवस्थित सी बीत रही है। बिट्टो की विदा के बाद बारात के साथ ही मुझे गाँव जाना है। इन सारे झंझटों से फुर्सत मिलने में हफ्ता दस दिन तो लग ही जाएँगे। फिर चैन से अपने घर में रहूँगी। अपने घर का अपना कमरा याद आ रहा है—खिड़की पर लगी खस की मोटी सी चादर—उसके ऊपर लगे लोहे के पाइप के छेदों से बूँद-बूँद टपकता पानी और पलँग के ठीक ऊपर चलता पंखा—खस की भीनी-भीनी ख़ुशबू के साथ गीली सी हवा। बिट्टो कैसे जीयेगी गाँव में? नई बहू—कमरे के बन्द खिड़की दरवाज़े और पंखा तक नहीं। मेरी निगाहें मामा की ख़ाली पड़ी कुर्सी पर ठहरी रही थीं—पंखा अभी भी उनकी ख़ाली कुर्सी की तरफ मुँह करके पहले की तरह आवाज़ करता हुआ चल रहा है।

मैं उठकर अन्दर चली गयी थी। बड़ी मामी बिट्टो को शादी के समय पहनाने के लिए मेरा लाया लहँगा मामी को दिखा रही हैं। कान के झुमके उनके हाथों में हैं। सन्तो मामी के बीमार चेहरे पर हल्की सी मुस्कान है। मैं चुप हूँ। यह अच्छी अच्छी साड़ियाँ, यह सजने का सामान—इनसे बिट्टो के जीवन में कुछ भी तो सँवरने वाला नहीं है—फिर इनका फायदा!

मामी की कोई पड़ोसन मिलने आई हैं। कल मैं जिस समय यहाँ पहुँची थी उस समय भी वे आई हुई थीं और अपने घर लौटने की जल्दी में थीं। वे शायद सन्तो मामी के लिए कोई पथ्य बनाकर लाई थीं—ख़ाली बर्तन उनके हाथ में था। आज इस समय वे आराम से बैठी हैं जैसे फुर्सत में हों। बड़ी मामी ने मुझे उनसे मिलवाया था और फिर वे मेरा लाया सामान उन्हें दिखाती रही थीं। झुमका उन्होंने हाथ में लेकर देखा था—उसे एक बार अपनी खुली हथेली पर रखा था और उसे बहुत हल्के से उछाला था। ''बहुत सुन्दर है।'' उन्होंने मेरी तरफ देखकर कहा था और उसे बड़ी मामी को लौटा दिया था। उनके चेहरे पर मेरे लिए स्वागत और सम्मान है। वे शायद मेरे बारे में पहले से जानती हैं। वे मुझसे बातें करती रही थीं। सन्तो मामी हमारी तरफ देख रही हैं। बातचीत में शामिल हो पाने लायक शक्ति उनके पास नहीं है। मुझे अजीब लगता रहता है यह सोचकर कि मौत के समानान्तर ज़िन्दगी कैसे आराम से चलती रह सकती है।

वे चली गयी थीं। सन्तो मामी ने बड़ी मामी को इशारे से अपने पास बुलाया था। उनसे कुछ कहा था। बड़ी मामी ने उनके मुँह के पास को अपने कान कर लिए थे। बड़ी मामी ने तसल्ली देते हुए उनका कन्धा प्यार से थपथपाया था और सीधी होकर खड़ी हो गयी थीं, ''सामने की कुर्सी पर बैठे हुए मोहन मामा की तरफ उन्होंने देखा था, ''सन्तो अल्मारी में से अपना गहना निकालकर देने की बात कह रही हैं। वे उसे बिट्टो को देना चाहती हैं।''

मामा टालने वाली मुद्रा में हँसने लगे थे, "थोड़ा बहुत दे देंगे। आगे पीछे दे दिया जाएगा। कोई ज़रूरी है कि अभी ही दिया जाए।"

"सन्तो मामी उठने की नाकाम सी कोशिश करने लगी थीं। बड़ी मामी ने उन्हें कन्धे से सहारा देते हुए सीधा लिटा दिया था। बड़ी मामी ने सख़्त निगाहों से मामा की तरफ देखा था, "मोहन गहना स्त्री धन होता है। सन्तो अपनी बेटी को सब देना चाहती हैं तो सब ही दिया जाएगा।"

मामा वहीं बैठे हँसते रहे थे, "अरे आप तो धमकी दे रही हैं।"

मामी ने सीधी निगाह से मामा की तरफ देखा था, "जो चाहे समझ लो—पर गहना मुझे अभी और सब चाहिए।"

बड़ी मामी सख़्त पड़ गयी थीं। इस तरह से अड़ते हुए मैंने आज से पहले उन्हें कभी नहीं देखा था।

"मैं मना नहीं कर रहा देने के लिए—बस सब देने के लिए न कह रहा हूँ। आगे पीछे बिट्टो आती रहेंगी तो थोड़ा दे दिया जाएगा।" मामा ने समझाते हुए कहा था।

मुझे मामा की बात बहुत ग़लत भी नहीं लगी थी।

पर बड़ी मामी अपनी बात पर अड़ी रही थीं, "वह सन्तो की चीज़ है और सन्तो की इच्छा। तुम्हें अपना दिमाग लगाने की ज़रूरत नहीं है।"

"अगली बार आएगी तब क्या देंगे?" मामा ने बारी बारी से हम तीनों की तरफ देखा था।

मामा मेरी तरफ मुखातिब हुए थे, "अभी तक तो सन्तो को ध्यान था नहीं। तुम्हारा झुमका देखकर इन्हें आगा पीछा सब याद आ गया। वैसे भी सारा गहना सन्तो अपने पीहर से लेकर नहीं आई थीं।" मामा ने बड़ी मामी से कहा था, "जो आप सबने दिया, जो मैंने दिया वह इनका नहीं है।" मैं स्तब्ध रह गयी थी। मामी के अन्तिम क्षणों में मामा किस तरह की बात कर रहे हैं। वे इतना नीचे भी गिर सकते हैं। मैं सन्तो मामी की बगल में जाकर बैठ गयी थी और उनके आँसू पोंछती रही थी। मन किया था कि बड़ी मामी से कहूँ कि इस समय मामी के सामने वह बात बन्द कर दें। पर मैं यह भी जानती हूँ कि वह बात अभी और वहीं निबट जाना ज़रूरी है। अब भला समय ही कितना बचा है।

मामा के स्वर में कोई उत्तेजना या उतार चढ़ाव नहीं है—वे धीरे से हँसे थे जैसे कोई मज़ाक कर रहे हों। हमेशा जैसी शान्त आवाज़ में उन्होंने पूछा था, "अगर नहीं दूँगा तो आप क्या कर लीजियेगा?"

मामी ने भी उन्हीं की जैसी शान्त आवाज़ में जवाब दिया था, "पुलिस को बुला लेंगे और जब तक ज़ेवर नहीं मिलेगा तब तक शादी रुकवा देंगे।" मामी की

आवाज़ में कोई उतार चढ़ाव नहीं है।

मामी के स्वर की सख्ती से मोहन मामा सन्न रह गये थे और ख़ाली निगाह से मामी की तरफ देखते रहे थे—जैसे कोई जवाब न सूझा हो। फिर उठे थे और दूसरे कमरे में जाकर कुछ देर में ज़ेवर की पोटली लेकर लौट आए थे और उसे बड़ी मामी के सामने फेंक दिया था। मामी ने उसे उठाकर मुझे पकड़ा दिया था, ''सन्तो को दिखा दो कि सब है या नहीं।'' उन्होंने मामा की तरफ देखा था और सामने की कुर्सी पर बैठ गयी थीं। मामा के चेहरे पर झल्लाहट है। कुछ क्षणों तक सब लोग वैसे ही बिना बोले बैठे रहे थे फिर मामा उठकर बाहर चले गये थे।

बड़ी मामी का यह रूप मैंने पहली बार देखा है। मैं यह भी जानती हूँ कि आज वे न होतीं तो मामा से यह ज़ेवर निकलवा पाना सम्भव न हो पाता। कैसे इंसान हैं मामा। मन में यह भी सवाल आया था कि बड़ी मामी ने मामा को सिर्फ धमकी दी थी या वे वास्तव में पुलिस बुला सकती थीं। सोचा था कि पूछूँ मामी से यह बात पर मैं चुप रही थी।

सन्तो मामी सो गयी हैं। बड़ी मामी ने उनके बगल में रखी पोटली को बड़ी सावधानी से समेटा था—दाएँ हाथ की दीवार में बनी अल्मारी में सँभालकर रखा था और अल्मारी में ताला डालकर चाभी को अपनी कमर में खोंस लिया था।

वे मुझे लेकर बाहर के बरामदे में आ गयी थीं और मेरे और अपने लिए खाना निकाल लाई थीं। ''कल तक कुछ मेहमान आ जाएँगे। तब से खाने की व्यवस्था पड़ोस के घर में रहेगी।'' मामी ने बताया था, ''पर इस अल्मारी की निगरानी के लिए हम दोनों में से एक जने को यहाँ बना रहना होगा।'' मामी ने कुछ भी ग़लत नहीं कहा है—मैं जानती हूँ कि मामा कुछ भी कर सकते हैं। मुझे देर तक अजब ख़ालीपन सा लगता रहता है। कितनी अजीब चीज़ हैं यह रिश्ते भी। यहाँ अक्सर ज़िन्दगियाँ गौड़ हो जाती हैं और इधर-उधर की चीज़ें मुख्य हो जाती हैं। कितने चाव से पहनती थीं सन्तो मामी अपने इन गहनों को। मामी तो जा रही हैं अब, पर इन से उनका जुड़ाव अभी तक है—बिट्टो के बहाने से ही सही। परसों तो शादी ही है।'' मैंने सोचा था।

हम दोनों चुपचाप खाना खाते रहे थे। मामी ने मेरी तरफ देखा था। ''वे जो आज सुबह आई थीं इनकी छोटी बहन से मोहन लल्ला शादी करना चाह रहे हैं शायद। सुना है कि कुछ बात भी तय हो गयी है।''

''अरे!'' मेरे मुँह से एकदम निकला था। अचानक ऐसा लगा था जैसे 'धक्क' से हो गयी हो। मैं मामी की तरफ देखती रही थी, ''ऐसा कैसे हो सकता है मामी?'' मैंने आश्चर्य से कहा था।

मामी ने ठहरी हुई निगाहों से मेरी तरफ देखा था, "क्यों? हो क्यों नहीं सकता?"

"सन्तो मामी अभी जीवित हैं।" मैंने फुसफुसाकर जैसे तर्क दिया था।

"हाँ-तो अभी शादी थोड़ी कर ली। सोचा ही तो है।"

मैं चुप हो गयी थी। अजीब लगता रहा था। मामी के जीवित रहते मामा ऐसा सोच भी कैसे सकते हैं और मामा की वे पड़ोसन? अम्माँ की बात याद आई थी, "यहाँ तो श्मशान घाट में ही लोग अपनी लड़किनों के रिश्ते लेकर पहुँच जाते हैं।" शायद सही ही कहा था अम्माँ ने कि, "आख़िर उन्हें भी तो अपने सिर के बोझ उतारने हैं।"

'बोझ!' एक बोझ बिट्टन और दूसरी वह! मामी की पड़ोसन की बहन! जैसे चाहे उतार दिया और जिस किसी के भी पल्ले से बाँध दिया। जैसे वे इंसान नहीं रास्ते में पड़े हुए रोड़े हैं जिन्हें किसी भी तरह से कहीं भी हटाकर फेंका जा सकता हो।

मामी बिल्कुल चुप हैं—जैसे किसी गहरे सोच में। मुझे अचानक दादी की याद आती है—अगर वे होतीं तो क्या कहतीं? "कुमारिन के भागय से सुहागिलें मरत हीं।" सारी दुनिया में न जाने कितनी गिनती होगी इन मरने वाली सुहागिलों की और उनकी जगह लेने वाली कुमारिनों की। यहाँ तो एक ही कहानी से जुड़ी बिट्टो और वह जिनसे मामा शादी करना चाह रहे हैं। मेरा मन तिक्त होने लगा था। मैंने मामी की तरफ देखा था, "सन्तो मामी और बिट्टन को पता है यह बात?" मैंने पूछा था।

मामी कुछ क्षण सोचती रही थीं, "नहीं उन्हें कौन बतायेगा। नहीं ही पता होगा। सन्तो और बिट्टन उनसे ठीक से ही मिलते हैं। वे रोज़ ही सन्तो के लिए पथ्य बनाकर लाती हैं—सन्तो की साफ सफाई स्पंज कराती हैं। बीमारी से पहले सन्तो का बहुत अपनापन था उनसे। बिट्टो उनको मौसी कहती है।"

"आपको किसने बताया?" मैंने पूछा था।

"हमें महरी ने बताया। कल ही बताया उसने। वह उनके यहाँ भी काम करती है।"

"उसे कैसे पता?" मैंने फिर पूछा था।

मामी फिर कुछ क्षण सोचती रही थीं, "पता नहीं। पर हमें लगता है कि वह ठीक ही कह रही है।"

मामी को उस महरी का कहा सच क्यों लगा—यह बात मेरे दिमाग में आई थी पर मैं चुप रही थी। मामी कुछ सोच रही हैं। "वे जब भी आती हैं मोहन लल्ला एकदम से खुश हो जाते हैं।" मामी ने कुछ देर बाद यह बात अनायास कही थी।

"उनकी बहन भी आती हैं यहाँ?" मैंने पूछा था।

"नहीं वह तो नहीं आई कभी। पहले का हमें पता नहीं।"

मामा गहने क्यों देना नहीं चाह रहे थे कि बात मुझे एकदम से समझ आ गयी थी—और मामी बिट्टो को सारे गहने अभी एक साथ क्यों दिला देना चाहती हैं—यह बात भी और किसलिए इतना कड़ा पड़ गयी थीं, वह बात भी।

13

सुबह जल्दी ही आँख खुल गयी थी। मैं कुछ देर तक बिस्तर पर पड़ी रही थी। मन में भारीपन भरने लगा था। इतने दिन से जैसे कोई धूमिल सी आशा सहारा दिये थी कि कुछ ऐसा होगा कि सब ठीक हो जाएगा। पर अब क्या—कुछ घण्टे ही तो बचे हैं—अब कुछ सोचने से भी क्या फायदा।

अप्रैल आते तक गर्मी बढ़ने लगती है। इस साल कुछ ज़्यादा ही गरम लग रहा है। शायद हर साल ऐसा ही लगता है—मैंने सोचा था। दिन लम्बे और गरम होते हैं इसलिए काटे नहीं कटते। बारिश आते तक दो ढाई महीने और लगेंगे अभी। गाँवों में बारिश अच्छी लगती है। दूर-दूर तक दिखता खुला आसमान, हरे भरे खेत और मौसम का गीलापन बहुत सुन्दर लगता है।

गाँव के बारे में क्यों सोचा मैंने—मन में एकदम से सवाल उठा था—शायद बिट्टो का ख्याल मन में रहा होगा।

घर के अन्दर बेहद उमस है। मैं उठकर आँगन में आ गयी थी। आसमान में काले बादल इकट्ठा हो रहे हैं। लो बारिश का सोचा मैंने और बादल आ गये। ऐसे ही हर मुराद पूरी हो जाया करे तो क्या बात है। मैं आँगन का दरवाज़ा खोलकर बाहर सड़क पर निकल आई थी। सोचा था कि ए.जी. आफिस तक का एक चक्कर लगाकर लौट आऊँगी। घर में रुके रहना भारी लग रहा है। मैं तो पहले भी जब यहाँ आती थी तब भी अक्सर उस तरफ टहलने जाती रही हूँ—कभी-कभी बिट्टो और मामी भी साथ में जाती थीं। कई बार बिट्टो का स्कूल होने पर हम तीनों साथ निकलते और बिट्टो को स्कूल में छोड़ते हुए आगे निकल जाते थे—आधा-पौना घण्टा टहलने के बाद घर लौट आते थे। मामा नाश्ता करके आफिस चले जाते। लंच के लिए वे दोपहर में घर आते हैं। सो मामी को कोई भी हड़बड़ी नहीं रहती थी।

कितना बेचैन सबेरा है—जैसे सब कुछ अपनी जगह से बेदख़ल हो रहा हो। कुछ भी फिर से कभी अपनी जगह पर सही बैठ पाएगा क्या? या फिर किसी दूसरी जगह? दिमाग ने अपने आपसे ही सवाल पूछा था जैसे—किसके बारे में सोचा? मामी

के बारे में अब सोचने को बचा ही क्या ? बिट्टो के बारे में ही सोचा होगा। वह भी क्या सोचना अब। उसका भी क्या ठीक हो पाएगा। इतने साल हो गये अम्माँ आज भी विस्थापित ही लगती हैं। पर अम्माँ ने बापू को मन से स्वीकारा ही कब ? कौन जाने बिट्टो...। मैंने अपने मन को समझाया था। रज्जन भैया बिट्टो से बहुत बड़े हैं—तब भी। कहते हैं बालिका वधू तो पति को बहुत प्यारी होती है। हो सकता है।

मामा के घर की छोटी सी गली पार करके मेन रोड पर पहुँची थी तो थोड़ा डर सा लगा था। बादलों के कारण अँधेरा अभी पूरी तरह से छँट नहीं पाया है। दूसरी तरफ एक दो कुत्ते घूमते हुए दिख रहे हैं। फिर से गली की तरफ लौटने की सोच ही रही थी कि देखा मामा के पड़ोसी दम्पती बाहर की तरफ निकल रहे हैं—शायद टहलने के लिए। मैं फिर से सड़क पर आ गयी थी। सिविल लाइन्स की तरफ न मुड़कर मैं बाईं तरफ चर्च की तरफ को मुड़ ली थी। थोड़ी दूर चलकर चौराहा है। दाएँ तरफ को गवर्नमैंट गर्ल्स इंटर कालेज। बुरा सा लगा था। बिट्टो यहीं तो पढ़ती है। अब क्योंकर कभी आएगी इस स्कूल में। मैं किसी आदत की तरह दाहिने हाथ वाली सड़क पर मुड़ ली थी। दाएँ-बाएँ देखकर सड़क पार की थी और बाएँ हाथ को बने फुटपाथ पर चलने लगी थी। सड़क की रोशनियाँ अभी तक जल रही हैं। वैसे तो घड़ी ने काफी देर पहले छह घण्टे बजाए थे। लगता है आज कार्पोरेशन वाले बत्ती बुझाना भूल गये हैं। मेरे बाएँ हाथ पर ए.जी. आफिस की बड़ी सी भव्य इमारत-लाल पत्थरों से बनी हुई। बाउण्ड्री वाल पर लटकती रंगबिरंगे बोगनवेलियाँ की गज्झिन बेलें। कितने अजीब फूल हैं ये—गुच्छों में दूर से इतने सुन्दर लगते हैं पर पास से अकेले फूल में न कोई सुन्दरता न कोई ख़ुशबू। दूर बिल्डिंग के किनारों पर ऊपर तक चढ़ी हुई मधुमालती।

मामा इसी आफिस में तो काम करते हैं। एक बार देर तक बड़ी शान से बताते रहे थे कि "यहाँ सुबह आकर सब बाबू लोग कुर्सी के पीछे अपने कोट टाँग देते हैं—फिर सारे दिन काम से ग़ायब। कोट टँगा है तो मतलब बाबू आफिस में हाज़िर है।" मामा ने ऐसे बताया था जैसे उन्होंने कोई बहुत स्मार्ट या बुद्धिमानी की बात की हो। नन्ही सी बिट्टो चहकती रही थी। मामी के चेहरे पर खिसियाहट थी। मुझे अजीब लगा था। आज भी उस बात को याद करके गुस्सा ही आया था। कैसे इंसान हैं मामा। हर स्तर पर बेईमान तबियत। इतना भी नहीं कि सही और ग़लत के फरक को समझ सकें। बेईमानी करते भी हैं तो उसको लेकर कम-से-कम चुप तो रह सकते थे। बड़े मामा बड़ी छोटी कैसी ही बातों में हम लोगों को सही ग़लत समझाते रहते थे। दो भाई—और मिज़ाजों में इतना फरक।

चलते चलते ए.जी. आफिस कब पीछे छूट गया था इस बात का पता ही नहीं

चला था। यहाँ से थोड़ा आगे चलने पर दाएँ हाथ को वाय.एम.सी.ए. की बड़ी सी बिल्डिंग दिखती है। रात में इधर आओ तो ढेर सारी रोशनियों के जलते यह इमारत बहुत भव्य और आकर्षक दिखती है। अक्सर इसके अन्दर जाने का मन करता है।

यह सड़क हमेशा एक खुशबू में महकती रहती है—ये कौन से फूलों की महक है—पता नहीं। मैं वहीं से घर के लिए लौट ली थी। थोड़ी देर में थकान लगने लगी थी। मैंने इधर-उधर निगाह दौड़ाई थी। कहीं भी कुछ ऐसा नहीं जहाँ पर बैठकर कुछ क्षणों को सुस्ताया जा सके। संजय अपनी पढ़ाई के सिलसिले में कुछ वर्षों के लिए अमरीका रह चुके हैं। बताते हैं कि वहाँ के फुटपाथों पर दूर-दूर को बेंचें पड़ी रहती हैं। मैं सोचती हूँ कि कितना सही है। हमारे देश में तो आम इंसान की सुविधा का कोई ध्यान रखा ही नहीं जाता। कार्पोरेशन या असेम्बली के चुनावों के समय उम्मीदवारों को यह बात सुझाने की है। हम लोग भी तो आम सुविधाओं की कभी माँग ही नहीं करते। क्या आम क्या ख़ास यहाँ तो सारे वायदे ही झूठे—कुछ भी कह दो करना तो कुछ है नहीं।

14

पता ही नहीं चला था कि बड़ी मामी कब मेरे पास आकर बैठ गयी थीं। उन्होंने प्यार से मेरे घुटने पर हाथ रखा था, "कोई बात?" उन्होंने पूछा था।

"जी!" मैंने सवाल करती निगाह से उनकी तरफ देखा था।

"कुछ बात हुई? तुम परेशान लग रही हो।"

"नहीं तो।" मैंने अटकते हुए जवाब दिया था।

"जब से टहलकर लौटी हो परेशान लग रही हो।" मामी ने कहा था।

मन में आया था कि यहाँ सब कुछ परेशान होने वाला ही है—मामी की बीमारी—बिट्टो की शादी—अपना इस सब में किसी तमाशबीन की तरह शामिल होना भी। पर मैं कुछ नहीं कहती हूँ, बस चुप रहती हूँ। वैसे भी इतने दिनों से उन्हीं बातों को दोहराते रहने से फायदा।

मैं बहुत देर से चुप बैठी हूँ। मामी भी चुप हैं।

"मामी मैं कल बारात के साथ गाँव नहीं जाना चाह रही। मैं सोच रही हूँ कि कल मैं विदाई के बाद किसी भी गाड़ी से लखनऊ चली जाऊँ।" मैंने यह बात अचानक कही थी। सच बात यह है कि अभी कहने से क्षण भर पहले तक मैंने ऐसा कुछ भी नहीं सोचा था।

मामी ने चौंककर मेरी तरफ देखा था, ''गाँव शादी में नहीं जाओगी?''

''दो चार दिन बाद दिन में संजय के साथ या फिर अकेले जाकर मिल आएँगे।''

''गाँव में सब बुरा तो नहीं मानेंगे?'' मामी ने पूछा था।

''पता नहीं। पर अब मैं घर जाना चाह रही हूँ।'' मेरी आवाज़ में लाचारी झाँकने लगी थी। मैंने मामी की तरफ देखा था, ''दो महीने हो गये मामी, घर से भागी भागी ही घूम रही हूँ। अब ज़्यादा ही हो गया। अब मेरा मन नहीं लग रहा।''

मामी ने मेरा कन्धा थपथपाया था, ''ठीक है। शाम को बप्पा को समझा देना।''

''जी।'' इतना कहकर मैं चुप हो गयी थी। दिमाग में बहुत सी बातें घूमती रही थीं। ताई का परिवार बाद में थोड़ी बहुत उलाहना देगा—सो देखा जाएगा। जो भी हो जल्दी अपने घर पहुँचने का निर्णय बहुत सुकून दे रहा है। अचानक बहुत हल्कापन महसूस कर रही हूँ—मन में कोई दुविधा या ऊहापोह नहीं है। ''मामी मुझे कल के लिए टिकट आज ही मँगाना होगा।''

मामी कुछ सोच रही हैं।

''वैसे तो दिन की ट्रेन है। ज़्यादा भीड़ तो नहीं होती होगी। रिज़र्वेशन नहीं भी हो पाया तो जनरल कम्पार्टमैंट में बैठकर चली जाऊँगी। कुछ ही घण्टों की तो बात है।''

''सो कोई बात नहीं। टिकट हम पड़ोस के नरेन्द्र से मँगवा देंगे। वह रेलवे में किसी को जानता है। रिज़र्वेशन भी हो जाएगा। बाज़ार हाट के हमारे सारे काम वह कर देता है।''

''मामी कहीं पी.सी.ओ. जाकर संजय को फोन पर भी बताना होगा। घर पहुँचते तक रात हो जाएगी। तो संजय या तो हमें लेने आ जाएँगे या ड्राइवर भेज देंगे।''

''नरेन्द्र के साथ ही वहाँ भी चली जाना।''

मामी बड़ी देर से चुप हैं जैसे कुछ सोच रही हों—जैसे ऊहापोह में हों कि कहें या न कहें। उन्होंने मेरी तरफ देखा था, ''जब तुम्हारी संजय से शादी की बात चल रही थी।'' उन्होंने अचानक कही थी यह बात। इतना कहकर वे कुछ क्षणों के लिए चुप हो गयी थीं।

मैं उन्हीं की तरफ देख रही हूँ।

''जब जिज्जी और जीजा जी शादी के लिए तैयार नहीं हो रहे थे—तब।''

मैं चुप हूँ।

''एक दिन जिज्जी मुझसे कहने लगीं कि रिश्ता बराबर की हैसियत में ही

सही रहता है। बहू बहुत ऊँचे घर से आ जाए तो वह ससुराल को नीची निगाह से देखती है। वैसा न भी करे तब भी कम सुविधाओं में सुख तो नहीं ही महसूस करती। और अगर'' मामी ने अपनी बात पूरी नहीं की थी। वे अटपटाकर चुप हो गयी थीं।

''अपने से नीचे घर से आ जाए तब मामी?'' मैंने पूछा था।

मामी ने जैसे सफाई दी थी, ''जिज्जी जीजा जी का कोई ग़लत मतलब नहीं था। उन्हें लगता था कि अगर मैके में अभाव हों तो बहू हर समय मैके के लिए परेशान और दुखी रहती है। अपने घर का सुख उसे चुभता रहता है।'' मामी ने संकोच भरे स्वर में अपनी बात पूरी करी थी, ''उन्हें लगता था कि बहू के दुखों का साया पूरे घर की ख़ुशी पर पड़ता है।''

मैंने मामी की बात का कोई जवाब नहीं दिया था बस चुपचाप बैठी रही थी। वह बात न अच्छी लगी थी न बुरी लगी थी—पर ऐसा भी नहीं है कि उस बात को सुनकर कुछ लगा ही न हो। आगे आने वाले बहुत दिन तक वह बात दिमाग में घूमती रही थी। मामी से बात करने के बाद न जाने क्यों एक बार यह सोचकर फिर से अच्छा लगा था कि मैं कल अपने घर लौट रही हूँ—और तय प्रोग्राम से कुछ दिन पहले जा रही हूँ।

मामी अभी भी सोच में डूबी हुई हैं। वे धीरे से हँसी थीं, ''हम उन पूरे दिनों बहुत परेशान रहे। तुम्हारे लिए तो थे ही—पर बेहद घबराहट थी कि अगर शादी नहीं हुई तो तुम्हारे मामा।'' मामी ने बात आधी छोड़ दी थी।

मैं उन्हीं की तरफ देख रही हूँ। ''बहुत मोहब्बती थे—बहुत ख्याल करने वाले, पर दूसरे को अपनी तरह से जीने के लिए ज़रा सी भी जगह नहीं दे सकते थे। तुम्हारी शादी की बात तो बहुत बड़ी थी—वे तो छोटे छोटे मसलों में भी अपनी मन मर्ज़ी ही सही मानते थे। उनके लिए जो वह चाह रहे होते थे वह पूरा सही होता था। उनसे अलग दूसरे का कुछ सही या ग़लत होना ही नहीं चाहिए था। वह कठिन साथ थे—बेहद टफ।'' मामी हँसी थीं, ''अगर शादी न होती तो तुम्हारे मामा जिज्जी परिवार से रिश्ता तोड़ देते तो कोई बड़ी बात नहीं होती। मैं जानती हूँ कि वे उन्हें कभी माफ नहीं करते। सोचो मेरे लिए आसान होता क्या? मेरे लिए तो पूरे जीवन का एक क्लेश हो ही जाता।''

मैं धीरे से हँसी थी, ''चलिए मामी शादी हो गयी। आप भी बच गयीं और हम भी बच गये।'' मामी और मैं दोनों हँसते रहे थे, ''मामी आप सब बहुत अच्छे लोग हैं—आप—मम्मी और पापा—और संजय। हम सच में किस्मत वाले थे जो आपके पास रहे—कितना कुछ पा लिया आप की वजह से।'' आज शायद जीवन में पहली बार मैंने मामी परिवार के प्रति अपना आभार प्रगट किया है। कितना कुछ

है उन सबके बारे में कहने के लिए पर मैं इतना ही कह पायी वही कम है क्या। कितना अटपटा लगता है किसी की तारीफ उसके सामने करना।

15

बाबा मुझे पहले से यहाँ आया देखकर एकदम से खुश हो गये थे जैसे उन्हें अनायास ही ख़ुश होने का कारण मिल गया हो। गाँव में तो सबको ही पता था कि मैं शादी के लिए चार दिन पहले से मामा के घर आई हुई हूँ।

बाबा द्वारचार से पहले ही आ गये हैं। वे शायद सन्तो मामी से मिलना चाहते हैं। बारात आने के बाद तसल्ली से बात नहीं हो पाती इसलिए वह पहले ही आ गये थे। बाबा सन्तो मामी से मिलने कमरे में आए थे तो बड़ी मामी ने पहले अपना पल्ला ठीक किया था और पास की कुर्सी पर टँगा बिट्टो का दुपट्टा सन्तो मामी के माथे पर हल्का सा ढँक दिया था। बाबा के नरम चेहरे पर करुणा है। अपने दोनों हाथों को ऊपर उठाकर बाबा ने तसल्ली दी थी। मुझे लगा था कि उनकी आँखों में नमी है। कुछ क्षण असमंजस में खड़े रहने के बाद उन्होंने मेरी तरफ देखा था, ''बिटिया अपन मामी को समझाय देओ हमरे घर उनकी बिटिया का कौनू तकलीफ न हुई है। घर में बहू एकै और दुलारने वाले तने ढेर। हमरी खिलौना बहू।'' उतना कहकर वह हँसे थे, ''फिर वह मोहन की बिटिवा है यह बात हम न भूलब। तू अपनी बिट्टो के लिए बेफिकर रहे। उसकी बुआ भी है न वहाँ।'' मामी लगातार रो रही हैं। ''ना ही बचुवा उसकी देखभाल हम सब करेंगे वहाँ। हल्कान न हो बहू उसे जल्दी भेजब तुम्हारे पास।'' बाबा हँसे थे पर आख़िर शब्द तक आते उनका गला रुँधने लगा था।

अपने दोनों हाथों को बाबा कुछ देर तक आशीर्वाद की मुद्रा में हिलाते रहे थे। सन्तो मामी कुछ बुदबुदाई थीं और वे फफककर रोने लगी थीं। बाबा की आँखों में आँसू हैं—कमरे में बाकी उपस्थित लोगों की आँखों में भी। वे कमरे से बाहर चले गये थे। मैं सन्तो मामी के सिरहाने बैठकर उनके बाल सहलाती रही थी और उनके आँसू पोंछती रही थी, ''अच्छे हैं सब लोग।'' मामी धीरे से बुदबुदाई थीं।

''हाँ मामी।'' मैंने कहा था और उनके सिर का दुपट्टा हटाकर उससे उनके आँसू पोंछ दिये थे। बाद तक लगता रहा था कि बाबा ने सन्तो मामी से मिलकर और उन्हें तसल्ली देकर बहुत सही काम किया। बाबा बहुत नरम दिल और संवेदनशील इंसान हैं यह मुझे हमेशा ही महसूस होता रहा है—आज लगा था बहुत समझदार भी। मामी के चेहरे पर हल्की सी तसल्ली दिखने लग गयी थी। लगा था कुछ क्षण के लिए वे सब कुछ भूल गयी थीं—बीहड़ अँधेरा गाँव—दुहेजू दामाद—बेटी की कम उमर—उन दोनों के टूटे सपने।

मामी का दुख दूर करने के लिए बाबा इसमें से कुछ भी तो नहीं बदल सकते थे पर फिर भी अपनी तरफ से तो उनकी कोशिशें सही ही थीं।

बरात आने का समय हो गया है। बड़ी मामी ने मुझे सामने के पार्क में भेज दिया था—गाँव से आए सब लोगों से और शादी में आए रिश्तेदारों से मिलने के लिए।

मुझे देखते ही ताई की बेटियों ने मुझे घेर लिया था। सबके चेहरों पर उल्लास और उत्तेजना है।

मैं चुप खड़ी रही थी। न उन लोगों की बातों में शामिल होने का मन कर रहा है न ख़ुश होने का। मैं मन-ही-मन हिसाब लगाने लगी थी। अगले महीने भैया की पहली शादी को हुए दो साल हो जाएँगे। तब भी यह सब ऐसे ही ख़ुश थे शायद। हो सकता है आज पहले से भी ज़्यादा ख़ुश होंगे। शादी की ख़ुशी में बहू के बहुत ज़्यादा सुन्दर की खुशी भी जुड़ गयी है। पिछले सालों में कितना कुछ घट गया है—रज्जन भैया की शादी से लेकर उनकी पत्नी की मौत तक—फिर आज का दिन भी तो है। क्या रज्जन भैया उनको याद कर रहे होंगे आज? कर ही रहे होंगे। पता नहीं। जिन बातों के बारे में सोचना तक नहीं चाहती वही बातें दिमाग में उलझती चली जा रही हैं।

द्वारचार की तैयारी चल रही है। मामा के आसपास खड़े बाबा, ताऊ और बप्पा। उन सबके बीच रज्जन भैया इस तरह से खड़े हैं कि दूर से दिखाई ही नहीं पड़े थे। कुर्ते पजामे में वे आकर्षक दिख रहे हैं। मन में आया था कि भैया से कहूँ यह बात—पर कुछ कहने का मन ही नहीं किया था। मैंने एक बार फिर से रज्जन भैया की तरफ देखा था। इनके बगल में बिट्टो—जोड़ी सुन्दर लगेगी—मेरे दिमाग में आया था। उम्र में भी ऐसे बड़े तो नहीं लग रहे। 'गाँव में कहते हैं कि औरत जवान आ जाए तो मर्द भी जवान लगने लगता है।' पर अभी तो शादी होने में कुछ घण्टे बाकी हैं—अभी तो जयमाल तक नहीं हुई—भैया पर अभी से नूर बरस रहा है। अम्माँ की याद आती है, "दस साल बाद बिट्टो भी मर गयी तो फिर से सोलह साल की ले आएँगे और फिर से जवान हो जाएँगे।" मुझे घबराहट होने लगती है। मैंने उधर से अपनी निगाहें हटा ली थीं।

ताई की बेटियाँ सब वहीं आस पास खड़ी हुई चहक रही हैं। मैं उस उल्लास में शामिल होना चाह रही हूँ—कम से कम कुछ बात तो करना चाह ही रही हूँ, पर समझ ही नहीं आ रहा कि क्या बात करूँ। कल मैं इन सबके साथ गाँव नहीं जा रही हूँ सोचकर मुझे अजब सी राहत महसूस हुई थी। बाबा ताऊ और बप्पा को बतानी है यह बात। पर अभी नहीं। बाद में बताऊँगी जब यह सब आस पास न हों। तभी लगा था कि किसी ने मुझे छुआ है। चौंककर देखा था तो चन्दर मेरे पैर पर झुका

हुआ था। मैंने दोनों हाथों से उसे पकड़ लिया था। ''कैसे हो चन्दर?'' मैंने पूछा था।

अपना चेहरा नीचे डाले हुए ही हाँ में उसने अपनी गर्दन हिलाई थी। बोला कुछ नहीं था बस शरमाया हुआ सा मुस्कराया था—और मेरी बाँहों में सकुचाया सिमटा हुआ सा खड़ा रहा था। मैं उसकी तरफ देखती रही थी। मुझे यह सोचकर बुरा लगा था कि इतनी देर से मुझे उसका ध्यान ही नहीं आया था। वह स्वयं न आता तो शायद मैं भूले ही रहती और शादी के कामों में व्यस्त हो जाती। वह अभी भी मेरी बाँह में सिमटा संकोच में बँधा सा मेरे बगल में खड़ा है—उसे अच्छा लग रहा है या बुरा पता नहीं। उसने नये कपड़े पहन रखे हैं। नाप से काफी बड़ा निकर—अजब से कपड़े की छींटदार शर्ट और कपड़े के जूते। बालों को तेल लगाकर चिपकाकर काढ़ा हुआ है। कितना अजीब सा लग रहा है। मुझे दुख हुआ था। बिट्टो की ख़रीदारी के लिए इतनी बार बाज़ार गयी थी। चन्दर का कभी ध्यान ही नहीं आया। दो तीन जोड़ी ढंग के कपड़े उसके लिए ख़रीद ही सकती थी। बारात में आया था तभी मामा के घर बुलाकर बाल वाल धुलवाकर मैं उसे तैयार कर सकती थी। एक ही भाई है पर उसका कभी ध्यान आता ही नहीं है। वह भी तो मुझसे दूर-दूर और सकुचाया सा रहता है। अपने ऊपर झुँझलाहट होती रही थी। सोचा था कि अब लखनऊ पहुँचकर गाँव जाने से पहले उसके लिए कुछ कपड़े ख़रीद लूँगी। बाज़ार में लड़कों के कपड़ों की कोई कमी ही नहीं है। चन्दर पर तरस भी आया था और प्यार भी।

द्वारचार, जयमाल, खाना पीना, रस्मोरिवाज़ों, थकान और ऊब के बीच रात अपने समय से बीत गयी थी। फेरों तक मैं इतना थक चुकी थी कि बैठने की ज़रा सी भी हिम्मत नहीं रही थी। पर लगा था कि अन्दर चले गये तो घरवालों को अच्छा नहीं लगेगा। भाई बहनों की हँसी ठिठोली और हंगामा चलता रहा था। मुझे पता ही नहीं चला था कि मैं कब वहाँ बिछे गद्दों पर लेटकर सबके बीच सो गयी थी। आँख खुली थी तो देखा था कि मेरे कन्धे पर हाथ रखे मेरे बगल में बड़ी मामी बैठी हैं। मंडप के नीचे काफी कुछ सन्नाटा है—मतलब शादी की रस्में पूरी हो चुकीं। मैं उठकर बैठ गयी थी। पर मैं वहीं बैठी रही थी—मेरी बगल में मामी। मैंने उनकी तरफ देखा था, ''फेरे हो चुके?'' मैंने उनसे पूछा था।

''हाँ अभी कुछ देर पहले सब पूरा हो गया।'' मामी फीका सा हँसी थीं, ''हो गयी शादी'' उन्होंने जिस स्वर में यह बात कही थी मुझे लगा था कि क्या वे भी मेरी तरह से किसी दैवीय चमत्कार से इस विवाह के टल जाने का इन्तज़ार कर रही थीं। ''अन्दर कोहबर की पूजा के लिए ले गये हैं।'' मामी ने बताया था।

तब मामी यहाँ क्यों बैठी हुई हैं। पूजा कौन करा रहा है? मैंने सोचा था। तभी ध्यान आया था कि मामी विधवा हैं। शुभ कामों में केवल सुहागिन औरतें ही

भागीदारी कर सकती हैं। मुझे अच्छा नहीं लगता। कैसे अजीब नियम हैं हम लोगों के यहाँ। पर इन्हें माना क्यों जाता है—कोई इस सबका विरोध क्यों नहीं करता। पर कौन करेगा विरोध? स्वयं व्यक्ति तो कर नहीं सकता—और बाकियों को अक्सर ध्यान भी नहीं जाता।

''जाग गयी हो तो तुम अन्दर चली जाओ।'' मामी ने कहा था।

मैं वैसे ही मामी के पास बैठी रही थी, ''ठीक है।''

काफी समय ऐसे ही निकल गया था। तभी देखा था बिट्टो को अन्दर ले जा रहे हैं।

''लगता है पूजा ख़त्म हो गयी।'' मैं उठकर खड़ी हो गयी थी। मामी भी खड़ी हो गयी थीं। अन्दर से सन्तो मामी के रोने की आवाज़ आई थी। बड़ी मामी जल्दी से अन्दर की तरफ बढ़ गयी थीं। तीन-साढ़े तीन घण्टे में बिट्टो चली जाएगी। उन दोनों को कैसे सँभाला जा सकेगा। बिट्टो सन्तो मामी के बगल में बैठी है—एकदम फरक लग रही है—जैसे कोई और हो। हाथों में ढेर सारी चूड़ियाँ, उनके बीच में बँधे हुए कंगन। चौड़ी सी भरी हुई माँग माथे तक फैली हुई है। यह सिन्दूर गाँव से ही आया होगा। नारंगी हनुमान जी का चटक रंग। इस रंग के मोटे सिन्दूर में एकदम देहाती लग रही है। लाल रंग की आर्टिफिशियल सिल्क की बनारसी साड़ी। मैं बिट्टो की तरफ देखती रहती हूँ। मुझे उस पर तरस आता है। बड़ी मामी ने मुझसे बिट्टो को थोड़ी देर के लिए ऊपर ले जाने को कहा था। मुझे परेशानी लगती रही थी। सारी रात की शादी और अब पूरे दिन बस में बैठना। गाँव पहुँचकर भी कौन सा आराम मिलना है उसे—न रात में, न रात से पहले। इससे अच्छा तो ट्रेन से जाते यह लोग तो कम-से-कम इतनी थकान तो न होती। ऊपर आकर मैंने बिट्टो से कहा था कि थोड़ा फ्रेश हो ले फिर एक डेढ़ घण्टे लेटकर आराम कर ले। पर वह मामी के पास बैठना चाह रही है। वही ठीक है—मैंने सोचा था। फिर उसे मामी मिलें न मिलें।

विदा की तैयारी शुरू हो गयी थी। मामा रज्जन भैया को लेकर अन्दर आए थे। बाबा भी अन्दर आ गये थे। बप्पा ताऊ और बहुत से लोग दरवाज़े के बगल में बाहर बरामदे में खड़े हैं। मामा ने बिट्टो के कन्धे पर हाथ रखा था, ''जाओ—वहाँ कायदे से रहना—सबका कहना मानना—अब वही तुम्हारा घर है।'' अन्त तक आते तक हमेशा की तरह उनका ऊँचा स्वर कठोर हो गया था। उन्होंने चारों तरफ खड़े लोगों पर अपनी निगाह घुमाई थी जैसे अपनी पीठ स्वयं थपथपा रहे हों, ''वहाँ के लोगों से कभी तुम्हारी कोई शिकायत न सुनूँ। औरत को पानी की तरह होना चाहिए। जिस बर्तन में डालो उसी की शक्ल का हो जाए।''

मेरे सीने में गुस्सा धधकने लगा था। मन आया था कि पूछूँ उनसे कि मर्द

को कैसा होना चाहिए? आपकी तरह मक्कार-बेदर्द और बेमुरव्वत। जिस पत्नी के साथ अट्ठारह साल रहे उन तक के लिए ज़रा सी संवेदना नहीं। कोई कुछ नहीं बोला था—मैं भी चुप थी। किस किस ने क्या सोचा पता नहीं। अचानक मैंने बड़ी मामी की तरफ देखा था। वह मेरी तरफ ही देख रही हैं।

सन्तो मामी की आँखों से लगातार आँसू बह रहे हैं जिन्हें पास में बैठी बड़ी मामी पोंछती जा रही हैं। बाबा ने आगे बढ़कर उनके माथे पर हाथ फिराया था, ''हलकान न हो रे बहू—उसे जल्दी भेजब तुम्हरे पास।''

मामी के बगल में सिर रख बिट्टो सुबक रही है। कोई पीड़ा इससे ज़्यादा भी होती होगी क्या।

16

मामी ने मेरे साथ के लिए खाना पैक कर दिया था। घर ले जाने के लिए मिठाई और नमकीन उन्होंने बाज़ार से मँगवा दी थी। मुझे स्टेशन छोड़ने के लिए नरेन्द्र जा रहे हैं। सन्तो मामी के कमरे में मैं गयी थी। वे सो रही हैं। इस समय शायद उन्हें सोने के लिए दवा दी गयी है। वैसे भी वे तो किसी समय भी सो जाती हैं। मैं कुछ मिनट उनके बगल में खड़ी रही थी और फिर बाहर निकल आई थी। लगा था अच्छा ही हुआ जो उनसे सामना नहीं हुआ। अगर जाग रही होतीं तो उनसे क्या कहती कि मैं बारात के साथ क्यों नहीं गयी? अगर वे रुकने के लिए कहतीं तो मैं क्या करती? सोचा था बड़ी मामी से कह दूँगी कि वे उन्हें मेरे लखनऊ जाने की बात न बतायें। बिट्टो के साथ गाँव गयी हूँ सोचकर उन्हें शायद थोड़ी तसल्ली रहेगी। आज दो दिन बाद पहली बार गाँव न जाने का थोड़ा सा पछतावा हुआ था। मैंने बड़ी मामी से अपने मन की बात कही थी। वे चुपचाप मेरी तरफ देखती रही थीं, ''नहीं बेटा तुमने सही ही किया।'' मैंने आगे कुछ नहीं कहा था बस वहीं खड़े रहकर मामी को मेरा खाना पैक करते देखती रही थी। यह मन इधर बहुत दिनों से न जाने कैसा बँटा हुआ सा रहने लगा है—कुछ इस तरह से कि कभी लगने लगता है कि अपना कोई काम पूरे मन से कर ही नहीं पाती हूँ। इस समय मैं किसी दुविधा में पड़ना नहीं चाहती।

नरेन्द्र मुझे डिब्बे में बिठाकर चले गये थे। पिछले एक महीने में दूसरी बार यहाँ आई हूँ। मैं खिड़की के बगल में बैठकर स्टेशन पर आते जाते लोगों को देखती रही थी। बिट्टो बस में बैठी चली जा रही होगी—इतनी भीड़ में एकदम अकेली। एक बार फिर अपने गाँव न जाने का अफसोस हुआ था। मुझे नये सिरे से मन पर

भारीपन लगने लगता है।

क्या एक बार और आना होगा—जब सन्तो मामी नहीं रहेंगी तब बिट्टो को सँभालने के लिए और बड़ी मामी की मदद करने के लिए। उसके बाद कभी नहीं आना है यहाँ। भला क्यूँ आऊँगी? मामी के जाने के बाद बिट्टो भी कभी क्यों आएगी—फिर इस घर में मेरा क्या काम? मुझे अजीब लगता है—इन सबसे रिश्ता तो मामा के कारण था मेरा—पर रिश्तों की इस कड़ी में मामा तो सबसे पीछे चले गये—एकदम आख़िरी। शायद वह भी नहीं। मामा के जो दूसरी पत्नी आएँगी रिश्ते में वे भी तो मामी ही होंगी। पर शायद उनसे तो कोई रिश्ता होना ही नहीं है। मामा जिस तरह से सन्तो मामी को निर्मोही की तरह विदाई दे रहे हैं लगता है उनसे रिश्तों के सारे सूत्र ही ख़त्म हो चुके। वैसे उसमें उन बेचारी का क्या दोष। ऊँह। मैं जैसे थकने लगती हूँ। नहीं सोचना इतना। थक गयी हूँ सोचते सोचते। लगता है जैसे दोनों तरफ की कनपटियाँ तपक रही हैं।

इतने सालों बाद जब अम्माँ के पास गाँव रहने गयी थी तब से लेकर इन कुछ महीनों में लग रहा है जैसे गाँव, अम्माँ, बप्पा, मामा मामी, बिट्टो के बीच समय बिताते सदियाँ गुज़र गयीं मुझे। पिछले महीनों में गाँव जाकर, दो बार मामी के पास आकर, बाँहों में भरकर बिट्टो को प्यार देकर क्या कर लिया मैंने? उन लोगों का कौन सा भला कर लिया? उन लोगों की ज़िन्दगी में कुछ भी तो नहीं बदला? बस मेरी ज़िन्दगी बदली रही। इतने दिनों संजय के पास चैन से बैठकर कुछ पल भी नहीं गुज़ारे हैं—कभी थककर वहाँ से लौटी हूँ—कभी अपने घर में नहीं उनमें से किसी के पास गयी हुई हूँ—या कभी जाने वाली हूँ। संजय, मम्मी पापा किसी के पास नहीं बैठी हूँ—नौकरी भी बस यूँही आधे-अधूरे मन से दौड़ते भागते। इस सबसे—इन सबसे छुटकारा चाह रही हूँ अब—पूरी तरह से छुटकारा। कल घर फोन किया था तो संजय ने ही उठाया था। अगले दिन मेरे लौटने की बात सुनकर हैरान हुए थे, "तुम तो अगले हफ्ते आ रही थीं न?"

"हाँ संजय। पर मुझे सबकी याद आ रही है—तुम्हारी, घर की, मम्मी पापा की। मैं अब आना चाह रही हूँ।" अन्त तक पहुँचते मेरा स्वर तरल होने लग गया था।

"आओ न!" संजय एकदम से ख़ुश लगने लगे थे, "पर रज्जन भैया की शादी में?" उन्होंने पूछा था।

"यहाँ तो अटैण्ड कर ही ली है। इन सबसे मुलाकात भी हो गयी है। कुछ दिन बाद एक दिन को गाँव का चक्कर लगा लेंगे।"

"हाँ वही ठीक रहेगा।" संजय ने कहा था, "यहाँ भी सब तुम्हें याद कर रहे हैं।"

संजय से बात करने के बाद अच्छा सा लगता रहा था। अपने घर लौटने की एक उत्तेजना जैसी। कल इस समय अपने घर में संजय के साथ होंगे सोचकर अच्छा लगा था। कल जब बाबा, ताऊ और बप्पा से अपने लखनऊ जाने के बारे में बताया था तो उन सबने भी गाँव की शादी की ही बात कही थी। मम्मी जी की तबियत ख़राब है का छोटा सा झूठ मैंने बोला था। मामी की बीमारी के कारण मुझे इलाहाबाद की शादी में पहले से आना पड़ गया—और यह भी कि इधर काफी समय से अपने घर रुक ही नहीं पायी हूँ। उन तीनों ने ही मेरी बात समझी थी।

साइड में लाइन से कुर्सियाँ रखी हुई हैं। मैं बप्पा के साथ बैठ गयी थी। आज यूँ बैठकर उनसे बात करना अच्छा लगा था—उनको ख़ुशी देने का एक अमूर्त सा सन्तोष। नहीं तो गाँव जाने पर मैं अम्माँ के ही आसपास बनी रहती हूँ—फिर बाबा, दादी, ताई इतने लोग तो हैं मुझसे बात करने वाले। बप्पा से तो भूले भटके कभी एक दो वाक्य बात हो गयी तो ठीक—वह भी दूर बैठकर—नहीं तो वे यूँ ही दूर से मुझे देखते रहते हैं। बप्पा अपनी तरफ से तो कभी कुछ बात करते ही नहीं हैं—जैसे मुझसे संकोच कर रहे हों।

''तुम्हारे लिए अब की से कुछ अच्छे फूलों की पौध तैयार करी हैं हमने। तुम अपने सामने के लॉन में और पीछे के लॉन में लगा लेना। कुछ गमले भी तैयार करा सकती हो। बजरंगी को पौध के साथ भेज देंगे—वह कर देगा सब।'' बप्पा ने बताया था।

मैं एकदम से ख़ुश हो गयी थी।

''तुम्हारी अम्माँ तुम्हें कतरी बनाकर भेजती हैं तो हमने सोचा हम फूल ही भेज देवें।''

''फूल तो सबसे बढ़िया चीज़ बप्पा। हमारे घर में रौनक आ जाएगी।'' मैंने ख़ुश होकर कहा था। फिर मैं बड़ी देर तक बप्पा से फूलों की और इनडोर ग्रीन प्लांट्स की बात करती रही थी। बप्पा मुझे देर तक बताते रहे थे कि कौन से पौधे बहुत कम सेवा माँगते हैं और आसानी से हरे भरे रहते हैं और कौन से पौधे सुन्दर लगते हैं पर उनका पनपना मुश्किल होता है। मैं ध्यान से सब कुछ सुनती रही थी हालाँकि मुझे मालूम है कि यह सब मैं कुछ ही देर में भूल जाऊँगी। यह सोचकर अच्छा लगा था कि अपनी इतनी ज़िन्दगी गुज़ार लेने के बाद मैं आज समझ पायी थी कि बप्पा से किस विषय में देर तक बात की जा सकती है। अभी तक तो कभी उनसे बात करनी भी चाही तो उनके सामने जाते ही समझ ही नहीं आता कि उनसे क्या बात करूँ। आज बप्पा पर फिर से तरस आया था।

कैसा अजब सा रिश्ता है बप्पा से—एकदम बेगाने से लगते हैं। कभी अपने

लगें भी तो हर बार तरस आने लगता है उन पर। वह भी तो मुझसे कभी सहज नहीं रह पाते। कभी-कभी सोचकर अजीब लगता है कि इतने आत्मीय रिश्ते इतने पराए कैसे लग सकते हैं।

17

संजय प्लेटफार्म पर खड़े दिख गये थे। मुझे अच्छा लगा था। गाड़ी रुकते ही संजय अन्दर आ गये थे। प्यार से मेरे कन्धे पर हाथ रखा था और झुककर सीट के नीचे से मेरा सामान निकालने लगे थे। मेरे जल्दी आने की बात संजय ने किसी को बताई नहीं है सो हमारे घर पहुँचते ही घर में हँसी खिलखिलाहट और उत्तेजना। पापा, मम्मी, सतवन्ती सब बहुत ख़ुश हो गये थे।

दूसरे दिन कालेज से लौटते पर जैसे ही हल्वासिया के सामने रिक्शा पहुँचा था कि चन्दर के लिए कपड़े ख़रीदने की बात याद आई थी। पहले थोड़ा आलस्य सा लगा था। सोचा अगले दिन ले लूँगी। अभी गाँव जाने का कुछ तय तो है नहीं। फिर लगा था कि लेकर रख लूँ वही सही रहेगा। पता नहीं किस दिन अचानक जाने का तय हो जाए। मैं रिक्शे से उतर गयी थी। चन्दर के लिए कपड़े पसन्द करने में अधिक समय नहीं लगा था। जूते उलट पलटकर देखे थे किन्तु साइज़ का अन्दाज़ बिल्कुल भी नहीं लग पाया था। कपड़े भी अभी दो सैट ही लिये थे। यदि ठीक फिट हुए तो उसी नम्बर के कपड़े कभी भी लिये जा सकते हैं।

आज मम्मी जी अभी भी जग रही हैं—शायद मेरे ही इन्तज़ार में। हर दिन जब तक मैं कालेज से लौटती हूँ तब तक वे खाना खाकर अपने कमरे में आराम करने जा चुकी होती हैं। सतवन्ती ने मेरे लिए मेज़ पर खाना लगा दिया था। मेरे पीछे मम्मी ने मीठा अचार बनाया है वह निकाल लाई थीं और मेरे पास आकर बैठ गयी थीं। शादी के और इलाहाबाद के हालचाल पूछती रही थीं। मम्मी की निगाह मेरे पर्स के बगल में रखे पैकट पर पड़ी थी। "क्या लाई हो?" मम्मी ने पूछा था। मैं एकदम से अचकचा गयी थी।

पता नहीं क्यों चन्दर के कपड़े कहने में मैं अटपटा गयी थी। मेरी अचकचाहट को शायद उन्होंने भी पढ़ा था और फिर उस बात को एकदम से टाल गयी थीं और उन्होंने दुबारा कुछ नहीं पूछा था। मैं उनसे बात करती रही थी पर दिमाग में चन्दर के कपड़ों की बात घूमती रही थी—मम्मी के सवाल का जवाब न देने की बात भी। मेरी शादी से पहले मामी से उन्होंने ग़रीब घर की बहू की जो बात कही थी वह भी।

मैं खाना खाकर उठ गयी थी। सतवन्ती मेज़ समेटने लगी थी। "अब सोना चाह रही हो?" मम्मी ने पूछा था। मैं बरामदे में उनके पीछे आ गयी थी, "नहीं। आप सोना चाह रही हैं?" मैंने पूछा था।

मम्मी मेरे सामने की कुर्सी पर बैठ गयी थीं, "हमें लगा तुम थकी होगी।"

"थकान धीरे-धीरे उतर जाएगी। इतने दिन बाद तो आपसे मिले हैं। इधर कुछ ज़्यादा ही जाना हो गया। सोचकर अजीब लग रहा था।" इतना कहते तक मन में आया था कि मामी को अगर कुछ हो गया तो एक बार तो फिर जाना होगा—उससे पहले एक बार गाँव भी जाना ही है। मगर वह बात मैंने मम्मी से कही नहीं थी। मैंने पैकेट में से चन्दर के कपड़े निकाले थे, "मम्मी यह दो सैट मैं चन्दर के लिए लाई हूँ।" मैंने जैसे सफ़ाई दी थी।

मम्मी कपड़े खोलकर देखने लगी थीं। मैंने उन्हें शादी में चन्दर के उल्टे सीधे कपड़े पहनकर आने की बात बताई थी—तेल लगाकर काढ़े गये बालों की बात भी। मेरा स्वर अचानक भावुक होने लगा था। "मुझे बहुत ख़राब लगता रहा था जितना दीन हीन और गंवार सा वह लग रहा था। इतने देहाती कपड़े पहनेगा तो कान्फीडैन्स भी कैसे महसूस करेगा।" मैंने अनायास अनजाने ही उनके साथ जैसे अपनी शर्म बाँटी थी। बाद में देर तक अटपटा लगता रहा था।

वह मेरी तरफ देखती रही थीं। "बड़ी अजीब बात है कि चन्दर का ध्यान कभी मुझे भी नहीं आया था। तुम और संजय इतनी बार गाँव जाते हो कि कभी उसके लिए कुछ ले जाओ-छोटा भाई है—कुछ नहीं तो चाकलेट, टाफी, मिठाई ही सही।" उनके स्वर में अफसोस है, "चन्दर के लिए तो आराम से कपड़े ख़रीदकर ले जा सकती थीं।" वे चुप हो गयी थीं। मैं भी चुप हूँ। मामी से कभी उन्होंने जो कुछ भी कहा था वह मुझे ध्यान आता रहा था। मैं उनकी तरफ देखती रही थी। अचानक मम्मी से बहुत बातें करने का मन किया था—अपने बारे में—गाँव के बारे में—गाँव से अपने रिश्ते के बारे में—उन सबको लेकर अपने सुख-दुख—अपनी सीमाएँ और अपनी उलझनें—सब कुछ—पूरा का पूरा सच—बिल्कुल वैसे—जैसे अपने एकान्त क्षणों में इंसान कभी-कभी अपने आपसे बातें करता है—अपने आपसे अपनी उलझनों को बाँटता है—क्या सही और क्या सही नहीं की बात अपने से पूछता है। पर मैं चुप हूँ। कुछ समझ ही नहीं आ रहा कि अपनी बात कहाँ से और किससे शुरू करूँ। मम्मी मेरी तरफ देख रही हैं। हम दोनों को चुप बैठे काफी देर हो चुकी है।

"कोई बात ?" उन्होंने पूछा था।

मैंने 'न' में अपनी गर्दन हिलाई थी। कुछ भी कहते नहीं बना था।

"कुछ परेशान हो ?" उन्होंने पूछा था।

"नही तो।" मैंने धीरे से कहा था। पर न जाने क्यों मन रोने को कर रहा है। मम्मी मेरी तरफ ही देख रही हैं। "लाई थीं तो कुछ ज़्यादा कपड़े ले आतीं। कुल

दो का क्या मतलब।'' उन्होंने सरल निगाहों से मुझे देखा था।

''जी! अभी सही साइज़ का भी आइडिया नहीं था। एक बार उसका अन्दाज़ हो जाए तो फिर कभी भी लिया जा सकता है।''

''हाँ! वह तो ठीक है।''

हम दोनों फिर से बड़ी देर से चुप हैं। उस मौन को मम्मी ने ही तोड़ा था, ''एक बात तुमसे कहें वसुधा?''

''जी!'' मैं उनकी तरफ देख रही हूँ। वह कुछ क्षण तक सोचती रही थीं जैसे अपने बोलने के लिए सही शब्द तलाश कर रही हों। ''तुम चन्दर के लिए—या अपने मैके में किसी के लिए भी कुछ करोगी या करना चाहोगी तो इतना भरोसा रखना कि हमें या तुम्हारे पापा को या हम में से किसी को भी कभी बुरा नहीं लगेगा।'' वह कुछ क्षण तक चुप रही थीं, ''बल्कि अच्छा ही लगेगा। मैके की याद आना—मैके वालों के लिए कुछ करने की इच्छा करना बहुत स्वाभाविक है। बल्कि वैसा न होना अजीब बात है।'' वे धीरे से हँसकर चुप हो गयी थीं।

इस बात के जवाब में मैं क्या कह सकती हूँ या मुझे क्या कहना चाहिए। मम्मी ने क्यों कही यह बात। चन्दर के कपड़े दिखाने से पहले जो अचकचाहट मेरे चेहरे पर आई थी उस कारण से उन्होंने वैसा सोचा और कहा? या अभी चन्दर की बात करते समय मेरे स्वर में जो शर्मिन्दगी थी उस कारण से। शायद।

लगा था मेरा कुछ बोलना ज़रूरी है, ''मम्मी, कभी-कभी संजय से अपनी शादी की बात सोचकर आप लोगों के लिए बहुत गिल्टी फीलिंग होती है। कुछ भी तो नहीं मिला आप लोगों को इस शादी से!''

मम्मी ने चौंककर मेरी तरफ देखा था, ''यह कैसी बात कर रही हो?''

मैं एकदम से हड़बड़ा गयी थी, ''नहीं मम्मी, मेरा वह मतलब नहीं था। मैं रिश्तेदारी की बात कर रही थी। रिश्तों का भी तो एक फील होता है। मामा मामी अपने बेटों के ससुराल जाते हैं या कभी वहाँ से कोई आता है। या वे लोग फोन पर आपस में बात करते हैं—वह आना, जाना, मिलना, जुलना, बात करना कितना अच्छा लगता है—मुझे पता है रिश्तों की वह ख़ुशी दूसरी तरह की ही होती है। वैसा ही कोई अरमान बेटे के ससुराल को लेकर आप लोगों का भी तो रहा ही होगा। मुझसे शादी करके तो आप लोगों को वैसा कोई सुख नहीं मिला। सच बात यह है कि संजय को भी नहीं मिली वह ख़ुशी। अपनी तरह के लोगों में मिलना जुलना और रिश्तेदारी का होना।''

लगा था मम्मी न मेरी बात काट ही पा रही हैं और न उसमें हामी ही भर पा रही हैं। उनके चेहरे पर असमंजस है।

"वह बहुत नैचुरल है मम्मी। वैसा चाहने में कुछ भी तो ग़लत नहीं है।" मैं चुप हो गयी थी। मम्मी मेरी तरफ देख रही हैं।

"मामा ने कह दिया कि मत भेजना अपने बेटे बहू को गाँव। यह कोई तसल्ली तो नहीं हुई न! फिर उससे क्या बदला? कुछ भी तो नही। सब कुछ वैसा ही तो रहा। फिर..." मैं धीरे से हँसी थी, "मामा का दिया वचन भी तोड़ दिया हमने।"

मम्मी सूखा सा मुस्कराई थीं, "तुम क्या समझती हो बेटा कि हमने और तुम्हारे पापा ने तुम्हारे मामा को वैसी कोई कसम दिलवाई थी? या हमने तुम्हारे मामा की बात को पूरा सच मान लिया था? क्या हम जानते नहीं थे इस बात को कि कोई लड़की अपना मायका नहीं भूल सकती। हम कभी वैसी इच्छा भी नहीं कर सकते थे।" मम्मी ने धीरे से कहा था, "रही बराबरी की बात या अपने जैसे घर में रिश्ते की बात तो सच बात यही है वसुधा कि हम दोनों वही चाहते थे। आज तुम्हें ख़ुश करने के लिए झूठ नहीं बोलेंगे—हम लोग अपना जैसा घर ही चाहते थे। पर जब संजय की ख़ुशी तुम्हारे साथ ही थी तो उसमें रुकावट बनने का सवाल भी नहीं था। शादी से पहले संजय को आगा पीछा समझाना—अपने मन को पूरी तरह समझ लेने के लिए कहना हमारा फर्ज बनता था। शादी पूरी ज़िन्दगी का साथ होता है—तुम्हारा—तुम दोनों का—उसके आगे तुम्हारे बच्चों का। उसके लिए संजय का तैयार होना बहुत ज़रूरी था। संजय सब कुछ समझे बग़ैर किसी बचकानी सी दीवानगी में शादी कर लें वह बात हम दोनों नहीं चाहते थे। उतनी बातचीत के बीच में ही अगर संजय अपने हाथ पैर डाल देते तो तुम्हें, तुम्हारे मामा मामी सबको यह लग सकता था कि हमने रोक दी यह शादी। तुम सबका वह सोचना सही भी होता—पर वह पूरा सच नहीं होता वसुधा।" वे कुछ क्षण सोचती रही थीं, "सच बात यह है कि वह आधा सच भी न होता। संजय की इच्छा से यह शादी हुई थी बेटा—न होती तो उसकी भी पूरी ज़िम्मेवारी संजय की ही होती। हम दोनों चाहते थे कि संजय शादी करें या न भी करें—दोनों हालात में पूरा आगा पीछा सोच समझ लें—अपनी पूरी ज़िम्मेवारी भी। हरि जी हमारी बात को समझ ही नहीं पा रहे थे। वह बिल्कुल बच्चों की तरह 'हाँ' सुनने की हड़बड़ी में थे।"

मम्मी ने जिस ढंग से यह बात कही थी उससे मैं धीरे से हँसी थी। मम्मी भी हँसी थीं।

"शादी ब्याह किसी हड़बड़ी या हँसी खेल में की जाने वाली चीज़ें नहीं हैं बेटा। तुम्हारे पापा ने संजय को यह बात समझा दी थी कि सिर्फ लड़की से शादी नहीं कर रहे हो—अच्छी तरह समझ लो कि उसके पूरे परिवार से रिश्ता कर रहे हो। वसुधा तुम्हारी पत्नी होगी और उसका परिवार तुम्हारा ससुराल। हरि जो भी कह

रहे हों पर वसुधा के साथ रिश्ते में उसका घर भी शामिल होगा। किसी भी रिश्ते से फिर पीछे हटने की कोई भी गुंजाइश तुम्हारे पास नहीं है।''

मम्मी चुप हैं। मेरे समझ ही नहीं आता कि इतनी साफगोई से की गयी उनकी बात के जवाब में मैं क्या कह सकती हूँ। मैं चुप हूँ। आज तक मुझे कई बार इस बात पर आश्चर्य होता रहा था कि मुझे गाँव लेकर जाना शुरू करने की पहल संजय ने अपनी तरफ से कैसे की। अगर संजय अपनी तरफ से वह आग्रह न करते तो शायद मैं इतनी जल्दी उनसे मुझे गाँव लेकर चलने की बात न कह पाती। हो सकता है तब गाँव से मेरे रिश्ते यूँ ही सूख जाते—और मैं अपने अतीत को पूरी तरह से भूलकर अपनी इस नई दुनिया में मस्त हो जाती—या फिर याद करती भी तो उस ख़ालीपन के साथ जीने की आदत डाल लेती। आज लगा था कि एक तरह से उस बात का श्रेय भी मम्मी पापा को ही जाता है जो उन्होंने पूरे परिवार से रिश्तेदारी की सोच को संजय के मन में डालकर रखा था। शायद मुझे मेरे घर लेकर जाना संजय अपनी ज़िम्मेवारी समझ रहे थे।

मैंने मम्मी की तरफ देखा था, ''एक बात पूछूँ मम्मी ?''

सवाल के इन्तज़ार में वे मेरी तरफ देख रही हैं।

''हमने अचानक गाँव जाना शुरू किया तो आपको...'' मैं अपना वाक्य पूरा नहीं कर पाती। मेरे चेहरे पर अचकचाहट है। लगभग दो साल पहले का अपराध भाव मेरे चेहरे पर आज है।

मम्मी कुछ क्षण तक मेरी तरफ बिना बोले देखती रही थीं। जैसे समझ न पा रही हों कि क्या कहें। ''हमें अच्छा नहीं लगा था।'' उन्होंने कुछ देर बाद दबी आवाज़ में कहा था। इतना कहकर वे मौन हो गयी थीं। मैं भी चुप हूँ। समझ ही नहीं आया था कि उस बात के जवाब में मैं क्या बोलूँ। बहुत से लम्बे क्षण बीत जाने के बाद वे बोली थीं, ''जिस तरह से संजय हमारी तरफ बिना देखे दीवारों को सुनाते हुए तुम्हें लेकर घर से निकले थे।'' मम्मी कुछ क्षण के लिए फिर चुप हो गयी थीं जैसे आगे की बात वह न कह पा रही हों, ''हमें लगा हमारा बेटा हमसे दूर चला गया। हम लोग गाँव जा रहे हैं की बात संजय जैसे मेरे मुँह पर फेंककर गया था—तुम भी। बताने के उस ढंग में बहुत परायापन—बहुत दूरी और तेज़ी थी। वह पूछना तो था ही नहीं, वह बताना भी नहीं था।'' उनकी आँखों में उस तकलीफ की छाया आज भी है।

मैं सन्न रह जाती हूँ। समझ नहीं आता कि अपनी तब की ग़लती की माफी आज कैसे माँगूँ।

मैं कुछ बोल नहीं पाती। अपने माफीनामे में मैंने अपनी हथेली को मम्मी के हाथों के ऊपर रख दिया था। मुझे याद आया था कि संजय ने उस दिन मुझसे कहा था कि न उनसे कुछ पूछना और न ही उनके कुछ कहने का इन्तज़ार करना—मेरे पीछे चुपचाप बाहर निकल आना। मुझे उस दिन भी वैसा करना ग़लत ही लगा था पर आज वह सोचकर बहुत घटिया महसूस कर रही हूँ। पर मैं उन्हें नहीं बता सकती यह बात कि मुझसे वैसा करने के लिए संजय ने कहा था। मैं मना भी तो कर सकती थी।

मम्मी चुप हैं। इस पूरी बात को यूँ ही आधे में नहीं छोड़ना चाहती हूँ। अपनी तरफ से सफाई देना और किसी भी तरह से उनके सामने अपना माफीनामा रखना बेहद ज़रूरी है। मैं अपनी गर्दन नीचे डाले हुए कुछ देर से चुपचाप बैठी हूँ। मैंने मम्मी की तरफ देखा था। पता नहीं क्यों बोलने से पहले हिम्मत जुटानी पड़ी थी, ''मम्मी इतने समय बाद आज आपसे अपनी तब की ग़लती के लिए माफी माँग रही हूँ?'' मैं मुश्किल से इतना ही बोल सकी थी।

मम्मी धीरे से हँसी थीं। उनका चेहरा अभी भी सुस्त है—जैसे बहुत थकान के बाद—जैसे कोई बहुत पुरानी चोट अचानक याद आ गयी हो।

''सॉरी मम्मी। बहुत ग़लत किया हमने। मैंने और संजय ने। हमने इतना सोचा ही नहीं। असल में हमें लगा कि पूछने पर अगर आपने मना कर दिया तो हमारे लिए जा पाने के सारे रास्ते बन्द हो जाएँगे। हमें लगा...''

मम्मी मेरी तरफ ही देख रही हैं। ''हम बहुत दुखी हुए थे। तुम्हारे पापा ने हमें यही बात समझाई थी कि बच्चों को लगा होगा कि अगर तुमने मना कर दिया तो वे नहीं जा पाएँगे। पर जो भी हो हमें चोट पहुँची थी। तुम तो पराए घर की लड़की थीं—तुमसे हम कोई उम्मीद क्यों रखते पर संजय तो हमारे बेटे थे—हम लोगों को जानते थे—इस तरह से हमारी बेइज़्जती कैसे कर पाए? जैसे इंसान को नहीं दीवारों को बताकर जा रहे हों। जैसे हमारी किसी ज़्यादती का बदला हमसे ले रहे हों। जबकि हमने तो तुम्हारे न जाने की कोई शर्त कभी रखी ही नहीं थी। वैसी बात सोची भी नहीं थी। तुम्हारे पापा ने हमें समझाया था कि आज तो पहली बार ऐसा कुछ हुआ है—बेटे बहू के साथ रहोगी तो बार बार भी कुछ होता रह सकता है—उसके लिए हमें तैयार रहना पड़ेगा।''

मैं कुछ बोल नहीं पाती। मैंने 'न' में अपनी गर्दन हिलाई थी—जैसे मैंने उन्हें भविष्य का आश्वासन दिया हो। मुझे नहीं समझ आया था कि माफी कैसे माँगनी चाहिए—किसी को आहत किया हो तो उसे किन शब्दों में मनाना चाहिए।

एक बेचैनी गले से लेकर सीने तक में धँसने लगी थी। मैंने मम्मी की तरफ देखा था—अपने मान अभिमान से परे अपना माफीनामा मैंने उनके सामने रख दिया था—मुझे जो भी समझ आया था मैंने वह सब बोला था। उस दिन मैंने उनसे ढेर सारी बातें की थीं—कुछ भी। धीरे-धीरे एक सकून हम दोनों के बीच ठहरने लगा था। किसी ईमानदार कन्फैशन के बाद मन में कितनी शान्ति फैलती है—कितना भारमुक्त हो जाता है मन—एक आत्मीयता दो लोगों के वजूद को अनायास आपस में समेट लेती है।

18

सुबह मैं सोकर उठ नहीं पायी थी जब फोन की घण्टी बजी थी। फोन मैंने ही उठाया था। उधर से मामा बोल रहे थे, "सन्तो नहीं रहीं।" मैं फोन के उधर से मामा की आवाज़ सुनकर ही समझ गयी थी कि मामी के जाने की सूचना है। बहुत पहले से पता था कि यह समाचार किसी दिन भी आ सकता है तब भी मुँह से फौरन 'अरे' निकला था। काफी देर तक लगता रहा था जैसे दिल की एकाध धड़कन तेज़ हो गयी हो। मामा के स्वर में संकोच है जैसे सफाई दे रहे हों, "बड़ी देर से गाँव फोन करने की कोशिश कर रहा हूँ पर वहाँ की लाइन ख़राब है शायद।"

कभी वक्त बेवक्त ज़रूरत पड़ जाए उसके लिए बप्पा ने गाँव में पोस्ट आफिस का नम्बर दे रखा है। पर गाँव की लाइनें तो अक्सर ख़राब ही रहती हैं।

"तुम्हारे पास अगर कोई ज़रिया हो तो गाँव कहला सकती हो क्या?" मामा ने झिझकते हुए पूछा था, "बिट्टो को ख़बर पहुँचना ज़रूरी है।" उन्होंने जैसे सफाई दी थी। मामा काफी उलझे हुए और परेशान से लग रहे हैं। मुझे दुख हुआ था—सब के लिए। मामी ठीक रहतीं तो आज सब कुछ ठीक से चल रहा होता। मेरे फोन रखते तक मामा ने स्पष्ट कर दिया था कि बिट्टो के पहुँचने का इन्तज़ार हम लोग नहीं कर सकेंगे।

मैं फोन रखकर कुछ क्षण तक वहीं बैठी रही थी। एक अजब सा ख़ालीपन। दिमाग ने कुछ क्षण बाद सोचना शुरू किया था। लगा था सही ही हुआ। मामी को अब ठीक तो होना नहीं था। इस तरह जीते रहने से भी क्या फायदा था। चलो मुक्त हो गयीं—तन मन की सब तकलीफों से छूट गयीं। अब जीयें मामा अपने मन के मुताबिक। सन्तो मामी से मामा की शादी याद आई थी। तब कितने ख़ुश थे मामा। अब उनके जाने पर भी शायद ख़ुश ही होंगे। बस एक बिट्टो ही तो है उनके नाम पर रोने के लिए।

फोन पर मेरी बातचीत मम्मी पापा ने नीचे सुन ली थी। दोनों ही ऊपर आ गये थे। गाँव में ख़बर हम लोगों को पहुँचानी है की बात मैंने उन्हें बताई थी।

''तुम गाँव चली जाओ। फिर बिट्टो को लेकर आ जाना और उसके साथ तुम इलाहाबाद चली जाना।''

''अब कल से पहले तो पहुँच नहीं सकते तुम लोग। आज रात की गाड़ी से निकलोगे तब भी कल सुबह पहुँचोगे।''

''जी पापा!'' मैं बाक्स रूम से अपनी छोटी अटैची निकाल लाई थी और उसमें अपने कपड़े रखने लगी थी।

''चन्दर के कपड़े रख लेना।'' मम्मी ने याद दिलाया था।

मैंने उनकी तरफ देखा था, ''इस समय ले जाना ठीक लगेगा मम्मी?'' मैंने पूछा था।

''छोटे बड़े हुए तो फिर बदलेंगे भी नहीं। अब पता नहीं फिर कब जा पाओगी गाँव।''

''जी।'' और मैंने अल्मारी से निकालकर पैकेट अटैची में रख लिया था।

आज बिट्टो की शादी को ठीक आठ दिन हुए हैं। कल शनिवार है। अभी दो दिन पहले ही तो मैं गाँव गयी थी।

उस दिन बिट्टो को देखकर अजीब सा लगता रहा था। हमेशा चहकती रहने वाली बिट्टो एकदम चुप और गुम थी। कुछ समझ ही नहीं आया था कि वह ठीक है या दुखी है—या कितनी ज़्यादा दुखी है। वह उलझी हुई सी लगती रही थी। मेरे आने की आवाज़ सुनकर भी वह स्वयं बाहर नहीं आई थी। इतनी जल्दी इसे अपने ससुराल में होने की सीमाएँ और मर्यादाएँ समझ आ गयी हैं। मुझे दुख हुआ था। काफी देर इधर-उधर की बात होने के बाद ताई मुझे उसके कमरे में ले गयी थीं। मेहँदी लगे हाथों में ढेर सारी चूड़ियाँ—आल्ता लगे दोनों पैरों में तीन तीन बिछुए-बजने वाली पायल—और नाक के नीचे तक खिंचा हुआ घूँघट। कमरे में हम लोगों के आने की आहट पाकर वह खड़ी हो गयी थी। मुझे अटपटा लगता रहा था—कुछ ख़राब सा। मन आया था कि ताई से इतने लम्बे घूँघट को लेकर कुछ कहूँ पर फिर मैं चुप ही रही थी। ताई ने बिट्टो के कन्धे पर हाथ रखकर उसे धीरे से हिलाया था, ''ए बहुरिया, पैर छूओ ननदिया के। हमारे घर में छोटी ननद के भी पैर छुए जाते हैं।''

मैं एकदम कई कदम पीछे हो गयी थी, ''नहीं ताई वह मेरी छोटी बहन है—मेरे पैर नहीं छू सकती वह।'' ताई और दीदिया और कम्मो, रज्जो ने समवेत

स्वरों में मेरी बात का प्रतिवाद किया था—लगा था बहुत सारी आवाज़ें और बहुत सारे विरोध के स्वर कमरे में भर गये हों।

मेरा स्वर और भी अधिक हठीला हो गया था, "मैं उससे पैर नहीं छुआ सकती।"

ताई ने गर्दन घुमाई थी, "ऐ कम्मो! बुलाओ इनकी अम्माँ को—वही निबटारा करेंगी।"

"अम्माँ कहेंगी तब भी मैं बिट्टो से पैर नहीं छुआऊँगी।"

ताई ने नाराज़गी से मेरी तरफ देखा था, "भाभी भी नहीं कहोगी? भाभी का नाम लोगी? सिर्फ अपने ननिहाल के रिश्तों को मानोगी। ताऊ, ताई, बड़े भैया किसी से कोई नाता नहीं?"

"ताई!" मैंने विरोध किया था, "जिससे जो रिश्ता पहले था वही रिश्ता अभी भी है। भैया मेरे लिए अभी भी भैया ही हैं और बहन अभी भी मेरी छोटी बहन ही है—भैया को बहनोई नहीं मान रही और बहन को भाभी नहीं मानूँगी।"

"सो भाभी का नाम लोगी?" ताई ने पूछा था। उन सबके चेहरे पर नाराज़गी है। कमरे में फैला दबा छिपा तनाव मुखर लगने लगा था। मैं चुप रही थी। वे सब भी चुप हैं। शायद दोनों ही जानते हैं कि सामने वाले को समझाया नहीं जा सकता। पापा ऐसी स्थितियों में बीच का रास्ता अपनाने की बात करते हैं। मैं चुपचाप सोचती रहती हूँ। भला ऐसे में बीच का क्या रास्ता हो सकता है। मैं ताई की हाँ में हाँ नहीं मिला सकती। सोचा था चुप रह जाना ही सबसे अच्छा उपाय है—अभी के लिए भी और आगे भी—ताई के सामने बिट्टो को किसी सम्बोधन से नहीं पुकारूँगी—न नाम से न कुछ और। बीच का रास्ता यही हो सकता है। थोड़ी देर बैठकर ताई रूठी हुई सी बाहर चली गयी थीं। उनके पीछे बाकी लोग भी।

बिट्टो अभी भी पहले की तरह चुप ही बैठी थी, "कमरे में अब कोई भी नहीं है बिट्टो। अपना घूँघट खोल दो।" मैंने कहा था।

उसने अपना पल्ला पीछे को खींच लिया था। घूँघट के कारण अस्त-व्यस्त हो गये बाल—माँग में सिन्दूर की मोटी सी लकीर—माथे पर बड़ी सी बिन्दी-नाक में नथ—गले में सोने का हार—कानों में झुमके वही वाले जो मैं लाई थी। मैं ऊपर से लेकर नीचे तक उसकी तरफ देखती रही थी। अजीब लगता रहा था—कुछ ऐसा जो मैं असहज महसूस करने लगी थी। समझ ही नहीं आया था कि उससे क्या बात करूँ। मैंने तो उसे हमेशा बच्चों की तरह ही देखा था—आज कैसी लग रही है। पर कुछ बात तो करनी ही है, "कैसी हो बिट्टो?" मैंने पूछा था। वह चुप रही थी। मैंने फिर सवाल किया था, "ठीक हो?"

उसने गर्दन हिलाई थी। कुछ इस तरह से कि वह न 'हाँ' था और 'न' भी नहीं था।

"अच्छा लग रहा है?" मैंने पूछा था। उसने फिर उसी तरह से गर्दन हिलाई थी। जिसका कुछ भी अर्थ नहीं था।

मेरे मुँह से अपने आप सवाल फिसला था, "भैया अच्छे लग रहे हैं?" पूछते ही अपना ही सवाल अटपटा सा लगता रहा था—कुछ फूहड़ और कुछ बचकाना सा। मुझे लगा था कि उसके चेहरे पर हल्की सी मुस्कराहट आई है। उसने मेरी तरफ देखा था, "पता नहीं।"

मैं चुप हो गयी थी। जैसे मेरे सारे सवाल और सारे संवाद ख़त्म हो गये थे। मैंने उसके हाथ पर अपना हाथ रख दिया था, "इतनी परेशान क्यों लग रही हो। धीरे-धीरे सब ठीक हो जाएगा। आदत हो जाएगी।"

कहते ही लगा था कि मैं किस बात की और कैसी आदत की बात कह रही थी। फिर अम्माँ की शादी को तो इतने साल हो गये पर कुछ भी तो ठीक नहीं हुआ। एक ज़िद की तरह अम्माँ के चेहरे पर अभी भी सबके लिए परायापन ही दिखता है—एक दूरी और अलगाव। मन में एक आशा जागी थी—हो सकता है बिट्टो स्वीकार ले इन लोगों को।

"बिट्टो यह लोग फरक लग रहे हैं न?" मैं उसकी तरफ देख रही हूँ। उसने क्षण भर के लिए अपनी बड़ी-बड़ी आँखें उठाकर मेरी तरफ देखा था पर कुछ कहा नहीं था। "यह लोग बुरे नहीं हैं। इनसे थोड़ा प्यार करोगी तो वे भी तुम्हें बहुत प्यार करेंगे। थोड़े दिन में सब ठीक हो जाएगा। थोड़े दिन में सब अपने लगने लगेंगे।" कहते ही लगा था कि किसी के बुरा न होने से या सबके सही होने से ही ज़िन्दगी सँवर तो नहीं जाती। फिर यह घर यहाँ के लोग और यह ज़िन्दगी बिट्टो के सपनों की दुनिया तो नहीं ही है। अभी तो इसकी शादी को कुछ दिन ही बीते हैं। धीरे-धीरे समझेगी कि कितना छूटा और कितना टूटकर बिखर गया। अभी तो पूरी तरह से हतप्रभ है—कुछ भी समझ पाने में असमर्थ।

उसने फिर निगाहें उठाकर मेरी तरफ देखा था। बड़ी-बड़ी आँखों में पानी की एक परत भरने लगी थी और फिर वे आँसू गालों पर ढुलक आए थे। मैंने उससे कुछ नहीं कहा था। उसे चुपचाप रोने दिया था। कुछ दिन पहले तक उड़ती चिड़िया जैसी मामी की लाड़ली बिटिया थी। अब इस गँवई गाँव में इस घर की बड़ी बहू। कड़क मिज़ाज के भैया। हर बात में बेटे को सही मानने वाली ताई।

बाहर पड़ोस की कुछ औरतें बहू से मिलने आई हैं। ताई ने बिट्टो को बुलवा लिया था। हम दोनों बाहर निकल आए थे।

थोड़ी दूर पर बैठे बाबा ने इशारे से मुझे बुलाया था और अपने पास बैठा लिया था। वे बहुत देर तक मुझसे बातें करते रहे थे जैसे मुझे सफाई दे रहे हों। ''हम सोचिन रहै कि बहुरिया का चार छह दिन बाद इलाहाबाद भेज देवै। हिंयाँ घर मा शनिवार के दिन कौनु पूजा और सुहागिन न्यौतिन हैं। ई सब निपटै के एक दो दुईन बाद पठबै का कुछ व्यवस्था करब।''

मैं चुप रही थी पर मन में आया था कि पता नहीं मामी के पास अब उतने दिन बचे भी हैं। ताई ने मुझसे भी पूजा में आने के लिए कहा था पर मैंने मना कर दिया था कि अब मैं कालेज से छुट्टी नहीं ले सकती। ताई का और कम्मो, रज्जो और दीदिया का मुँह थोड़ा बुरा सा बन गया था पर मैंने अनदेखा कर दिया था। मैं किसी बहस में पड़ने के मूड में नहीं थी। न उस दिन आने का ही मेरा मन था—उतने रस्मो-रिवाज़—उस तरीके से रस्मो-रिवाज़ का निर्वाह अझेल है मेरे लिए। सबसे पहले घर के पिछवाड़े बने कुएँ की पूजा—फिर कुछ दूरी पर लगे बड़े से पीपल के पेड़ की पूजा-और फिर कुल देवी के मन्दिर में पूजा, वहाँ तक घर की सब औरतों का हाथ में पूजा का सामान लेकर गाते हुए पहुँचना। उतना फैलाव और उस फैलाव का तौर तरीका—मुझे कुछ भी अच्छा नहीं लगता। रज्जन भैया की पहली शादी में ही मुझे खिजलाहट होती रही थी। वहाँ पहुँच चुकी थी इसलिए बचने का कोई उपाय नहीं था। लगता रहा था कि क्यों शामिल हूँ इस सब में। फिर इस बार तो बेचारी बिट्टो और इतनी सड़ी गर्मी।

19

गाँव पहुँची थी तो घर में थोड़ी रौनक सी लगी थी। याद आया था कि आज तो कुल देवी का पूजन और सुहागिन भात था। मुझे अजीब लगता है कि मैं ऐसा समाचार लेकर आई हूँ यहाँ। पर चलो पूजा का काम अब तक तो निबट चुका होगा या फिर कुछ देर में ही निबटने वाला होगा। पर क्या किया जा सकता है। दीदिया ने मुझे आते देख लिया था और वहीं से अपनी ख़ुशी ज़ाहिर की थी और ताई को पुकारा था, ''अम्माँ देखो! बसुधा आई हैं। हम न कहते थे कि नखरा कर रही हैं, पर आ जाएँगी।'' मैंने दीदिया की बात का कोई जवाब नहीं दिया था। और छप्पर के नीचे आकर खड़ी हो गयी थी। अम्माँ ने अजब सवाल करती सी निगाह से मुझे देखा था। जवाब में मुझसे कुछ कहते नहीं बना था बस धीरे से अपनी गर्दन हिला दी थी। अम्माँ समझ गयी थीं। दूर बैठी बिट्टो ने घूँघट के अन्दर से हमारा मौन संवाद पढ़ लिया था। वह मेरे पास आकर खड़ी हो गयी थी। उसने अपना घूँघट

खींच कर थोड़ा सा ऊपर को सरका लिया था ताकि वह मेरी तरफ देखकर बात कर सके। "जीजी! अम्माँ गयीं?" उसने बिना किसी उतार चढ़ाव के सीधे मेरी आँखों में देखकर पूछा था और पास में पड़े तख़त पर चुपचाप बैठ गयी थी। घर के सब लोग उसको चारों तरफ से घेरकर खड़े हैं। सब अपनी अपनी तरह से समझा रहे हैं। बाबा पास में आकर खड़े हो गये थे। बाबा ने मेरी तरफ देखा था, "बसुधा! बहुरिया भोरारे से बैठि है—थकि गयी होई—अन्दर लाकै पहुराए द्यौ और उसका बक्सा जमाय द्यौ। फिर देखब वहीं के जाय का इन्तजाम।"

"सब लोग बातचीत राय-मशविरा करने लग गये थे। मैं चुप बैठी हूँ। इतने दिन से मन में एक घबराहट थी कि मामी के निधन के बाद बिट्टो का सामना कैसे करूँगी। मामी के जाने की कल्पना डराने वाली थी—और यह भी पता था कि जल्दी या देर से किसी दिन उसका सामना मुझे करना है। अब वह क्षण आकर गुज़र चुका है—उसका आतंक बीत चुका तो लग रहा है कि सब कुछ कितना सामान्य था—जैसे कुछ भी अनहोना न हो। मुझे ख़ाली ख़ाली सा लगता रहता है।

मैं उठकर बिट्टो के पास अन्दर चली गयी थी। वह तख़त पर दीवार से धोक लगाये बैठी है। उसने मेरी तरफ देखा था, "अम्माँ के बिना कैसे जीएँगे जीजी?"

मैं चुप बैठी रही थी। इस बात के जवाब में कहा ही क्या जा सकता है। वह तब से ख़ाली निगाहों से मेरी तरफ ही देख रही है, "बाहर सबको बता दो जीजी कि मुझे इलाहाबाद नहीं जाना।"

मैंने चौंककर उसकी तरफ देखा था। उसने भी देखा था और 'न' में अपनी गर्दन को हिलाया था। उसने जैसे अपनी बात की पुष्टि की थी। "मुझे इलाहाबाद नहीं जाना—अभी भी नहीं।" वह कुछ क्षण को रुकी थी, "और कभी भी नहीं। क्यों जाऊँगी अब? किसके लिए जाऊँगी भला? क्या करूँगी जाकर? अम्माँ तो अब मिलेंगी नहीं। नहीं जाना मुझे अब।" इतनी देर बाद उसने अब बिलखकर रोना शुरू किया था। वह मेरे गले से चिपककर सुबकती रही थी। मुझे लगा था सही ही कह रही है वह। क्या करेगी भला अब जाकर।

"पापा को मेरी ज़रूरत नहीं थी। मुझे भी नहीं है उनकी ज़रूरत। उनको अम्माँ के जाते ही ख़ाली घर चाहिए था ताकि..." उसने अपना वाक्य आधा ही छोड़ दिया था।

मैंने चौंककर उसकी तरफ देखा था। शादी होते ही इतनी बड़ी हो गयी कि ज़िन्दगी के गूढ़ मतलब अचानक समझ आने लग गये हैं उसे—या फिर सन्तो मामी ने कुछ ऐसा कहा उससे या किसी और ने?

बाहर से बातचीत की मिली-जुली आवाज़ें आ रही हैं। बिट्टो और रज्जन

भैया के इलाहाबाद जाने की बात चल रही है। मैं बिट्टो को छोड़कर बाहर आ गयी थी। ''वह कह रही है कि वह इलाहाबाद नहीं जाएगी।'' मेरी बात से सब एकदम से चौंके थे जैसे विस्फोट हुआ था वहाँ। बस अम्माँ चुप रही थीं।

ताई ने अपनी आँखें फैला ली थीं, ''अरे माँ के मरे में नहीं जाएगी?'' उनके स्वर में आश्चर्य से अधिक भर्त्सना है।

''बच्ची बिचारी महतारी सिधारे के ग़म में है—घबरा गईन है। जइहै बच्ची-ज़रूर जाई। साथै में रज्जन और तुम्हार महतारी जइहैं।'' बाबा ने कहा था।

''नहीं बाबा वह नहीं जाना चाहती। कहती है अम्माँ तो मिलेंगी नहीं।''

मिम्मो दीदिया और रामा आपस में धीरे-धीरे बात कर रही हैं और हँस रही हैं, ''हाँ बता दो कि भैया भी जाएँगे। असल में भैया को छोड़कर जाने का मन नहीं है।'' कम्मो ने मुझे आहिस्ता से टोहका था। मैंने अनसुना कर दिया था। पर देर तक अजीब लगता रहा था। हर समय हँसी-ठट्ठा—मरे जीये किसी मौके से कोई फरक नहीं इन लोगों को—फिर मज़ाक भी एक ही रंग की।

बाबा ने रज्जन भैया की तरफ देखा था, ''फिर तुमही चले जाओ बचवा।''

रज्जन भैया एकदम से चिड़चिड़ा पड़े थे, ''जब उसी को नहीं जाना अम्माँ के मरे में तो मैं काहे को जाऊँगा?''

''लो वे भी नहीं जाना चाहते बीबी को छोड़कर।'' मिम्मो दीदिया फुसफुसाई थीं।

बाबा ने मेरी और अम्माँ की तरफ सवाल करती निगाह से देखा था।

''अभी कुछ दिन पहले ही तो मिलकर लौटे हैं सब से।'' अम्माँ ने कहा था, ''इस समय तो हम यहाँ बिट्टो के पास ही रहना चाहते हैं।''

मुझे लगा था कि अम्माँ ठीक कह रही हैं। अम्माँ के जवाब में मुझे अपना भी जवाब मिल गया था। अब जब इलाहाबाद जाना ही नहीं है तो एक दिन यहाँ बिट्टो के पास रुकना सही होगा—आज ही उसको छोड़कर वापिस चले जाना ग़लत सा लगा था। मम्मी को पूरी बात समझा कर घर पर ख़बर कर दी थी।

बाबा को ऐसा लगता रहा था कि समधिन के मरे में घर से किसी न किसी का जाना बेहद ज़रूरी है। बहुत राय-मशविरा के बाद ताऊ और ताई के जाने की बात तय हुई थी। यह भी तय हो गया था कि अगले दिन मैं अपने घर जाते समय उन दोनों को चारबाग स्टेशन पर छोड़ दूँगी।

मैं ताई की तरफ और अम्माँ की तरफ आना जाना करती रही थी। अम्माँ शाम को चन्दर को जल्दी ही खाना खिला देती हैं। सारा दिन इधर-उधर दौड़ना, भागना, खेलना, कूदना करता रहता है। इतना थका रहता है कि कब सो जाए कुछ पता ही नहीं रहता। चन्दर कमरे में आया था। मैं उसके पीछे पीछे अन्दर आ गयी थी। बैग

में से कपड़े निकालकर मैंने उससे उन्हें पहनने के लिए कहा था। वह अजीब निगाहों से मेरी तरफ देखता रहा था, ''पहनकर देखो चन्दर कि तुम्हारे ठीक आ रहे हैं या नहीं।''

उसके होंठों पर एक मीठी सी मुस्कराहट और चेहरे पर बहुत सारी ख़ुशी दिखने लगी थी। उसने जल्दी से अपनी पहनी हुई शर्ट उतार दी थी। कपड़े एकदम ठीक आए हैं। मुझे शादी से पहले उसके लिए कपड़े न लाने का अफसोस फिर से हुआ था। कैसा भिनका सा लग रहा था और अब एकदम फरक लग रहा है। अम्माँ के चेहरे पर ख़ुशी है, ''दीदिया के पैर छूओ।'' अम्माँ ने कहा था। चन्दर शरमाया हुआ सा मेरी तरफ बढ़ा था। मैंने उसे बीच में ही पकड़कर अपने आपसे चिपका लिया था। ध्यान आया था कि गाँव में कुछ भी नया पहनने पर बड़ों के पैर छूए जाते हैं। मैंने उसे अम्माँ की तरफ मोड़ दिया था, ''अम्माँ के!''

अम्माँ के पैर छूकर वह बाहर की तरफ जाने लगा था। मैंने उसे रोक दिया था, ''चन्दर आज नहीं भैया। अभी इनको रख दो। कुछ दिन बाद पहनना। हमने तो यह कपड़े पहले से लाकर रखे हुए थे। छोटे-बड़े तो नहीं देखने के लिए ले आए थे। आज नहीं फिर।''

उसका चेहरा सुस्त हो गया था पर वह मेरी बात समझ गया था। उसने 'हाँ' में अपना सिर हिलाया था और कपड़े उतारकर अम्माँ को पकड़ा दिये थे।

बिट्टो के पास कुछ देर बैठने के लिए मैं उसके कमरे में गयी थी। वह अकेली है और पहले की तरह दीवार से धोक लगाए तख़त पर बैठी है। वह काँपती हुई ढिबरी की लौ की तरफ देख रही है। मैं उसके पास जाकर बैठ गयी थी। उसने मेरी तरफ देखा था, ''इस अँधेरे से डर लगता है जीजी।'' अजब घुटी हुई सी आवाज़ में कही थी उसने यह बात। थोड़े दिन में आदत पड़ जाएगी जैसी बात मन में आई थी पर मैं नहीं कह पायी थी। बहुत निर्मम लगा था वैसा कुछ कहना। मैं चुप रही थी। वह तब से मेरी तरफ ही देख रही है, ''आपने और बुआ ने कहा था न कि गाँव में बिजली आने वाली है।'' वह चुप हो गयी थी।

जवाब में मुझसे कुछ कहते नहीं बना था। वह अभी भी मेरी तरफ उन्हीं निगाहों से देख रही है। ''हमने पूछा था उनसे—तो कहते हैं कोई बिजली-विजली नहीं आने वाली। ऐसे ही रहना होगा यहाँ। आदत डाल लो।'' रज्जन भैया ने यह पूरी बात किस टोन में कही होगी मैं उसकी कल्पना कर पाती हूँ। उसके स्वर में शिकायत है और उसकी आँखों से आँसुओं की पतली धार बह रही है। गर्दन मोड़कर वह बाहर दिखने वाले अँधेरे में अपनी निगाह गढ़ाए हुए है।

उसकी बात का मैं क्या जवाब दूँ। मैं चुपचाप उसकी तरफ देखती रहती हूँ। उसकी आँखों से बहने वाले वे आँसू किसके लिए हैं—मामी के लिए या ज़िन्दगी

में आ गये इस अँधेरे के लिए—या सब कुछ मिला जुला है। मेरे मन में खिसियाहट भरने लगती है। उस दिन मामी से झूठ बोलते समय कहाँ सोचा था कि एक दिन अपने उस झूठ के लिए बिट्टो के सामने गुनाहगार महसूस करना होगा। मामी के लिए वह झूठ बोला गया था की बात भी मैं उससे नहीं कह पायी थी। न जाने क्यों ऐसा लगता रहा था जैसे बिट्टो के ख़िलाफ़ कोई षड्यन्त्र रचा गया था जिसमें हम सब शामिल थे—अम्माँ और मैं भी।

20

चन्दर बेसुध सो रहा है। अम्माँ उसी की तरफ देख रही हैं, ''आज बहुत ख़ुश था चन्दर। हमने तो शायद इतना ख़ुश उसे कभी देखा ही नहीं।''

मैंने 'हाँ' में अपनी गर्दन हिलाई थी।

अम्माँ सोते हुए चन्दर का सिर सहला रही हैं, ''उन कपड़ों में बहुत सुन्दर भी लग रहा था।'' अम्माँ ने कहा था।

मैंने फिर सहमति में हाँ कही थी।

''अच्छे पहनावे से शक्ल में फरक तो आता ही है।''

मैं अम्माँ की तरफ देखती रही थी। मामी कहती थीं कि तुम्हारी अम्माँ बहुत सुन्दर लगती थीं। पर उस गँवई गाँव के पहनावे में कितने दिन सुन्दर लग पातीं बेचारी। किसी पैसे वाले पढ़े लिखे घर में गयी होतीं तो रानी महारानी जैसी दिखतीं। मैं सोचती रही थी।

उस रात बड़ी देर तक नींद नहीं आई थी। दिमाग में न जाने क्या कुछ घूमता रहा था। अम्माँ—इस घर में बिताई उनकी ज़िन्दगी, अच्छे कपड़े पहनने के बाद चन्दर की आज की ख़ुशी, मोहन मामा का घर, सन्तो मामी अब नहीं हैं उस घर में। उस अभाव का अहसास। उनके बग़ैर कैसा लग रहा होगा वह घर? मेरी बन्द आँखों के सामने मामा के घर के चित्र बनते-बिगड़ते रहे थे। अपने पलँग पर अब वह नहीं होंगी—पलँग पर से उनका बिस्तर, उनका सामान भी हटा दिया गया होगा। शायद पलँग को बाहर करके उस कमरे को धोया गया होगा। कहाँ चला जाता है इंसान? कहते हैं तीन दिन तक आत्मा वहीं मँडराती रहती है। आत्मा होती है क्या? होती होगी तो उसे अपने बग़ैर अपना घर कैसा लगता होगा? अभाव का वजूद कितना चटक होता है।

मामी का मातम मनाने के लिए उस घर में बिट्टो नहीं है। वह तो गाँव के इस घर के एक कोने में अपनी माँ को याद कर रही होगी—या फिर थक कर सो

चुकी होगी। मौत का आघात भी कितना व्यक्तिगत है—सबके लिए अलग-अलग अपनी तरह से। दीवार से सिर टिकाकर बैठी बिट्टो की याद आती है—बड़ी बड़ी आँखों में आँसुओं की धार, "इस अँधेरे से डर लगता है जिज्जी।"

अगले दिन मैंने घर जाने से पहले का अधिकांश समय बिट्टो के आसपास ही बिताया था। बहुत साहस जुटाने के बाद मैं उसे बता पायी थी कि आज मुझे जाना है। मैंने उससे मम्मी जी की तबियत का बहाना ही बनाया था—यह भी कहा था कि जल्दी ही दुबारा आऊँगी—आगे भी आती रहूँगी। उसने न मुझसे रुकने के लिए कहा था—न यह पूछा था कि मैं दुबारा कब आऊँगी। लगा था जैसे वह अपना अकेलापन और अपना त्यागा जाना स्वीकार कर चुकी है। इसके अलावा उसके पास कोई उपाय भी तो नहीं था।

मुझे बाहर उस कच्ची पक्की सड़क तक छोड़ने सब आए थे। दादी और बिट्टो वहीं छप्पर के नीचे रुके रहे थे। मेरे जाते समय चन्दर तो कभी सामने नहीं होता इसलिए चन्दर के न होने पर मैंने ध्यान नहीं दिया था। मैं गाड़ी में बैठ पाती उससे पहले ही देखा था कि चन्दर तेज़ी से भागता हुआ चला आ रहा है। मुझे अच्छा लगा था। वह मेरे पास आकर रुक गया था और मेरे पैर छूने के लिए नीचे को झुक गया था। मैंने उसे बीच में ही रोक लिया था और उसे अपनी बाँहों से घेर लिया था। उसके चेहरे पर एक शरमाई हुई सी मुस्कान है। हम दोनों कुछ क्षणों को वैसे ही खड़े रहे थे। अम्माँ हमारी तरफ ही देख रही हैं। उनके चेहरे पर स्मित की धूमिल सी चमक।

मेरे घर पहुँचने के कुछ ही देर बाद मोहन मामा का फोन आया था। वह बिट्टो का प्रोग्राम जानना चाहते थे।

"मामा बिट्टो नहीं आ रही।" मैंने बताया था।

"पूजा में भी नहीं आएगी?" उन्होंने आश्चर्य से पूछा था। उनके स्वर में अविश्वास और झुँझलाहट है। आगे मामा ने जो सवाल पूछे थे उससे लगा था कि मामा शायद सोच रहे हैं कि घर वाले नहीं भेजना चाह रहे। मैंने बात साफ कर दी थी कि किसी तरफ से कोई रुकावट नहीं है पर वह स्वयं नहीं आना चाह रही।

"अरे! ऐसा कैसे? माँ के मरे में भी नहीं आना चाहती?" उनके स्वर में शिकायत है।

मुझे अचानक मामा पर गुस्सा आने लगा था। पर मैंने अपना स्वर भरसक शान्त और धीमा रखा था, "हाँ कहती है कि माँ तो अब मिलेगी नहीं तो किसके लिए जाऊँ वहाँ?" मामा चुप हैं पर फोन के पार से उनकी झुँझलाहट का मुझे

अन्दाज़ा था, ''कहती है पापा को मुझसे छुटकारा चाहिए था तो उनसे कह देना मैंने उन्हें पूरा छुटकारा दे दिया।'' मन किया था कि मैं मामा से कुछ और बहुत चुभता हुआ कहूँ—कुछ भी कहती जाऊँ जो भी मन में आए—कुछ ऐसा जिसे सुनकर वह तिलमिलाने लगें—जिससे उन्हें बहुत बहुत चोट पहुँचे। पर मैं चुप हो गयी थी। वैसे भी अब कुछ भी कहने से फायदा।

मम्मी पापा मेज़ पर बैठे चाय पी रहे हैं। मैं भी उन लोगों के पास आकर बैठ गयी थी। मम्मी ने मेरी तरफ चाय का प्याला बढ़ाया था, ''बिट्टो इलाहाबाद नहीं जा रही ?'' उन्होंने पूछा था।

''नहीं मम्मी! कहती है माँ तो मिलेंगी नहीं तो अब किसके लिए जाऊँ।'' मुझे मामा से यह बात कहते वे लोग सुन चुके हैं पर मैंने अपनी बात दोहराई थी।

उन दोनों के चेहरों पर उलझन है किन्तु किसी ने बात बढ़ाई नहीं थी।

''अब तो रेवती भी पूजा के बाद लौट आएँगी ?'' पापा ने कहा था।

''मामी! हाँ अब तो लौट ही आएँगी। हैट्स आफ टू हर। चार महीने से अधिक हो गया मामी को वहाँ। चेहरे पर कोई शिकन कोई शिकायत नहीं। कितना तो काम है वहाँ और कितनी उदासी। बड़ी मामी न होतीं तो सन्तो मामी की देखभाल कौन करता उस तरह से!'' मैं सोचती रही थी। रिश्तों को निभाने में न बड़े मामा कभी चूकते थे न मामी। कितना कुछ सीखने का है उन दोनों से।

तभी मम्मी ने पूछा था, ''चन्दर के कपड़े सही आ गये ?''

मैंने उनकी तरफ देखा था, ''जी मम्मी। उन्हें पहनकर चन्दर एकदम खिल गया। बहुत ख़ुश था।''

''कुछ और सैट्स ले लेना।''

''जी!'' मैं चुप ही रही थी। अभी कुछ देर पहले मामा से जिस तरह से बात की है वह सोचकर अजीब लग रहा है। मम्मी पापा के सामने कभी भी तो किसी से इस स्वर में बात नहीं की थी। अपनी विनम्रता छद्‌म लगने लगी थी।

''कैसे कपड़े ?'' पापा ने पूछा था।

मम्मी ने बताया था फिर देर तक चन्दर की बात होती रही थी। कितने साल का है, कौन सी क्लास में पढ़ता है, कौन से स्कूल में पढ़ता है। दोनों इस बात पर अफसोस करते रहे थे कि चन्दर की तो कभी बात ही नहीं होती। इस बात पर भी कि चन्दर तो कभी मेरे घर आया ही नहीं और अगर आया तो उन लोगों को उसकी कुछ ख़ास याद नहीं है।

''एक ही तो भाई है—वह भी छोटा—उसे तुम कभी भी लेकर नहीं आयीं ?'' पापा ने ताज्जुब और शिकायती लहज़े में कहा था।

इस बात का भला मैं क्या जवाब दे सकती थी। इसलिए चुप ही रही थी। मामी का निधन, बिट्टो का अकूत दुख और उसके स्वर की शिकायत, चन्दर का दिशाहीन रखरखाव। लगा था जैसे ज़िन्दगी में बहुत कुछ उलझता ही जा रहा है। कभी बेचैनी होने लगती है—कभी एक अजीब सी झुँझलाहट। इंसान अपनी ज़िन्दगी को अकेले अपनी तरह से क्यों नहीं जी पाता। सब तरफ से इतने सारे रिश्ते एक साथ अपने सुख और दुख के साथ क्यों जुड़ जाते हैं। चाहो तब भी कुछ भी तो अलग नहीं किया जा सकता।

21

शनिवार के दिन न जाने क्यों काम हल्का लगने लगता है और सुबह से ही कुछ अच्छा सा लगता रहता है—जबकि केवल इतना है कि आख़िरी पीरियड में होने वाला मेरा क्लास नहीं होता है और उससे पहले का पीरियड रोज़ ही फ्री होता है तो मैं इस दिन दो पीरियड जल्दी घर आ जाती हूँ। इस दिन पापा की कचहरी नहीं रहती है सो हर बार ही मेरे घर में घुसते ही बड़ी गर्मजोशी से मेरा स्वागत करते हैं। घर में होने वाला वह हल्का सा हंगामा अच्छा लगता है। खाना हम तीनों लोग आराम से बैठकर खाते हैं। नहीं तो बाकी दिन तो मम्मी मेरे आने से पहले खा चुकी होती हैं और पापा कचहरी में।

घर पहुँचे थे तो पापा मम्मी दोनों हमेशा की तरह बरामदे में बैठे मिले थे। मम्मी तख़त पर मशीन को खोले बैठी हैं पर इस समय उस पर कुछ काम नहीं कर रही हैं और उन्हीं की तरफ मुँह किए कुर्सी पर पापा बैठे हैं। मुझे पता नहीं क्यों लगा था कि दोनों के बीच मेरे बारे में ही कोई बात हो रही थी। मैं कुछ देर को वहीं पर खड़े होकर उन दोनों से बात करती रही थी और फिर वहाँ से जाने लगी थी।

पापा ने मुझे रोक लिया था, ''बैठो वसुधा! हम लोग तुम्हारे बारे में ही बात कर रहे थे।''

मैं हँसते हुए सामने की कुर्सी पर बैठ गयी थी, ''हाँ हमें लगा था कि हमारे बारे में ही बात हो रही है।'' मैंने अपनेपन से कहा था।

''इन फैक्ट हम लोग चन्दर की बात कर रहे थे।'' पापा ने कहा था।

मैंने उलझन भरी निगाह से उनकी तरफ देखा था। पापा ने अपनी बात जारी रखी थी, ''तुम्हारी मम्मी को लगता है कि गाँव में चन्दर की पढ़ाई ठीक से नहीं हो रही है—इन फैक्ट वहाँ कोई ठीक-ठाक स्कूल है ही नहीं। शायद इस बात के लिए तुम परेशान भी हो।''

मेरे समझ नहीं आता कि इस बात के जवाब में मैं क्या कहूँ। कल ही मम्मी मुझसे चन्दर के बारे में बात करती रही थीं। उस टुकड़ा-टुकड़ा बातचीत में मैंने क्या कहा था याद नहीं। गाँव के स्कूलों की बात हुई ही होगी और मैंने निराशा ज़ाहिर की होगी।

''तुम्हारी माँ ने हरी से तुम्हें अपने पास रखकर पढ़ाने के लिए कहा था। गाँव के स्कूलों की हालत तो अभी भी वही है। गाँव में रहकर चन्दर का भी कोई फ्यूचर नहीं है।''

मैं चुपचाप उनकी तरफ देखती रही थी। इस बात का मेरे पास कोई भी जवाब नहीं है।

''हम और तुम्हारी मम्मी चन्दर को यहाँ रखकर पढ़ाने की बात कर रहे थे।''

मैं एकदम से हड़बड़ा गयी थी, ''पापा मेरा वह मतलब कतई भी नहीं था।'' मैंने जैसे सफाई दी थी।

पापा हँसे थे, ''हमें पता है तुम्हारा वह मतलब नहीं था। पर हमारा मतलब साफ है। इन फैक्ट हम लोगों को यह बात दो साल पहले सोच लेनी चाहिए थी। पर ध्यान ही नहीं दिया। अभी ही थोड़ी देर हो गयी है, पर ठीक है—वी विल वर्क इट आउट।''

मैंने आँख में आते आँसुओं को बहुत मुश्किल से रोका था, ''पापा प्लीज़। संजय से मेरी शादी आप लोगों के लिए बहुत प्रैशर है—बहुत ज़्यादा है।'' मैंने मम्मी की तरफ देखा था, ''मम्मी संजय इस बात को बिल्कुल पसन्द नहीं करेंगे। मुझे वैसे ही ख़राब लगता रहता है—गाँव की ऊबड़-खाबड़ सड़कों पर ड्राइव करके जाना—उस घर में जाकर समय बिताना। कुछ भी तो संजय जैसा नहीं है।''

पापा कुछ क्षण तक मेरी तरफ गहरी निगाह से देखते रहे थे, ''वसुधा यह तुम्हारा हर समय संकोच में रहना—हर समय थैंक्यू-सॉरी के मोड में रहना। यह क्या है? संजय तुम्हारा हस्बैण्ड है—आधी दुनिया से लड़कर तुम्हें लेकर आया है—तुममें तो बहुत कान्फीडेंस होना चाहिए बेटा। हर समय सकुचाई डरी सी क्यों रहती हो। यह तुम्हारा घर है—हक समझो इस पर।''

''पापा मुझे डर लगता रहता है। किसी दिन संजय गाँव से, मेरे रिश्तों से या मुझसे ऊब न जाएँ। ही हैस एव्री रीज़न टू फील सो।'' मेरे ज़ुबान से सच ही फिसला था।

पापा हँसे थे, ''अगर ऐसा है तब तो अपने भाई को अपनी हैसियत पर लाना बहुत ज़रूरी है तुम्हारे लिए। तुम्हारा फ्यूचर मैका तो वही है न? हम वही तो चाहते हैं कि तुम्हारे और तुम्हारे बच्चों के लिए उसमें कोई भी कमी न रह जाए। टूटे या

अधूरे रिश्ते ज़िन्दगी की बहुत बड़ी ट्रेजडी होती है। और हैसियतों में बहुत फरक हो तो रिश्ते अक्सर लड़खड़ाने लगते हैं। फिर पूरी तरह से ख़ुश कोई नहीं रह पाता। रिश्ता तोड़ने वाला भी और उस रिश्ते में त्याग दिया जाने वाला भी।'' मैं पापा की तरफ देखती रहती हूँ। उन्होंने कैसे समझी वह बात।

मम्मी मेरी तरफ ही देख रही हैं, ''संजय से हम लोगों की बात हो गयी है वसुधा।'' उन्होंने बहुत समझाने वाले स्वर में कही थी अपनी बात।

''इन फैक्ट बहुत डिटेल में हुई है।'' पापा ने जोड़ा था।

''क्या कहा उन्होंने?'' मैंने हड़बड़ाकर पूछा था।

''कहेगा क्या? उसे कोई प्राब्लम नहीं है।''

मुझे पता है कि चन्दर मेरे पास पढ़ने आ जाएगा तो अम्माँ के लिए तो इससे बड़ी कोई ख़ुशी नहीं हो सकती। पर मैं ख़ुश नहीं हो पा रही। एक अकथ सी घबराहट। सच बात तो यह है कि मेरी ज़िन्दगी तो सुलझती जा रही है पर लग रहा था जैसे बुरी तरह उलझ गयी हूँ। समझ नहीं आ रहा था कि इतनी घबराहट क्यों है—किस बात की घबराहट है? क्या मैं संजय से डर रही हूँ? शायद।

मम्मी पापा मेरे सामने बैठे हैं। मेरे दिमाग में कितना कुछ आ रहा है। कितनी बार उन दोनों को देखकर दिमाग में आता था कि पापा के मुकाबले मम्मी देखने में कितनी साधारण हैं—कोई मैच नहीं। अब इन कुछ सालों में ही उन लोगों के साथ रहते वे दोनों 'मेड फॉर ईच अदर' लगने लगे हैं—एकदम एक सी गुडनैस और सैन्सिटिविटी। कभी-कभी आश्चर्य होने लगता है—कोई इतना भला कैसे हो सकता है—अपने आसपास के लिए इतना संवेदनशील और सोचने वाला। मामी और मम्मी—दोनों बहनें एक सी। मामा और पापा भी। भला हो या बुरा—क्या पति और पत्नी एक दूसरे के साँचे में ढल जाते हैं। पता नहीं।

उसके बाद हम लोग चन्दर की पढ़ाई के लिए बहुत देर तक बात करते रहे थे। परेशानी की बात यह थी कि चन्दर को इंग्लिश बिल्कुल भी नहीं आती—किसी भी अच्छे स्कूल में दाख़िला हो पाना सम्भव नहीं है। पापा का कहना है कि साधारण स्कूल में पढ़ाने का कोई मतलब ही नहीं है—फिर उसे शहर लाने का फायदा ही क्या है। ''गर्मी की इन दो महीनों की छुट्टी में उसे रात दिन पढ़ाना होगा। ट्यूटर रखना होगा—थोड़ी मेहनत हम सब भी करें।'' पापा ने कहा था।

पापा सोचते रहे थे। सेंट पाल स्कूल के प्रिंसिपल को मैं थोड़ा बहुत जानता हूँ। उसकी स्कूल की ज़मीन का एक मुकदमा मैंने लड़ा था। उससे कल जाकर बात करूँगा। मेरा बेटा सर्जन है सो मेरी बहुत कदर करता है। एक साल पीछे भी करना पड़ा तो कोई बात नहीं है। उसी स्कूल में मेरी थोड़ी बहुत पहुँच हो सकती है। बाकी

में तो।'' पापा कुछ सोचने लगे थे, ''पर स्कूलिंग अच्छी होना बहुत ज़रूरी है।''

पापा ने पूरा एक्शन प्लान बना दिया था।

22

रोज़ की तरह मम्मी पापा और मैं चाय पी रहे थे। यह हिस्सा हमारे घर की सबसे ज़्यादा इस्तेमाल होने वाली जगह है। इसी में नीचे के घर के तीनों बेडरूम के दरवाज़े खुलते हैं—हमारे कमरे में ऊपर जाने के लिए सीढ़ी, किचन-ड्राइंगरूम और डाइनिंग भी इसी से होकर जाया जाता है। इसे कमरा नहीं कहा जा सकता क्योंकि यह जगह एक तरह से सारे घर का रास्ता है और सारे कमरों को आपस में जोड़ता है—इसे लॉबी पुकारना भी अटपटा है क्योंकि यह उतना बड़ा नहीं है। पता नहीं क्यों मम्मी इसे हमेशा ही बरामदा कहती हैं सो इसका वही नाम पड़ गया है। हालाँकि अपने चौकोर आकार और चारों तरफ दीवारों और दरवाज़ों से घिरा होने के कारण वह नाम बिल्कुल ही ग़लत है। मम्मी अक्सर यहाँ बैठकर अपनी सिलाई का छोटा मोटा काम मशीन पर करती रहती हैं। उस काम के लिए झालर के कवर के साथ दीवाल से चिपका हुआ एक तख़्त एक तरफ को रखा है। बाकी दो तरफ की दीवारों पर कई दरवाज़े हैं और एक तरफ की दीवाल की तरफ ऊपर जाने वाली सीढ़ी बनी है—बाकी की दीवार में खिड़कियाँ बनी हैं जिनसे सामने का हरा भरा लान दिखता रहता है। सीढ़ी के नीचे की जगह में एक वाश बेसिन लगा है जो इधर से दिखता नहीं है और उसके ऊपर एक बड़ा सा शीशा। बीच में केन की चार कुर्सियाँ और मेज़ रखी हुई हैं। सुबह की चाय हम लोग यहीं बैठकर पीते हैं और जब तक जाने का समय नहीं होता यहीं पर बैठकर गप्प होती रहती है और फिर यहाँ से उठकर सब अपने अपने कमरे में तैयार होने चले जाते हैं।

संजय बाहर से टहलकर लौटे थे। उनका रोज़ टहलकर लौटने का समय यही है। अभी चाय पीकर संजय झटपट तैयार होने अपने कमरे में चले जाएँगे और फिर जल्दी से नाश्ता करके मेडिकल कालेज। मैंने उनकी चाय निकाली थी और बिस्किट का डिब्बा खोल दिया था। संजय थोड़ा झल्लाए हुए लगे थे।

''क्या हुआ?'' पापा ने पूछा था।

''कुछ नहीं।'' संजय ने कहा था पर चेहरे की झुँझलाहट थोड़ी और बढ़ गयी थी।

''कोई बात?'' मम्मी ने पूछा था।

उन्हीं झुँझलाई निगाहों से संजय ने मेरी तरफ देखा था, ''आज तुम्हारे

भाईसाहब बड़े दोस्ताना अन्दाज़ में लल्लू से हँस हँसकर बातें कर रहे थे। लल्लू प्लास्टिक की कुर्सी पर बैठे हुए थे और यह ज़मीन पर बैठे उनकी बुरादे की अँगीठी भर रहे थे।

"अरे! आपको कैसे पता?" मैंने खिसियाकर पूछा था।

"कैसे पता?" संजय मेरी तरफ ही देख रहे हैं, "सड़क से दिखाई दे रहे थे। पीछे जाकर मैंने इनको डाँटा और घर के अन्दर भेजा। अड़ोस-पड़ोस वाले क्या सोचते होंगे? ऊपर से घर की सिली हुई बनियान और नीले रंग का धारीदार पजामा।" कुछ क्षण चुप रहकर संजय ने धीरे से बुदबुदाकर अपना वाक्य पूरा किया था, "पिक्चर परफैक्ट।"

संजय ने कुछ ऐसे टोन में कही थी यह बात कि मैं स्तब्ध रह गयी थी—अपने हीन होने से भयाक्रान्त। क्या संजय की आँखों में मुझसे शादी करने का अफसोस है कि कैसे रिश्तों से जुड़ गये हैं वे। वैसा हो ही सकता है—उसमें कुछ भी तो अनहोना नहीं है। आगे किसी से बात किये बिना संजय चाय पीते रहे थे—बाकी सब भी चुप थे। संजय चाय ख़त्म करके बिना कुछ बोले फौरन ही ऊपर चले गये थे। मैं चुपचाप बैठी रही थी। न कुछ बोलते ही बना था न उठकर अन्दर जाकर चन्दर को डाँटते बना था न रोज़ की तरह संजय के पीछे अपने कमरे में ही जाने का मन किया था। हिम्मत ही नहीं हुई थी। काफी लम्बे क्षण यूँ ही चुपचाप गुज़र गये थे।

"तुम क्यों इतना परेशान हो रही हो?" मम्मी ने सहलाती निगाह से मेरी तरफ देखा था।

पापा ने मेरा कन्धा थपथपाया था, "ग़लती हम लोगों की है वसुधा। वह दस साल का बच्चा—नई जगह—नए लोग। वैसे ही घबराया हुआ है। उसे कोई साथ तो चाहिए न।"

"तो क्या नौकर से दोस्ती करेगा?" मैंने खिसिया के प्रतिवाद किया था। हालाँकि फौरन ही दिमाग में गया था कि चन्दर के गाँव के सब दोस्त ऐसे ही तो हैं।

"तो तुम दो उसे कम्पनी। संजय दें। अड़ोस-पड़ोस के बच्चों से मिलवाओ उसे। उससे अपने लोगों के साथ बैठने को कहो। ऐसे कैसे मन लगेगा उसका। उसकी तकलीफ तो समझो। उसके साथ मेहनत करनी पड़ेगी।"

मैं चुप रही थी। अपना मामी के घर आकर रहना याद आया था—मुझे मामा के घर अम्माँ के जाने के बाद कई दिन तक अपना रोते रहना याद आया था—हर समय मामा मामी का अपने आगे पीछे करते रहना याद आया था। मामी अपने फालतू समय में ही नहीं खेल खेल में अपने काम में भी मुझे शामिल कर लेतीं। मामी ने मुझे तुरपाई और बखिया करना सिखाया था—कढ़ाई की कई सारी स्टिचेस

सिखाई थीं—ऊन की सलाई पर बुनाई करना सिखाया था। यह चन्दर हुआ था तो मामी ने मुझसे छोटी-छोटी बनियानें बुनवाई थीं। मामी के आगे पीछे लगे रहना और छोटी-छोटी चीज़ें बनाने की ख़ुशी। ठीक ही तो कह रहे हैं पापा। चन्दर कल से आया है। मैंने तो उसके पास चैन से बैठकर बात भी नहीं की है। दिन भर कालेज में थी। शाम को संजय के साथ कहीं जाना था और रात देर से लौट पाए थे हम लोग। फिर मैं तो मामी के घर रहना शुरू करने से पहले भी आती जाती थी—कई-कई दिन को उनके घर पर रहती भी थी—भैया लोगों से उलझती रहती थी। पहले से मुझे मामा मामी के घर रहना अच्छा लगता था। पर चन्दर का तो मेरे घर आना जाना कभी रहा ही नहीं। सोचते हुए चन्दर के लिए दुख लगा था और ये भी लगा था कि मैं परेशानियों में उलझती जा रही हूँ।

मैं पापा और मम्मी तीनों वहीं बैठे रहे थे। न पापा ही उठकर अपने कमरे में तैयार होने के लिए गये थे न मैं ही कालेज के लिए उठी थी। मम्मी तो वैसे भी वहीं पर बैठी रहती हैं और वहाँ से किचन के काम के निर्देश और निगरानी करती रहती हैं। मैं चुप हूँ। पापा मम्मी छोटे छोटे सवाल करते रहे थे। मैं इन्तज़ार कर रही हूँ कि संजय जाएँ तो मैं कालेज के लिए तैयार होने को उठूँ—उससे पहले एक बार चन्दर से भी मिल लूँ। सब लोग जैसे गुपचुप बात कर रहे हैं—दबे हुए आवाज़ में। बीच की हवा बहुत भारी लग रही है।

संजय अभी तैयार होकर नीचे आकर नाश्ता करेंगे और फिर मेडिकल कालेज के लिए निकल जाएँगे। रोज़ मैं भी लगभग साथ ही तैयार होकर उतरती हूँ और संजय के जाने के फौरन बाद ही अपने कालेज के लिए निकल लेती हूँ। हम लोगों के नीचे उतरते तक सतवन्ती नाश्ता लगा देती है और सब लोग साथ बैठकर नाश्ता करते हैं। आज लगा था कि पूरा रूटीन ही गड़बड़ा गया हो जैसे—मेरा ही नहीं पापा का भी।

मेज़ पर बैठते ही संजय ने मेरी तरफ देखा था, ''कालेज नहीं जाना आज?''

''जाना है।''

''तब?''

''आज थोड़ी देर से जाएँगे।'' मैंने झूठ बोला था।

''अच्छा।'' संजय मुस्कराए थे और जल्दी जल्दी नाश्ता करने लगे थे। मेरे समझ ही नहीं आया था कि आगे मैं संजय से क्या बात करूँ या इस समय किसी से भी क्या बात करूँ।

संजय ने कमरे में चारों तरफ चेहरा घुमाया था, ''चन्दर कहाँ है?'' उन्होंने मेरी तरफ देखा था और मेरे उत्तर का इन्तज़ार किए हुए बग़ैर अपनी बात पूरी की

थी, ''उसको नाश्ते के लिए साथ ही बैठाया करो। सारे घर के नाश्ता करने के बाद करेगा वह नाश्ता? क्यों?''

मम्मी सामने की कुर्सी पर बैठी हैं, ''नहीं अभी हमने नाश्ता नहीं किया है। हमारे साथ करेगा।''

''नहीं सब साथ करें तभी सही है। तुम बाद में क्यों करोगी? एक ही तो टाइम होता है सबके साथ बैठने का।''

मम्मी ने अस्पष्ट सी हुंकारी भरी थी। संजय अस्पताल जाने के लिए बाहर चले गये थे। उनके जाने के बाद भी कुछ देर सब चुप बैठे रहे थे।

मम्मी हँसी थीं, ''अब इन्हें कौन बताये कि इनके डर के मारे तो बुलाया नहीं उसे। अभी कुछ देर पहले तो इतना ओवर रिएक्ट कर रहे थे अब जैसे सारी ग़लती हमारी हो गयी।'' मम्मी हम सबका नाश्ता लगवाने लगी थीं।

तैयार होने के लिए ऊपर जाने से पहले मैं चन्दर के कमरे में गयी थी। दरवाज़े की तरफ उसकी पीठ है। मैं उसके नज़दीक गयी थी। उसका नाम पुकारा था। उसने सिर ऊपर नहीं उठाया था। लगा था कि वह रो रहा है या रो के चुका है। मैंने उसके सिर पर हाथ रखा था और वह वैसे ही बैठे हुए मुझसे चिपक गया था और फूटकर रोने लगा था, ''हम गाँव जईबे। हमें अम्माँ की याद आ रही है।'' मैंने उसका चेहरा अपनी तरफ घुमाया था। उसकी दोनों आँखों से कई धार आँसू बह रहे हैं।

मुझे घबराहट लगने लगी थी। इस बच्चे को मैं यहाँ कैसे सहज महसूस करा पाऊँगी—यहाँ के लोग फरक-सोच और माहौल फरक। इसके साथ का यहाँ कोई नही—इसके अपने जैसे लोग यहाँ नहीं। मैं तो बहन हूँ उसकी। जब मुझे उससे दूरी महसूस होती है तो इसे भी तो होती ही होगी। ऊपर से आज का वाकया। मैंने उसे पुचकारा था, ''जीजा बड़े हैं न! डाँट दिया तो क्या हो गया। गाँव में अम्माँ बप्पा ताऊ ताई सब डाँट लेते हैं न तुम्हें।'' उसने रोते हुए ही अपनी गर्दन सहमति में हिलाई थी पर अपने गाँव जाने की बात किसी रटे हुए वाक्य की तरह दोहराता रहा था। मैंने एक बार उसे ऊपर से लेकर नीचे तक देखा था। मारकीन की हाथ से सिली बनियान और धारीदार पाजामे में वह सच में अजीब लग रहा है। उसके लिए कपड़े ख़रीदते समय मुझे घर के पाजामा कुर्ता बनियान जैसे कपड़ों का तो ध्यान रहा ही नहीं। सोचा था कि इसे समझाऊँगी कि उसे लल्लू के साथ दोस्ती नहीं करनी है। फिर लगा था कि क्या कहूँगी इससे कि उसे वैसा क्यों नहीं करना है। फिर उसे कितनी बातों के लिए मना करूँगी? ये वाले कपड़े न पहने, गाँव की भाषा में न बोले। पापा ने कहा था कि उसकी आसपास के बच्चों से दोस्ती कराओ।

मुझे ध्यान आता है—पड़ोस के डॉक्टर दुग्गल का पोता और सामने रहने वाले माथुर साहब का बेटा—दोनों सेंट फ्रांसिस में पढ़ते हैं—अच्छे स्मार्ट बच्चे हैं—पर चन्दर तो हिन्दी भी पूरी सही नहीं बोलता है।

मैंने अल्मारी खोलकर अभी कुछ दिन पहले ख़रीदे गये कपड़ो में से एक सैट कपड़े निकाले थे। कपड़े उसके हाथ में पकड़ाए थे, ''जल्दी से नहा लो।'' मैंने उससे पुचकार कर कहा था, ''फिर हम सब लोग नाश्ता करने बैठेंगे। भूख लग रही है न?'' मैंने प्यार से पूछा था।

उसने 'हाँ' में गर्दन हिलाई थी। मुझे ख़राब लगता रहा था। नौ बज चुका है और वह एकदम भूखा बैठा है—बच्चा ही तो है। वैसे भी वह तो एकदम सुबह जग जाता है। कल से ध्यान रखेंगे की बात मैंने सोची थी। उसे नहाने के लिए भेजकर मैं जल्दी से तैयार होने के लिए ऊपर भागी थी।

मैं मन-ही-मन मनाती रही थी कि चन्दर का यहाँ आना व्यर्थ न जाए। एडजस्ट कर ले वह यहाँ से। अम्माँ के चेहरे की तसल्ली याद आती है, ''बेटा भैया ने और तुमने हमें गँवई गाँव के श्राप से मुक्त कर दिया। चन्दर की चिन्ता में हमें चैन नहीं पड़ता था। अब पढ़ लिख जाएगा तो बहन बहनोई के साथ बैठने लायक तो बन सकेगा।'' उन्होंने अपने आँसू पोंछे थे। मुझे पापा की बात याद आई थी। ''तुम्हारा फ्यूचर मैका तो वही है न?''

उस दिन अम्माँ के चेहरे की तसल्ली देखकर बहुत सी दुविधा समाप्त हो गयी थी। चन्दर मेरे साथ जा रहा है सोचकर अच्छा लगा था।

अम्माँ चन्दर के मेरे साथ आने की तैयारी करती रही थीं और उसे दुनिया भर की बातें समझाती रही थीं वैसे ही जैसे कभी मामी के घर छोड़ते समय मुझसे कही थीं। हद की संकोची माँ ने चन्दर को मेरे साथ भेजने की बात पर कुछ भी नहीं सोचा था—वे सिर्फ ख़ुश थी। चन्दर मेरे साथ आने के नाम से ख़ुश भी था और घबराया हुआ भी। चलते समय अम्माँ से चिपककर खूब रोया था। कुछ इस तरह से कि आस पास खड़े लोगों की आँखों में पानी भरने लगा था—मेरी आँख में भी। दादी ने चन्दर को प्यार से अपने सीने से लगा लिया था, ''भगवान राम जी की तरह बनै थोड़ी जात हो। तू अपनी बहन की लगै जीजा की भाँति बड़ा इज्जतदार मनई बनै की खातिर जात हो।'' दादी ने दूर खड़ी हमारी कार की तरफ इशारा किया था, ''देखो जीजा लिवाय खातिर कार पठाइन है। तुमहू अपन बाबा दादी को घुमाय की खातिर कार लैके आयौ।'' चन्दर ने 'हाँ' में अपनी गर्दन हिलाई थी और उसकी आँखों से आँसू गिरते रहे थे।

चन्दर के साथ डाइनिंग रूम पहुँची थी तो पापा ने शोर के साथ उसका

स्वागत किया था। मम्मी ने प्यार से उसे अपने पास की कुर्सी पर बैठा लिया था। सतवन्ती ने उसके सामने दूध रख दिया था। पापा ने मेरी तरफ देखा था, ''आज चन्दर भाई हमारे साथ कचहरी चल रहे हैं।''

''कचहरी जाकर क्या करेगा बेचारा?'' मम्मी ने पूछा था।

पापा ने चन्दर की पीठ पर हाथ रख दिया था, ''चन्दर को लखनऊ घुमाना है—शुरुआत हमारी कचहरी से। ठीक है न चन्दर भाई!'' पापा ने जैसे घोषणा की थी।

चन्दर धीरे से मुस्कराए थे। मम्मी आग्रह करके उसकी प्लेट में खाने को कुछ-न-कुछ रखती रही थीं। चन्दर चुप है मगर काफी कुछ सहज दिखने लग गया था।

''पापा, सैंट पाल्स स्कूल वालों ने चन्दर की तैयारी कराने के लिए जो किताबों की लिस्ट दी थी वह आप हमें दे दीजिए। आज कालेज से लौटते समय हम ले आएँगे। अँग्रेज़ी और मैथ्स में नीचे के क्लासेज़ की किताब भी लानी पड़ेगी। तैयारी वहीं से शुरू कराएँगे।''

''तुम परेशान मत हो किताबें हम ले आएँगे।'' पापा ने चन्दर की तरफ देखा था, ''चन्दर भाई आज जितना खेलना और आराम करना है कर लीजिए। कल से पढ़ाई का काम शुरू।''

''पता नहीं इतना सब कैसे हो पाएगा?'' मैंने परेशान होकर कहा था।

पापा ने प्यार से चन्दर की पीठ पर हाथ रखा था, ''सब हो जाएगा। बच्चों में बहुत कुछ करने की कैपेसिटी होती है। बस हम लोगों को जुटना पड़ेगा। कल से इनका ट्यूटर भी आना शुरू हो जाएगा।'' पापा ने मेरी तरफ देखा था, ''मैंने सोच लिया है कि अगर वह टैस्ट क्लियर नहीं कर पाया तो मैं डोनेशन आफर कर दूँगा। अभी नहीं कहा है नहीं तो हो सकता है यूँ ही पास न करें।''

मैं पापा की तरफ देखती रही थी। मैं जैसे एकदम अवाक् हो गयी थी। 'थैंक यू पापा' कहना बहुत छोटी बात लगी थी।

23

मैं कालेज से लौटी थी तो पापा मम्मी और चन्दर तीनों डाइनिंग रूम में ही मिले थे। पापा शायद अभी थोड़ी देर पहले ही लौटे हैं। मेज़ के ऊपर काफी सामान रखा है। पापा अपने तरीके से थोड़े शोर के साथ उत्साहित होकर मिले थे।

''बड़ी शापिंग कर डाली आज आपने?'' मैंने पूछा था।

पापा ने चन्दर की तरफ देखा था, ''आज की शापिंग चन्दर के नाम।''

''इतना सारा?'' मैंने हैरानी से पूछा था।

"चन्दर भाई दिखाइए न अपनी दीदी को अपनी ख़रीदारी।" पापा ने चन्दर से कहा था।

चन्दर सकुचाए से मुस्कराए थे।

सामान मम्मी ने दिखाया था। चन्दर की किताबें। उन पर कवर चढ़ाने के लिए बैम्बू पेपर। कपड़े के सफेद जूते और चमड़े के काले जूते अलग से। सफेद मोज़े, टी शर्ट्स, घर में पहनने के लिए सफेद पायजामें और खादी के कुर्ते, जॉकी की बनियान और अन्डर वीयर। मैंने पापा के तरीके से ही मुखर ख़ुशी जताई थी। किन्तु मुझे संकोच ने घेर लिया था। इतना सामान न जाने कितने का आ गया होगा। पापा से मेरी कुछ पूछने की हिम्मत भी नहीं है।

पापा ने आख़िरी पैकेट खोला था, "इसमें लूडो, साँप सीढ़ी और ट्रेड। यह खाली समय में हम लोग खेला करेंगे। इन फैक्ट आपकी मम्मी और चन्दर भाई खेलेंगे-पढ़ाई पूरी करके।

सतवन्ती मेरे लिए खाना लगाने लगी थी। "आप लोगों ने खाना खा लिया पापा?" मैंने पूछा था, क्योंकि मुझे लगा था जैसे वे लोग अभी ही लौटे हैं।

जवाब मम्मी ने दिया था, "हमने तो अपने टाइम से खा लिया था। ये दोनों आज चौधरी में चाट खाकर आए हैं।"

पापा मेरी तरफ देखकर हँसे थे। चन्दर धीरे से मुस्कराए थे। चन्दर के चेहरे की ख़ुशी देखकर अच्छा लगा था। मुझे लगा था कि पापा के बग़ैर मेरे लिए यहाँ चन्दर को मैनेज कर पाना मुश्किल हो गया होता शायद।

चन्दर ख़ुश रहने लगा है। पहले की तरह डरा और घबराया हुआ सा तो नहीं ही लगता। पर संजय के सामने पड़ने से कतराता रहता है। हालाँकि संजय उससे ठीक से ही पेश आते हैं। कभी-कभी उससे एकाध बात भी हँस कर कर लेते हैं। अपनी पढ़ाई के अलावा दुपहर में कभी मम्मी के साथ लूडो खेल लेता है—कभी पापा के साथ बाज़ार चला जाता है। जबसे पड़ोस के बच्चों के साथ उसका खेलना शुरू हुआ है तब से बहुत उत्साहित दिखने लगा है। मैंने अपने पास बैठाकर उसे ठीक से समझा दिया था कि कालोनी के किसी बच्चे से लड़ाई-झगड़ा नहीं करना है। मारपीट तो बिल्कुल भी नहीं। वैसे भी वह जबसे यहाँ आया तब से शान्त ही रहता है। पहले डरा सा दिखता था अब ख़ुश दिखने लग गया है हालाँकि बीच-बीच में मैंने उसके चेहरे पर उदासी और आँखों में आँसू भी देखे हैं। मुझे पता है वह अम्माँ को बहुत मिस करता है। याद आता हैं कि मामी के घर जब अम्माँ बहुत याद आती थीं तो मैं जब तब सबसे छिपकर रो लेती थी।

चन्दर को यहाँ आए कई दिन हो गये हैं। गुड फ्राइडे की मेरी छुट्टी है। सोच रही हूँ कि उस दिन गाँव चली जाऊँ। संजय पूरे दिन अस्पताल में रहेंगे। मैं शाम तक लौट ही आऊँगी। गाँव में मेरा भी सबसे मिलना हो जाएगा और चन्दर भी अम्माँ से मिल लेगा।

गाड़ी इस्माइलगंज के मोड़ पर पूरी तरह से मुड़ भी नहीं पायी थी कि चन्दर ने सीट पर उछलना और करवटें बदलना शुरू कर दिया था। मुझे लगा था कि कहीं यह कार का फाटक रुकने से पहले ही न खोल दे। ड्राइवर ने हमेशा की तरह कार घर से थोड़ी दूर पर ही रोक दी थी। इसके आगे खेत हैं। मैं जब तक उतर भी पाती उससे पहले ही चन्दर तीर की तरह तेज़ी से घर की तरफ भागा था। घर के सब लोग बाहर निकल आए थे। ख़ूब शोर और बहुत सारी बातें। अम्माँ ने हमेशा की तरह मुझे बाँहों में भर लिया था। आज मुझे अम्माँ के स्पर्श में एक अतिरिक्त आत्मीयता महसूस हुई थी। चन्दर अम्माँ के पैर में लिपटा हुआ है। ताई ने उसे कन्धे से पकड़कर उसका मुँह अपनी तरफ कर लिया था, "ए चन्दर, तू तो एकदम शहरी बाबू लगने लग गया। देखो तो कैसा हीरो लग रहा है।" अम्माँ मुग्ध निगाहों से उसकी तरफ देख रही हैं। कई लोगों ने ताई की बात में हामी भरी थी। चन्दर शरमाया हुआ सा मुस्करा रहा है।

थोड़ी देर में ही चन्दर अपने दोस्तों से मिलने के लिए भागा था। "जल्दी आ जाना। चार बजे से पहले वापिस चलना है।" चन्दर दो मिनट को ठिठका था। मेरी तरफ देखता रहा था और फिर चला गया था।

"आज ही चली जाओगी?" अम्माँ ने कहा था।

"हाँ अम्माँ जाना है।"

अम्माँ ने कुछ कहा नहीं था पर उनका चेहरा उतर गया था। मुझे लगा था अभी तो चन्दर अम्माँ के पास बैठ भी नहीं पाया है। वैसे भी उनका यह सारा समय तो खाना बनाने और सबको खिलाने-पिलाने और चौका समेटने में ही निकल जाएगा। ताई अब रसोई के काम के लिए कम ही आती हैं—अपने हिस्से का काम बिट्टो के सुपुर्द करके आज़ाद हैं वह—और अम्माँ उस पर अधिक काम डालना नहीं चाहती हैं। तभी ध्यान आया था कि आज अभी तक बिट्टो दिखाई नहीं दी है। हर बार तो अन्दर कहीं भी होती है तो मेरी आवाज़ सुनकर थोड़ी देर में बाहर निकल आती है। मैंने पूछा था, "बिट्टो कहाँ है?"

अम्माँ ने ताई की तरफ अर्थपूर्ण निगाहों से देखा था। कुछ कहने को मुँह खुला था पर बोली नहीं थीं। ताई के चेहरे पर झुँझलाहट है, "सारी दुनिया की औरतों के बच्चे होते हैं। ऐसा रोना धोना मचाते किसी को नहीं देखा।"

“बच्चा?” मैंने अम्माँ की तरफ देखा था। बुरा लगा था, जैसे कोई ख़राब ख़बर सुनी हो। पर क्या कहती।

“जाओ मिल लो उससे।” अम्माँ ने धीरे से कहा था।

मैं वैसे ही बैठी रही थी। समझ ही नहीं आया था कि बिट्टो का सामना कैसे करूँगी। उससे क्या कहूँगी। मुझे उठता न देखकर ताई ने भी वही बात दोहराई थी, “जाओ, मिल लेवो। बताय देओ कि उनके कुछ खास नहीं हो रहा। सबई के होता है।”

मैं फिर भी बैठी रही थी। बुरा लगता रहा था। छोटी सी बच्ची न जाने किस मुसीबत में फँस गयी। भाभी का ध्यान आता रहा था। अब सब कुछ कैसे निपटेगा—दिमाग में घूमता रहा था। हालाँकि किसी न किसी दिन तो इस समाचार का सामना करना ही था।

मैं बिट्टो के पास जाने के लिए उठकर खड़ी हो गयी थी। उससे मिलना तो है ही। जब तक नहीं जाऊँगी तब तक ताई बार बार कहती रहेंगी।

चन्दर जल्दी ही आ गया था। अम्माँ से चिपका हुआ है। उनसे कुछ धीरे से कह रहा है। “क्या कह रहा है अम्माँ?” मैंने पूछा था।

अम्माँ संकोच भरा सा मुस्कराई थीं, “कह रहा है दीदी से कहो हमें एक दिन के लिए यहाँ छोड़ दें।” चन्दर ने डरते हुए मेरी तरफ देखा था। क्योंकि मैंने घर से चलने से पहले ही उससे कह दिया था कि बस कुछ घण्टों के लिए अम्माँ से मिलने ही चल रहे हैं। लौटकर पढ़ाई करनी है। मुझे बुरा लगा था। मामी के घर से अपना गाँव आना याद आया था। जाते समय कितना तो रोती थी मैं। चन्दर की पढ़ाई तो ठीक ही चल रही है—आशा से थोड़ी बेहतर ही। आज उसको छोड़ सकते हैं। मैंने अम्माँ की तरफ देखा था, “छोड़ तो देते इसे। पर यह आएगा कैसे। पता नहीं कल गाड़ी मिल पाए या नहीं।”

अम्माँ एकदम ख़ुश हो गयी थीं, “सो कोई बात नहीं। हम कल इसे बजरंगी के साथ भेज देंगे।” मेरे हाँ कहने से पहले ही चन्दर उछलने लग गया था। उसके साथ आया उसका दोस्त राजन भी।

“चन्दर मुझे अन्दर से एक कापी लाकर दे दो। मैं तुम्हें सात से बारह तक की टेबल्स लिखकर दे रही हूँ। एकदम अच्छी तरह याद करना है—एकदम पानी की तरह। अभी तुम बीच में अटकते हो। खेलना कूदना, अम्माँ से चिपकना पर साथ ही इन्हें भी याद कर लेना। फिर तुम एक दिन और रुक जाना—कल नहीं परसों इतवार को आ सकते हो।” चन्दर एक बार फिर से उछलने लगा था। घर में सब लोग ख़ुश दिख रहे हैं।

बाबा ने लाड़ से मेरी तरफ देखा था, ''भइया की पढ़ाई की कित्ती चिन्ता है।''

अम्माँ के चेहरे पर ढेर सा भरोसा है। लगा था ठीक ही किया जो उसे छोड़ दिया। दो दिन अम्माँ के पास रह लेगा तो उसको अच्छा लगेगा। पढ़ाई के लिए तो अभी दो महीने से थोड़ा ज़्यादा ही समय है। वैसे वह बहुत जल्दी याद कर लेता है।

24

जब से चन्दर का एडमिशन सेंट पाल्स में हो गया है तब से उसके चेहरे पर रौनक दिखने लगी है। हर किसी से बहुत ही आत्मविश्वास से बात करता है—संजय से भी उसका झिझकना थोड़ा कम हुआ है। पापा मम्मी को पूरी कम्पनी देता है। उसके साथ पापा और पापा के साथ वह बहुत ख़ुश दिखते हैं। पहले ही टर्मिनल एक्ज़ाम में ख़ूब अच्छे नम्बर लाया था। मम्मी ने घर में खीर बनवाई थी। पापा चन्दर को हनुमान सेतू के मन्दिर लेकर गये थे और संजय मेडिकल कालेज से लौटते समय बैम्बोस से रसगुल्ले लेकर आए थे और आते ही चन्दर को पुकारकर हण्डिया उसी के हाथों में पकड़ाई थी।

''भई चन्दर भाई आप बहुत अच्छे नम्बर लाये हैं पर सिक्स्थ मंथली में आपको पहले पाँच बच्चों में आना है।'' पापा ने कहा था।

चन्दर ने इतने आत्मविश्वास से गर्दन को झटका देकर हामी भरी थी कि संजय बाद तक उस बात को याद करके हँसते रहे थे।

पापा शायद ठीक ही कहते थे कि बच्चे बहुत जल्दी सीख लेते हैं। शायद चन्दर ने उस उम्मीद से भी ज़्यादा जल्दी सीखा है। हर टैस्ट के बाद ले जाकर अम्माँ को उसका रिपोर्ट कार्ड दिखाती हूँ तो अम्माँ के चेहरे पर बहुत देर के लिए एक मुस्कराहट ठहर जाती है और चन्दर की आँखों में एक आत्मविश्वास चमकने लगता है। मैं सोचती हूँ कि विजेताओं के चेहरों पर जीत की ऐसी चमक ही तो दिखती होगी। हर दौड़ में जीत की ख़ुशी का रंग तो एक ही होता है न। चन्दर के साथ बहुत लोगों की ख़ुशी जुड़ गयी है—गाँव में अम्माँ, बापू और बाबा दादी की ख़ुशी—हमारे घर में पापा मम्मी संजय और मेरी ख़ुशी। सोचकर अच्छा लगता है कि रिश्तों में एक ज़िन्दगी में कितनी ज़िन्दगियाँ शामिल हो जाती हैं। पापा मम्मी ने चन्दर को लाने की बात सोची—क्योंकि चन्दर मेरी ज़िन्दगी से जुड़ा हुआ था। मैं कभी इस ऋण से उऋण हो पाऊँगी भला।

बिट्टो की डिलीवरी के लिए मामी उसे अपने साथ लखनऊ ले आई थीं। मैं परेशान हुई थी। मुझे पता है मामी अपने बच्चों से हर बात में संकोच करती हैं

ख़ासकर अपनी बड़ी बहू से—जैसे डरती हों। पर बिट्टो को लाते समय उन्होंने कोई दुविधा मन में नहीं रखी थी। बेटे बहुओं के सामने अपना निर्णय घोषित कर दिया था। मेरा कई बार मामी से यह पूछने का मन किया था कि अगर उन लागों ने बाधा डाली होती तो वे क्या करतीं। मुझे पता है कि मामी के पास समस्याओं से निपटने के अपने तरीके हैं।

"सन्तो हैं नहीं! बिट्टो बहुत डरी हुई थी। मैं उसे गाँव की मिडवाइफ और दाइयों के भरोसे नहीं छोड़ सकती थी।" मामी ने कहा था। मैं उनकी तरफ देखती रही थी। आज पहली बार मन में मलाल आया था कि मामा के न रहने से हम सब कितने कमज़ोर पड़ गये। मामी से पहले बात की होती तो शायद वे इसी तरह से कोई रास्ता निकाल सकती थीं। बिट्टो को मैं यहाँ के किसी हास्टल में पढ़ने के लिए डाल सकती थी। छुट्टियों में वह कभी मेरे घर और कभी मामी के घर रह ही सकती थी। कभी अम्माँ के पास गाँव भी जा सकती थी। पर तब मैं कुछ सोच ही नहीं पायी थी। तब तक मम्मी पापा से भी मेरा संकोच का ही रिश्ता था—संजय से भी हर बात कहाँ कह पाती थी तब। मामा के निधन को भी थोड़ा ही समय बीता था। मामी अपने ही घर में विस्थापित सी दिखने लगी थीं। फिर कौन जाने मोहन मामा तब भी हम लोगों की बात सुनते या नहीं। पर मुझे अफसोस होता रहता है।

बिट्टो के बेटा हुआ था। उसके पास लाकर बच्चे को लिटाया था तो उसने बच्चे की तरफ को पीठ कर ली थी और रोती रही थी। मामी उसके बाल सहलाती रही थीं और उसे समझाती रही थीं। मेरे समझ ही नहीं आया था कि मैं क्या कहूँ। भला हुआ जो इस समय ताई और रज्जन भैया यहाँ मौजूद नहीं हैं—बेवजह दोनों को उलझने का कारण मिल जाता। वे दोनों अभी थोड़ी देर पहले मन्दिर गये हैं।

मामी घर चली गयी थीं तो बिट्टो कुछ देर तक मेरी तरफ देखती रही थी, "जीजी!" उसने मुझे पुकारा था। मैं उसके बगल में जाकर खड़ी हो गयी थी। "जीजी, मुझे बुआ की तरह बच्चे पैदा करने वाली मशीन नहीं बनना है।" उसकी आवाज घुटी हुई है।

मैं एकदम अचकचा गयी थी। मैंने ऐसी किसी बात की उम्मीद नहीं की थी। मैं चुप हूँ। मैं सोचती रही थी। चन्दर और मैं—दो। इसके अलावा अम्माँ के दो-तीन बच्चे होने के बाद कुछ महीनों में नहीं रहे और कुछ होने के पहले। भला इस बात के जवाब में मैं क्या कहूँ। वह मेरी तरफ उन्हीं शिकायत भरी निगाह से देखती रही थी, "सात साल बड़ी हैं आप मुझसे और तीन साल से ज़्यादा आपकी शादी को हो गये—और आप..." वह सिसकी लेकर रोने लगी थी।

मैं उसके बगल में जाकर बैठ गयी थी। समझ नहीं आया था कि उससे क्या कहूँ। मैं हँसी थी, ''बिट्टो! तुमने मुझे मौसी बनाया। मैंने सोचा था कि आज तुमसे थैंक्यू कहेंगे और तुम्हें ख़ुशख़बरी सुनाएँगे कि हम भी तुम्हें मौसी बना रहे हैं।''

बिट्टो ने अजब उलझी निगाहों से मेरी तरफ देखा था जैसे तय न कर पा रही हो कि वह अभी भी रोती रहे या हँस दे। वह हँसी थी। मैं भी हँसी थी।

घर में जबसे सबको इस बात का पता चला है सब लोग बहुत ख़ुश हैं—मम्मी, पापा, संजय और चन्दर। पापा ने सतवन्ती को मेरे खाने, नाश्ते फल के ढेर सारे निर्देश दे डाले हैं। किसी दिन ड्राइवर छुट्टी पर हो तो स्वयं मुझे छोड़ने और लेने जाते हैं। चाहते हैं कि मैं पूरे एक साल की छुट्टी ले लूँ।

संजय जब हुए थे उससे पहले मम्मी की तबियत बहुत ख़राब हो गयी थी। सुनते हैं पापा बहुत रोए थे और तभी तय कर लिया था कि अब कोई और बच्चा नहीं। अब मेरे लिए धबड़ाये हुए हैं।

पापा ने बिटिया का नाम कल्याणी रखा था। चन्दर उसे कुहू पुकारता है।

25

हाईस्कूल की परीक्षा के बाद चन्दर की गर्मी की छुट्टियाँ हो गयी थीं। चन्दर गाँव चला गया था। चन्दर जब भी जाता है कुहू परेशान हो जाती है। अम्माँ बताती हैं वह भी वहाँ उसे हर बात में याद करता है। पापा मम्मी यह सोचकर परेशान होते रहते हैं कि इतनी सड़ी गर्मी और गाँव में कूलर की तो बात ही क्या। वहाँ तो पंखा तक नहीं है। चन्दर कैसे रहता होगा। संजय भी अक्सर यह बात करते हैं। गर्मियों के दिनों में चन्दर का जाना किसी को अच्छा नहीं लगता। ख़ुश तो चन्दर भी नहीं दिखता। मन में तो मेरे भी आता ही है। पर वहाँ गाँव में सब लोग चन्दर का इन्तज़ार करते हैं। ख़ासतौर से अम्माँ। फिर वहाँ इतने और लोग भी तो रहते ही हैं। केवल इस कारण से उसे छुट्टियों में यहाँ रोककर रखना भी तो नहीं हो सकता। अजब सा मन हो गया है। वह जाता है तो उसके लिए मन परेशान होता है—पर जब लगता है कि वह जाना नहीं चाह रहा तब भी अच्छा नहीं लगता। चन्दर को गाँव छोड़ने गयी थी तो पूरे रास्ते चन्दर सुस्त और चुप रहा था—उलझा हुआ सा जैसे कुछ समझ न पा रहा हो। चन्दर के लौटकर आने पर अबकी से उसे समझाना होगा। गाँव में अम्माँ उसका इतनी बेचैनी से इन्तज़ार करती हैं—फिर वहाँ बप्पा और बाकी पूरा परिवार है—वहाँ तो उसे जाना ही है और यह भी कि गाँव उसे ख़ुश होकर जाना चाहिए।

घर पहुँचकर चन्दर अम्माँ के गले से चिपक गया था और ख़ुश लगने लगा था।

बिट्टो अम्माँ के साथ रसोई में काम करा रही है। वह बहुत उदास लग रही है जैसे रो के चुकी हो। ताई रसोई के पास छप्पर के नीचे बैठी हैं। मेरे सवालों के जवाब बिट्टो हाँ, न जैसे शब्दों में या गर्दन हिलाकर देती रही थी।

"क्या बात है? बिट्टो आज बहुत सुस्त लग रही हो?" मैंने कहा था।

जवाब ताई ने दिया था, "रज्जन इन्हें गाँव में छोड़कर शहर चले गये न—सो मुँह फूला हुआ है।" वे खिलखिलाकर हँसी थीं।

पिछली बार गाँव आई थी तो बिट्टो ख़ुश थी। रज्जन भैया का ट्रान्सफर कानपुर हो गया है। एक बार फिर से उसने शहर के सपने और रघु की पढ़ी-लिखी ज़िन्दगी के सपने देखना शुरू कर दिए थे। मुझे उसका उत्साह देखकर अच्छा लगा था। न जाने कितने सालों के बाद मैंने बिट्टो को पहले की तरह ख़ुश देखा था।

ताई हँस रही हैं—जैसे कुछ बहुत मज़ेदार बात हुई हो—जैसे उसका मज़ाक बना रही हों। बिट्टो के चेहरे पर गुस्सा है। उसने आग्नेय नेत्रों से ताई की तरफ देखा था। "छोड़कर नहीं गये हैं अम्माँ। आप सबकी सेवा के लिए हम को गाँव में फेंक कर चले गये हैं। पहले बाप ने फेंका हम को इस अँधेरे गाँव में—अब पति ने" उसने छप्पर के नीचे खेलते रघु की तरफ देखा था, "एक दिन यह बेटा भी फेंक कर जाएगा हमें।"

अम्माँ के काम करते हुए हाथ थम गये थे। ताई के मुँह से बहुत तेज़ आवाज़ में 'अरे' निकला था। मैं स्तब्ध रह गयी थी। मैंने आज तक न उसे कभी इतना गुस्से में देखा था न इतनी तेज़ आवाज़ में बोलते सुना था।

"अपने मैके वालों के दम पर फूल रही हो या सबके ज़्यादा लाड़ प्यार से दिमाग ख़राब हो गया है?" ताई नें दाँत किटकिटा लिये थे।

"लाड़ प्यार?" बिट्टो अजब तरह से हँसी थी। "और दिमाग? दिमाग अगर होता तो किसी दिन गले में फन्दा डालकर लटक न जाते।" वह आटा माढ़ रही थी। आधे मढ़े आटे की परात वहीं बीच में छोड़कर चली गयी थी। अम्माँ चुप हैं। उन्होंने परात अपने निकट खींचकर आटा गूँदना शुरू कर दिया था। ताई अभी भी तेज़ स्वर में बड़बड़ा रही हैं। उन्हें शायद लग रहा था कि वह अम्माँ और मेरी शह पाकर इतनी हिम्मत कर पा रही है। मेरे कुछ समझ नहीं आया था कि मुझे क्या करना चाहिए। ताई चली गयी थीं तो मैंने अम्माँ की तरफ सवाल करती निगाह से देखा था। पता चला था कि रज्जन भैया ने बिट्टो को अपने साथ शहर ले जाने से साफ मना कर दिया था कि वह चली जाएगी तो यहाँ अम्माँ लाला की सेवा कौन करेगा।

मैं उठकर बाहर आई थी। बाबा दादी परेशान से आमने सामने अपनी

खटुलिया पर बैठे हुए हैं। बाबा ने मुझे इशारे से पास बुलाया था। मेरे घर जाने की बात पूछी थी। फिर मुझसे कहा था कि मैं तनिक बिट्टो के पास बैठ लूँ। बाबा ने बहुत अफसोस से अपनी दोनों हथेलियाँ आपस में रगड़ी थीं, ''रज्जन और रज्जन की महतारी नहीं समझत हैं कि कोचै ते गउऔ भड़क जात है—उ तो फिर बिटिया है। हम तुम्हरी मामी को जुबान दीए रहै कि उनकी लाड़ौ का इ घर मा कौनु दुख तकलीफ न हुई है। पन। कोमल सी बच्ची औ इत्तौ काम और'' बाबा ने निराशा से अपने सिर को झटका था और अपनी बात आधी छोड़ दी थी।

मैं बिट्टो के पास जाकर बैठ गयी थी। वह पहले की तरह बैठी रही थी—चेहरे की एकदम ठस और ठोस भाव मुद्रा। समझ नहीं आया था कि उससे क्या बात करूँ। ''अब रज्जन भैया कब आएँगे?'' मैंने पूछा था।

''शुक्रवार की रात तक आ जाते हैं और सोमवार की सुबह चले जाते हैं।'' उसने विद्रूप भरी निगाहों से मुझे देखा था, ''हफ्ते में तीन रातें बीवी के लिए भी तो चाहिए ही न!'' वह अजब तरह से हँसी थी। ''बाकी बचे सातों दिन! घरवालों की सेवा के लिए।'' वह फिर वैसे ही हँसी थी। ''हिसाब किताब फिट है जीजी। बिट्टो नाम के इस पालतू जानवर का पूरा सदुपयोग।''

मैं स्तब्ध सी बैठी रही थी। पता नहीं क्यों कुछ कुछ अपराधी सी भी। मैं समझ गयी थी कि बिट्टो का दुख उसके ज़ब्त की सीमा के परे पहुँच गया था। उसके मन का वह संवेदनशील कोमल सा कोना पूरी तरह से सूख चुका था। उसकी आँखों का सन्नाटा देखकर मुझे डर लगा था।

26

चन्दर ने एल.एल.बी. कर लिया है। इस घर में रहते चन्दर को इतने साल निकल गये। उसने हाई स्कूल किया था तो मैंने मम्मी से कहा था कि वह अब काफी बड़ा हो चुका है। शहर में रहते भी काफी साल हो चुके हैं। अब वह आराम से हॉस्टल में रह सकता है। पापा ने सुना था तो वे मुझसे बहुत नाराज़ हुए थे। वे थोड़े से आहत भी लगे थे जैसे चन्दर के प्रति उन सबके अपनेपन का मैंने अपमान किया हो। तब से इतने साल बीत गये चन्दर के हॉस्टल जाने का प्रसंग कभी नहीं उठा।

संजय का बहुत मन था कि वह मेडिकल करे। पर उसने हाईस्कूल के बाद ही साइंस छोड़ दी थी। पापा के प्रति उसके दीवानेपन के कारण उसमें वकील बनने की इच्छा जागी थी या वह लाइन उसे आसान लगी थी—पता नहीं। जो भी हो पापा बहुत ख़ुश हैं। फौरन ही उन्होंने चन्दर को अपने अण्डर वकालत के लिए रजिस्टर

करा लिया था। कचहरी में पापा का चेम्बर है। चन्दर उन्हीं के साथ बैठने लग गये हैं और ख़ुश हैं। बस संजय को उसके डॉक्टर या इंजीनियर न बनने का दुख है। मेरे लिए इतना ही बहुत है कि वह एक पढ़ा-लिखा सफल आदमी है। उसके व्यक्तित्व में गँवई गाँव की कोई झलक नहीं है। पापा की उसके ऊपर छत्रछाया होने के कारण उसका भविष्य भी सुरक्षित ही दिखता है। चन्दर और पापा को एक साथ कचहरी जाते देखकर अच्छा लगता।

संजय कहते हैं कि, ''घर में सबके रोल बदल गये हैं। मुझे लगता है कि तुम हमारे मम्मी पापा की बेटी हो और चन्दर उनका बेटा है। मैं तो बाहर हो गया।''

''क्यों ? फिर तुम तो घर के दामाद हो गये।'' हम सब देर तक हँसते रहे थे।

चन्दर पहले दिन कोर्ट गया था तो उसके बाद अम्माँ से मिलने गाँव गया था। उसे काले कोट में देखकर अम्माँ ख़ुश हो गयी थीं। पहली आमदनी मिली थी तो चन्दर ने मुझसे अम्माँ और मम्मी के लिए साड़ी मँगवाई थी। मैं चन्दर के साथ गाँव गयी थी। साड़ी को माथे से छुआकर अम्माँ ने भगवान जी के सामने रख दिया था। मौका चाहे खुशी का हो या ग़म का अम्माँ की आँखों में तो सबसे पहले आँसू ही भरना शुरू होते हैं—मुस्कराहट उसके कुछ क्षणों बाद आती है।

चन्दर की वकालत अच्छी चल रही है। बहुत से केस पापा पूरी तरह से चन्दर को सौंप देते हैं और कुछ में अपने साथ लगाए रखते हैं। पैसा उसे दोनों में ही ठीक-ठाक मिल जाता है।

रज्जन भैया ने कोशिश करके फिर से अपना तबादला गाँव के पोस्ट आफिस में करा लिया है। बाबा ने डेरी अचानक बन्द कर दी थी। काफी समय से रज्जन भैया डेरी से जुड़े किसी न किसी मुद्दे पर बवाल खड़ा करने लगे थे। बात बात में सवाल पूछा जाना बाबा को अच्छा नहीं लगता था वह भी अपनी दो पीढ़ी आगे की सन्तान से—जैसे बछड़ों को इतना दूध क्यों पिला दिया जाता है ? घर में ट्रैक्टर आ गया है फिर इस बैल को बेच क्यों नहीं देते—हम इसके चारे भूसे पर इतना ख़र्च क्यों करते हैं ? हमारे घर ट्रैक्टर आ गया सो ठीक है पर हम इस बैल को जुताई के लिए किराए पर क्यों नहीं देते। कम-से-कम जितना खाता है उतना पैसा तो मिलेगा।''

रज्जन भैया के पास बड़बड़ाने के लिए हज़ार बातें थीं। इतना काम और इतना ख़र्चा और ज़रा सा फायदा—क्यों कर रहे हैं हम यह काम ? इन सबके कारण घर में इतनी गन्दगी। डेरी की कमाई और ख़र्चे को लेकर भी तनाव था। रोज़ रोज़ की किट किट से तंग आकर एक दिन बाबा ने बिना किसी राय और संवाद के डेरी बन्द करने की घोषणा कर दी थी। घर से जब जानवर जाने लगे थे तब पता चला था कि वे बिक चुके हैं। आए दिन कलह करते समय रज्जन भैया ने नहीं सोचा होगा

कि किसी दिन बाबा ऐसा भी कर सकते हैं। बछड़े अपनी गायों के साथ चले गये थे और बूढ़े हो रहे बैलों को बाबा ने अपने घर के किसी सदस्य की तरह सँभाल लिया था और उनको दाना पानी पूर्ववत् दिया जाता रहा था। दादी गायों के जाते समय बहुत रोयी थीं पर बाबा अडिग रहे थे।

मैं गाँव गयी थी तो बाबा बहुत देर तक दुखी होते रहे थे, ''बिटिया अब आठ घण्टा काम करयै का बूता बैलन के शरीर में नाय है। जो किराये पर लहिहै वे गार गारकर काम लैहे। हमारे खातिर ये बैल कतो सालन तक हर गौसाग में हमार काम किहिन–तपत सूरज होय या झमाझम बरखा।'' बाबा चुप हो गये थे और चारा खाते बैलों की तरफ देखते रहे थे, ''अब हमका इनकी जरूरत न रही तौ का इनका बेचि देई? को जाने चार दिन बाद खरीदार कसाई के हाथन बेच दे।'' मैंने घबराकर बाबा की तरफ देखा था। बाबा सूखा सा हँसे थे, ''बेकाम के बैलन को कसाईन ही खरीदे–और कौनु नाहीं।'' बाबा चुप हो गये थे। मैं भी चुप हूँ। मुझे दुख हुआ था कि रज्जन भैया ऐसा सोच भी कैसे सकते हैं।

मैं उठने की सोच ही रही थी कि तभी बाबा का उदास स्वर कानों में पड़ा था। ''बिटिया हम अपन आँखिन देखे हैं अउर घरन में बैलन को बिकते। जब ख़रीदार खोलकर बैल ले जात हैं तो ई बिचरौ अंसुअन रोवत हैं। अपन ज़िन्दगी हम जी चुके। मुला ऊपर वाले से अरज है कि ये जानवर जीए तले हमें मौत न दीओ नाय तो रज्जन को रोकने का बूता तुम्हरे बाप और ताऊ में नाहीं।''

मैंने अपना हाथ बाबा के हाथ के ऊपर रख दिया था। बाबा बहुत अपने लगे थे। वैसे ही इधर दो महीने से वे बहुत दुखी हैं। जबसे बड़ी बुआ के बेटे ने आत्म हत्या की है तब से बाबा एकदम टूट गये हैं। वे बुआ के गाँव जाना आना करते रहे थे। मैं आती तो अक्सर बाबा से मुलाकात नहीं हो पाती। वह बुआ के गाँव गये हुए होते। पिछली बार जब मैं यहाँ आई थी तो देर तक उनके साथ बैठी थी। मेरे समझ नहीं आया था कि मैं उनसे क्या पूछूँ—हालाँकि उनके पास कहने के लिए बहुत बातें थीं। ''बिटिया किसान की जिन्दगी बड़ी कठिन है। छोटा खेतिहर तो मानो न सधवा न विधवा। उन ते तो नेक मजूर—आठि घण्टा काम करि कै मजूरी वाहै दिन पाय जाति हैं—छाटिहर किसान तौ मानो खेत पर जूंआ खेलित हैं।'' बाबा बहुत देर के लिए चुप हो गये थे और ख़ाली निगाह से दूर तक देखते रहे थे। ''उधार पैसा कौड़ी लै के खेत ज्यौतें। खाद का कौनु जुगाड़ नाहिं। बरखा के ऊपर सब निर्भर। बोते टाइम न होये तौ मुसीबत—भुई सूखत देखि जीउ सूखै। काटे के समय बरखा हो जाए तौनु और बड़ी मुसीबत।'' बाबा कुछ क्षण के लिए फिर चुप हो गये थे, ''फसल कटै तै पहले कर्जदार ढाड़ै। ढाड़ी फसल लै जात। रह गयै खाली हाथ।

फाँसी लगाय के अलावा कौनु चारा बचा?'' बाबा ने जैसे मुझसे कोई सवाल पूछा हो। पर मैं चुप बैठी हूँ। मेरे पास कहने के लिए कुछ भी नहीं है। इन स्थितियों में कोई भी क्या कह सकता है। मैं सोचती रहती हूँ—कितना भयावह होता होगा अपनी जान को अपने हाथों से समाप्त कर देने का निर्णय—कितना कुछ दिमाग में आता होगा उस क्षण—अपनी पत्नी, अपने बच्चे अपनी माँ—अपने टूटे सपने। अपने खेतों से जुड़े रहने का पछतावा भी तो होता ही होगा कि क्यों करते रहे खेती।

बाबा बड़ी देर से कुछ सोच रहे हैं। ''आज जौनु कुछ हमरै तीर है बहुत कुछ तुम्हरे मामा की मेहरबानी ते है। भूखन मरै लगै रहै हम सबै भी—तुम्हरे मामा या डेरी खुलवाय। तुम्हारे मामा ने बड़ी मेहरबानी की हम लोगों के साथ जो डेरी खुलवाय के हम का जीवन दान दीहै।'' बाबा चुप हो गये थे जैसे अतीत का कुछ लेखा-जोखा कर रहे हों। बाबा मामा की मदद की बात पहले भी मुझे कई बार बता चुके हैं। डेरी की आमदनी से वे ट्रैक्टर ख़रीद पाए। उससे खेती आसान हो गयी। कम मेहनत में उपज अधिक होने लगी। इसी डेरी की आमदनी से उन्होंने उतने ही कमरे और बना लिये—दोनों औलादों के लिए अलग-अलग घर हो गया।

''अब ई घरै की कौनु चिन्ता नहीं। चन्दर पढ़ कै बड़े आदमी बन गये। रज्जन सरकारी नौकरी मा हैं। अपन अपन पेट भरै कै साधन हैं सबै के पास। खेती से जो मिल जाय सा अलग से।''

बाबा बात मुझसे कर रहे हैं पर वे ख़ाली निगाहों से न जाने क्या देख रहे हैं। ''काफी समय से डेरी समैटे की सोचित रहै—पर बहुत देर हुई गयी हमहूँ से।'' बाबा जैसे विलाप कर रहे हों, ''न जाने क्या सोचत सोचत समय निकल गवा। अब कछु नाहीं हो सकत है—कछु नाही।'' बाबा ने अपनी गर्दन नीचे डाल ली थी और वह किसी दारुड़ पछतावे में अपनी गर्दन हिलाते रहे थे। बाबा की बात का सन्दर्भ मैं उस दिन नहीं समझ पायी थी। पर उस बारे में उनसे कुछ पूछने का साहस नहीं हुआ था।

बाबा ने थोड़ी देर बाद मेरी तरफ देखा था, ''जाओ बिटिया। अपन महतारी के तीरै बैठ ल्यौ। तनी देर मा फीर जइके बेला हुई जइहै। हमार कथा कहानी का कौनु अन्त नाहीं है—कौनु नाहीं।''

बाबा को छोड़कर उठना अच्छा नहीं लगा था मगर मैं खड़ी हो गयी थी। घर भी तो लौटना है।

घर आकर पापा से देर तक मैं उसी बारे में बात करती रही थी। पापा मुझे खेती का गणित समझाते रहे थे। बैंक से लोन मिलता नहीं क्योंकि उनके पास गिरवी रखने को कुछ भी नहीं होता। जो सरकारी मदद मिलना सम्भव भी हो वह

करप्शन, रिश्वत, सरकारी काग़ज़ों की ख़ानापूरी, सिफारिश की भागदौड़ के भेंट चढ़ जाती है। मजबूरन उन्हें साहूकारों के पास जाना पड़ता है। वे बहुत ऊँचे दर पर लोन देते हैं। एक बार उनके चंगुल में फँसे फिर कोई मुक्ति नहीं। मूल से ज़्यादा सूद बढ़ जाता है। वे डैथ ट्रैप हैं।''

''उन्हें लोन लेना क्यों पड़ता है?''

''अरे!'' पापा ने अचरज से मेरी तरफ देखा था, ''बीज ख़रीदना, मिट्टी के लिए खाद और दवाएँ ख़रीदना सबके लिए तो पैसे की ज़रूरत है। किसान तो चारों तरफ से जाल में फँसा हुआ है। पैदावार वह करता है पर मूल्य वह तय नहीं कर सकता। न्यूनतम मूल्य एक मज़ाक है। हमारे खेतों पर मेहनत भले ही किसान कर रहा हो पर उन पर राज मिडिलमैन कर रहा है। किसानों के भंडार नहीं हैं जहाँ वह कुछ दिन के लिए भी अपनी उपज को सुरक्षित रख सके। मानी हुई बात है कि जो औने पौने दाम उसे मिलते हैं उन पर वह अपनी उपज बेचने के लिए मजबूर है। नहीं तो खुले आसमान के नीचे तो वह उसे छोड़ नहीं सकता। सो खेतों से अनाज सीधा दलालों के भंडारों में जाता है और वे उसे मनमाने दामों में बेचते हैं। किसान और कंज्यूमर—जो पैदावार कर रहा है वह और जो ख़रीद रहा है दोनों का नुकसान। किसान को अपनी मेहनत का पूरा पैसा नहीं मिल रहा और ख़रीदार को सही दाम पर अनाज। दलाल की वाह वाह। सच बात यह है कि खेती ही नहीं हिन्दुस्तान का पूरा खुदरा मार्केट इन दलालों से ही चल रहा है।''

मैं पापा की तरफ देखती रही थी। मैं तो किसान के घर की बेटी हूँ। कभी समझा ही नहीं था कि किसान इस कदर बाज़ार के षड्यन्त्र में उलझा हुआ है। ''कोई भी निदान नहीं है क्या?'' मैंने पूछा था।

''निदान तो बेटा हर समस्या का निकल ही सकता है। पर उसके लिए गाँवों में समझ और सरकारों की ईमानदार कोशिश होनी होगी। सरकार में बैठे नेता और अफसर ज़मीन से जुड़े लोग हैं ही नहीं। न उन्हें असली समस्याएँ पता हैं—और न पता करने की कोई कोशिश ही है।'' पापा हँसे थे, ''अब बताओ टी.वी. पर कृषि दर्शन, चौपाल, हमारा गाँव और पंचायत जैसे प्रोग्राम दिखाकर किसानों का कौन सा भला हो रहा है। करना धरना कुछ है नहीं सिर्फ अपनी वैलफेयर स्कीम्स के काग़ज़ भरना।''

''क्यों करते हैं किसान खेती?'' मेरा स्वर कातर होने लगा था, ''दुनिया में इतने काम हैं कोई भी काम कर लें।''

पापा हँसे थे, ''जो काम वे लोग जैनरेशंस से कर रहे हैं उसको छोड़ देना इतना आसान नहीं होता। फिर कोई और काम उन्हें आता ही नहीं।'' पापा अचानक

चुप हो गये थे जैसे कुछ सोच रहे हों, ''नहीं गाँव के बहुत से बच्चे बाहर निकल रहे हैं अब। खेती को लेकर काफी कुछ स्वप्न भंग की स्थिति है। शहरों में आकर छोटी-छोटी नौकरियाँ कर रहे हैं—अनहैल्दी हालातों में रह रहे हैं।'' पापा फिर चुप हो गये थे। काफी देर बाद उन्होंने बहुत ही निराश स्वर में कहा था, ''वह भी तो अच्छा नहीं है। अगर बाहर निकलने से बेहतरी नहीं हुई तो फिर क्या फायदा।'' पापा ने घड़ी की तरफ देखा था और वे उठकर खड़े हो गये थे, ''जाओ अब सो जाओ।'' उन्होंने कहा था और अपने कमरे में चले गये थे।

मेरे दिमाग में कितना कुछ घूमता रहा था। सालों बीत गये जब प्रेमचन्द ने इन किसानों की दुर्दशा पर मर्मान्तक कहानियाँ लिखी थीं—लगभग आधी शताब्दी देश को आज़ाद हुए हो गयी पर किसान तो आज भी उसी अमानवीय अवस्था में जी रहे हैं—कुछ भी तो ख़ास बेहतर नहीं हुआ—केवल शोषक के चेहरे बदल गये और शोषण के तरीके। मज़दूरों की दुर्दशा से विचलित होकर मार्क्स ने विश्व के मज़दूरों को संगठित होने का आह्वान किया था। बहुत कुछ पाया मज़दूरों ने उन संगठनों से—न्यूनतम मज़दूरी—काम के सीमित घण्टे—और समाज में अपनी मेहनत का सम्मान। पर मार्क्स ने उस वर्ग में कृषकों को शामिल नहीं किया था—शायद इसलिए क्योंकि किसान मज़दूर नहीं अपनी ज़मीनों के मालिक थे—उन्हें अपने काम का मेहनताना नहीं अपनी उपज का दाम मिलना था। फिर मार्क्स जिस दुनिया को सम्बोधित कर रहा था वहाँ कृषि नहीं मिलें और कारखाने थे। क्या दुनिया में कोई ऐसा नहीं जो इन किसानों को संगठित कर सके? ताकि सरकार और समाज को जगाया जा सके और इन खेतिहर किसानों को इनका देय मिल सके—इनकी मेहनत की कीमत—सरकार और समाज की सुरक्षा और सम्मान। ख़ासतौर से इन छोटी जोत के किसानों को।

मुझे आज भी देर रात तक नींद नहीं आई थी।

हमेशा की तरह अगला सबेरा देर से हुआ था क्योंकि इतवार के दिन सब इत्मीनान से उठते हैं। कुछ अच्छा सा नाश्ता बनता है। सब लोग चैन से खाते पीते हैं और गप्पें करते हैं। ठण्ड के दिनों में नाश्ता करके हम सब लॉन में बैठते हैं और गर्मियों में अन्दर बैठकर कुछ भी करते हैं। छुट्टी के दिन पापा बहुत ख़ुश लगते हैं क्योंकि पूरा परिवार उनके आसपास होता है। हम लोगों को भी अच्छा लगता है—काम का कोई दबाव नहीं होता और पापा की ज़िन्दादिल मौजूदगी साधारण से दिन को उत्सव में बदल देती है।

मेज़ पर बैठे थे तो पापा ने मेरी तरफ देखा था। ''रात को नींद आयी?'' उन्होंने बहुत प्यार से पूछा था।

"हाँ क्यों?" मुझे पापा का सवाल अजब लगा था।

"कल तुम परेशान थीं गाँव को लेकर। इन फैक्ट काफी दुखी थीं।"

मुझे मामी की बताई बात याद आई थी जो कभी मम्मी ने उनसे कही थी। ग़रीब घर से बहू आ जाए तो अपने घर के सुख को महसूस नहीं कर पाती—वह सारे समय अपने मायके को लेकर परेशान रहती है और उसके माँ के घर के दुखों का साया अपने घर पर पड़ता है। मुझे खिसियाहट लगने लगती है। मैंने दबी निगाहों से मम्मी की तरफ देखा था। वह कूहू की प्लेट में परसने और उसे खिलाने में व्यस्त हैं। उनके चेहरे पर कुछ भी नहीं है। अब पापा से गाँव की कोई बात नहीं करनी है—मैंने सोचा था।

पर पापा गाँव के बारे में ही सोच रहे हैं, "वसुधा तुम कल पूछ रही थीं न कि क्या गाँव वालों की कोई मदद नहीं की जा सकती है। कल रात मैं बहुत देर तक वही सोचता रहा। अगर सही ढंग से काम किया जाए तो बड़े पैमाने पर मदद की जा सकती है।"

मैं पापा की तरफ देखती रही थी। मैं चाहूँ भी तो उनसे उस विषय में बातचीत के लिए मना नहीं कर सकती।

पापा ने अपनी बात जारी रखी थी। "सब से पहले उनकी समस्याओं को आइडैन्टिफाई करना पड़ेगा ताकि उनका समाधान खोजा जा सके। सबसे बड़ा राक्षस मिडिलमैन—उससे निपटने के लिए गाँव में स्टोरेज—भंडार। दूसरी सबसे बड़ी ज़रूरत मैकेनाइज़्ड फार्मिंग। इक्कीसवीं शताब्दी लगभग पूरी बीत चुकी पर हमारे यहाँ अभी तक खेती के सारे काम—जुताई, बुवाई, सिंचाई, थिनिंग, वीडिंग, थ्रैशिंग सब कुछ हाथों से। व्हाट अ वेस्ट आफ ह्यूमैन लेबर एन्ड लाइफ। क्रिमिनल। बाज़ार में हर काम के लिए मशीनें हैं पर हमारे यहाँ अभी भी वही पुराने तरीके। उपज उठाकर मिडिलमैन ले जाता है नहीं तो उसके लिए भी लढ़ियाँ और ढेलियाँ ही चलती हैं।

गाँव से बाहर निकल गये सफल लोग गाँव वालों की मदद करने के लिए एक छोटा मोटा कोआपरेटिव बना सकते हैं—जैसे तुम और चन्दर है—तुम्हारे जैसे और लोग भी होंगे ही। पहले छोटा प्रोजैक्ट लो अपने गाँव का। किसानों को केवल भंडारण, खाद, मशीनें, बीज वगैरा के लिए ही मदद नहीं चाहिए उन्हें लिखा पढ़ी में भी मदद कर सकते हो। सरकार की अधिकांश पालिसीस उद्योगों के हित के लिए हैं, किसानों के लिए हैं ही नहीं। बैंक्स किसानों को भीख की तरह लोन देती हैं। क्राप इन्श्योरैंस सिर्फ काग़ज़ों पर है। चालीस प्रतिशत फसल नष्ट होने पर बीमा मिलता है। अब किसान यह कैसे सिद्ध करे कि उसको उतना नुकसान हुआ है। उसके अलावा बीमा का पैसा मिलने के लिए काग़ज़ी काम, सिफारिश, रिश्वत।

इन कामों में भी आपके कोआपरेटिव मदद कर सकते हैं।

चन्दर स्वाद लेकर नाश्ता कर रहा है और बीच-बीच में कूहू और मम्मी से भी बात कर रहा है। पापा ने गहरी निगाह से चन्दर की तरफ देखा था। ''चन्दर गाँव तुम्हारा भी है। मैं तुम दोनों को दिमाग में रखकर बात कर रहा हूँ। बल्कि गाँव के तरक्की कर गये और बच्चों को साथ लिया जा सकता है।''

चन्दर हँसा था, ''अंकल दीदी को चैन से बैठना अच्छा नहीं लगता। अपन को कोई शौक नहीं है गाँव की मुसीबत में फँसने का।''

पापा के मुँह से 'अरे' निकला था जैसे उन्हें अच्छा न लगा हो। चन्दर के चेहरे पर खिसियाहट है। मम्मी ने मेरी तरफ देखा था, ''बेटा गाँव के लिए इतनी चिन्ता कर रही हो बहुत अच्छी बात है। पर किसी भी काम में बहुत सोचकर हाथ डालना। तुम्हारे पापा ने समस्याएँ किताबों से जानी हैं। सही हैं। पर निदान उतने सीधे सादे नहीं हैं। जिस मिडिलमैन की बात कर रहे हो उसे हटाना उतना आसान नहीं है—उनमें से कौन क्रिमिनल और कौन माफिया—कुछ पता नहीं। गाँव में हज़ार पाँच सौ रुपये तक के लिए मर्डर हो जाते हैं।''

मैं मम्मी की तरफ देखती रही थी।

''तुम्हारी मम्मी भी सही कह रही हैं।'' पापा ने कुछ क्षण सोचने के बाद कहा था।

''मम्मी मैंने ऐसा कोई एक्टिव काम करने की बात नहीं सोची है।''

चन्दर खिस्स से हँसा था, ''हाँ अगर माफिया को लगा कि यह वसुधा पाण्डे आ गयीं उनके पेट में लात मारने तो पता लगा कि टाँग दिया पेड़ के ऊपर दीदी को। पुलिस आई तो कह दिया उसने कि जीजू से झगड़ा हो गया था सो मैके आकर टँग गयीं वहाँ। सिम्पल।''

चन्दर ने इस लहज़े में कही थी पूरी बात कि मुझे हँसी आ गयी थी।

मम्मी एकदम से हड़बड़ा गयी थीं, ''कैसी बात कर रहे हो चन्दर। मज़ाक में भी बुरी बात मुँह से नहीं निकालते। वह भी इतनी ख़राब बात।'' उन्होंने चन्दर को घुड़का था।

पापा ने चन्दर की तरफ देखा था, ''चन्दर मिश्रा आप बहुत होपलैस चीज़ होते जा रहे हैं। अपने दिल और दिमाग को अपनी दीदी की ट्रेनिंग में डाल दीजिए—थोड़ा बेहतर इंसान बन जाओगे। तुमको भी समझाना पड़ेगा। कुछ हमको ही करना पड़ेगा।''

संजय नहा धोकर नीचे आ गये थे और पापा से नावेल्टी में रिलीज़ हुई किसी नई पिक्चर की बात करने लगे थे। बातचीत का रुख एकदम बदल गया था और पिक्चर चलने का प्रोग्राम बनने लगा था।

27

महीने भर बाद हम फिर से गाँव गये थे। तब तक बाबा ने दोनों घरों का चौका-चूल्हा भी अलग कर दिया था। वह पक्का बँटवारा था। सामने फैली बड़ी सी ज़मीन को दो हिस्सों में बाँटकर उसके बीच में एक कच्ची दीवार बना दी गयी थी और बीच में आने जाने का एक खुला रास्ता। जब डेरी का काम अच्छा चलने लगा था तभी बाबा ने अपने छोटे से घर का फैलाव लगभग एक से दो घरों में कर दिया था—शायद अपने दोनों बेटों के ख्याल से।

हमने पूछा था तो हँसने लगे, ''बिटिया हमरे बाद तो बटवार होना ही रहै—तो हम अपने समहै कै दीन। गिला शिकवा सब हमरे समहै—बाद का झंझट समाप्त।''

खेत, खलिहान, ज़मीन, घर सब कुछ दो हिस्सें में—एक बापू को और दूसरा ताऊ के लिए। मुझे अचानक बड़ी बुआ याद आई थीं। बाकी बेटियों के लिए ज़रूरत नहीं भी थी पर अपनी उस बेटी के लिए भी बाबा ने कुछ नहीं सोचा। पति को मरे बहुत साल बीत गये और अब बेटा भी नहीं। ऊपर से बेटे के चार बच्चों की ज़िम्मेवारी। अफसोस होता रहा था। गाँव की सोच बेटियों का कोई हक नहीं समझती तो माँ बाप को भी उनके लिए कुछ भी महसूस नहीं होता? यदि बाबा के एक दो बेटे और होते तब? हुए तो होंगे ही और मरे भी होंगे ही। गाँव में शायद कोई घर ऐसा नहीं है जहाँ दो चार बच्चे असमय ही काल-कवलित न हुए हों। ताऊ के ही रज्जन भैया के अलावा वह दो और बेटे जीवित हो सकते थे—छोटी ही उमर में दोनों एक के पीछे दूसरा हैज़े में नहीं रहे। अम्माँ के भी और बेटे हुए ही थे। वे सब होते तो आगे चलकर ज़मीन के और हिस्से किये ही जाते। मन किया था बाबा से उस बारे में बात करूँ। पर मैं चुप रहती हूँ। यहाँ गाँव में तो अक्सर औलाद शब्द भी केवल बेटों के लिए ही बोला जाता है। फिर बेटियाँ क्या हैं? उन बूढ़े हो रहे बैलों के लिए न्याय करने वाले बाबा अपनी ही बेटी के लिए कुछ क्यों नहीं सोच पाए? संस्कार, प्रचलन परिवार और समाज के नियम क्या रगों में ख़ून बनकर बहने लगते हैं—ऐसे कि उनमें कुछ ग़लत लगता ही नहीं है। रिश्ता भी कैसा? अपनी ही पैदा की हुई सन्तान! मैं बाबा की तरफ देखती रही थी। लगा था ऐसा कैसे हो सकता है। शायद बाबा ने बेटों से छिपाकर कुछ किया हो। पर बेटों से छिपाने की मजबूरी क्यों रही होगी। ज़मीन जायदाद सब तो बाबा का है। फिर भी। शायद दादी को भी न बताया हो। बड़ी बुआ बाबा की पहली पत्नी की सन्तान हैं। मेरे मन में एक अजब सा वीराना भरने लगा था। कैसे हैं यह गाँव और कैसी यहाँ

वालों की सोच है। हमने तो यहाँ बहुत ही दार्शनिक की मुद्रा में अपनी बेटियों से उनके विवाह के समय माता पिता को सीख देते सुना है कि "वहाँ वालों से कभी तुम्हारी शिकायत न सुनें और तुम्हारे मुँह से उनकी नहीं। अब वही तुम्हारा घर है। वे प्यार से रखें तो प्यार से रहो—पीट कर रखें तो पिट कर रहो।" जब बच्चे थे तो वे सीख भरी बातें बड़ी महान लगती थीं—किन्तु अब सोचकर ही बेचैनी होने लगती है। यह कैसी शादी और यह कैसी विदाई? कि माँ के घर से सारे रिश्ते ही ख़त्म हो जाएँ। 'पिट कर रहो' की बात माँ बाप सोच भी कैसे सकते हैं।

बाबा ने अपने भरसक सब सही ही किया था पर वे शायद स्वयं उस बँटवारे से टूट गये थे। बाबा दादी दोनों पराजित और पस्त से दिखने लगे थे। अक्सर मन में आता था कि बाबा को बँटवारे की इतनी जल्दी क्यों थी—अपने जीते जी उसकी कोई ज़रूरत भी नहीं थी। पर शायद बाबा इस बात को जानते थे कि यदि रज्जन भैया ने किसी बात पर कोई बवाल किया तो ताऊ के पास उनका विरोध करने की ताकत और ताई के पास मंशा नहीं होगी और बापू अपने अधिकार के लिए लड़ाई नहीं करेंगे। शायद बाबा ने बँटवारा करके बप्पा के हित की बात सोची होगी।

बिट्टो अब थकी हुई लगने लगी थी। रसोई एक थी तो अम्माँ बिट्टो के हिस्से का भी आधा काम निबटा देती थी। फिर एक साथ काम करने में दोनों का मन भी लगता था। अब तो मौन रहकर वह अकेली काम करती रहती है। चौके-चूल्हे को पूरी तरह से उसके सुपुर्द करके ताई ख़ुश, आज़ाद और विजयी सी दिखती हैं। रज्जन भैया में मालिकाना वर्चस्व हमेशा से ही था पर अब थोड़ा मुखर लगने लगा है। सीधे सादे ताऊ का होना न होना उनके लिए बराबर है। ताऊ बिट्टो के प्रति अपना लाड़ जताते रहते पर उससे उसकी ज़िन्दगी में कुछ भी तो बेहतर नहीं होता।

हमेशा की तरह अम्माँ को देखकर यह कतई समझ नहीं आता कि वे कैसा महसूस कर रही हैं। पर चौका अलग हो जाने के बाद से बिट्टो का अम्माँ के पास आना और साथ रहना बहुत कम हो गया है। उस बात से वे निश्चय ही व्यथित होंगी। पहले तो चौके के काम के बहाने लगभग पूरा दिन ही वे दोनों साथ रहती थीं।

अपने कटे आँगन को देख बप्पा कई दिन तक बहुत उदास रहे थे। बप्पा का उतरा चेहरा देखकर मुझे तकलीफ हुई थी। गाँव जाती तो कोशिश करके अम्माँ के अलावा बप्पा के साथ भी बैठी रहती—कभी-कभी देर तक। चन्दर का पढ़ाई का बोझ बढ़ गया है। वह कभी मेरे साथ आता है और कभी नहीं भी आना चाहता। साथ आता है तो पहले की तरह मेरे लौटने पर न तो गाँव में रुकने के लिए कहता है, न अम्माँ के चारों तरफ उस तरह से मँडराता है और न ही अपने दोस्तों से मिलने

का कोई चाव बचा है। अब बड़ा भी तो हो गया है। अम्माँ उसके लिए कुछ-न-कुछ बनाती हैं। वह शौक से खाता है—अम्माँ से ख़ूब बातें करता है और मेरे साथ ख़ुशी ख़ुशी लौट आता है। उतनी देर के लिए वह घर इकाइयों में बँटे इंसानों की जगह एक परिवार बन जाता। अम्माँ बप्पा के चेहरों पर तसल्ली दिखने लगती। बप्पा ज़्यादा बात नहीं करते पर हम दोनों भाई बहन के आस पास होने से ख़ुश बहुत लगते।

घर और खेतों का बँटवारा करने के बाद बाबा दादी अधिक साल नहीं जीये थे। पहले दादी गयी थीं और बाबा उनके जाने के कुछ महीने बाद।

ताऊ का इस तरफ आना जाना बना रहा था। लगभग रोज़ ही वह आकर बैठ जाते और दोनों भाई आत्मीयता से देर तक बातें करते रहते। अम्माँ यदा कदा उन्हें खाने के लिए रोक लेतीं और ताऊ आँगन के इस तरफ से आवाज़ लगाकर बता देते कि आज वे इधर भोजन कर रहे हैं। ताऊ और बप्पा दोनों खुश दिखते—उस तरफ की प्रतिक्रिया क्या होती यह नहीं पता। मेरे मन में अक्सर आता कि जब दोनों भाइयों में अभी भी प्रेम है तो आँगन के बीच में यह दीवार क्यों खड़ी हो गयी है।

28

वकालत शुरू करने के एक साल बीतते तक चन्दर ने कार ख़रीद ली है। वह आज कल गाँव में अम्माँ का घर ठीक करा रहा है। एक ठेकेदार को उसने पूरा काम सौंप दिया है। अन्दर के दो छोटे कमरे तोड़कर कमरा बड़ा करा लिया है। दो तरफ से खुले छप्पर में एक तरफ पूरी दीवार और सामने की तरफ काँच की बड़ी-बड़ी खिड़कियाँ और बीच में एक दरवाज़ा। घर काफी सुन्दर, बड़ा, खुला और हवादार लगने लग गया है। अन्ततः अम्माँ एक ठीक-ठाक साफ घर में रहेंगी सोचकर अच्छा लगता है—चिकने फर्श और चिकनी साफ सुथरी दीवारें—संगमरमर और टाइल लगा किचन और बाथरूम। अम्माँ बहुत ख़ुश दिखती हैं। बिना कुछ बोले मंद मंद मुस्कराते बापू।

उस दिन संजय पलँग पर बैठे कुछ पढ़ रहे थे। मैं कमरे में फैले कपड़े और सामान समेट कर ठीक-ठाक कर रही थी। संजय ने मेरी तरफ देखा था, "लगता है अपने चन्दर भाई का पड़ोस के माथुर साहब की भतीजी से कुछ चक्कर चल रहा है।"

मैं सन्न रह गयी थी, "ऐसा क्यों लगा तुम्हें?" मैंने घबराकर पूछा था।

"दो तीन बार मैंने उन दोनों को मेडिकल कालेज में एक साथ आते जाते देखा है। पहले भी एकाध बार उसे अकेले भी उधर जाते या लौटते देख चुका हूँ। अब समझ आता है कि पहले भी उसके लिए ही उधर गया होगा। नहीं तो वहाँ

उसका क्या काम ?" संजय मुस्करा रहे हैं।

मेरे स्वर में बहुत सारी घबराहट है, "संजय यह बहुत चिन्ता की बात है। पड़ोस का मामला। माथुर परिवार बेहद नखरीला है और हम लोगों का एकदम गँवई गाँव का घर। उन लोगों को कभी भी एक्सैपटेबल नहीं होगा वह माहौल। वैसे भी दोनों परिवारों की हैसियत के बीच कोई मैच है ही नहीं।"

"कौन उसे वहाँ जाकर रहना होगा। हम लोग पहले से ही समझा देंगे उन्हें।" संजय ने लापरवाही से कहा था।

मेरी घबराहट बनी रही थी। वैसे भी संजय, चन्दर वकील और उनकी बेटी डॉक्टर। ये कोठी बँगलों वाले लोग और गाँव में हमारा घर।"

संजय नें हँसकर मेरी तरफ देखा था, "हमारी तुम्हारी शादी हुई न!

मैं चुप हूँ।

"देखो वसुधा! इस पूरे एपिसोड में हम लोग किसी तरह से भी इन्वाल्व्ड नहीं हैं। फिर अगर चन्दर ने कुछ बढ़ा-चढ़ाकर उससे झूठ बोला है तो गड़बड़ है। सो हमें केवल इतना करना है कि वो लोग अगर हम लोगों से बात करने के लिए आए तो उन्हें सब सही सही बता देना—बिना किसी लाग लपेट के—एकदम सच। उसमें कोई हिचक महसूस करने की भी ज़रूरत नहीं है। तुम सब जैसे हो वैसे हो इसके लिए क्या किया जा सकता है। वैसे मिसेज़ माथुर हम सबको लाइक करती हैं—तुम्हें बहुत ज़्यादा।"

मेरी घबराहट कम नहीं हुई थी, "अगर वीना चन्दर के लिए सीरियस है तो माथुर परिवार एक बार गाँव जाकर तुम्हारे अम्माँ बापू से मिलना चाहेगा।" संजय ने कहा था। मेरी नज़रों के सामने अपने सादे लिबास में सीधे पल्ले में सिर ढँके अम्माँ घूम गयी थीं—बाबा, दादी, ताऊ, ताई और बप्पा। उन सबके सामने खड़े माथुर दम्पती।

संजय कुछ क्षण सोचते रहे थे, "चलो घर तो अब काफी कुछ ठीक-ठाक लगने लगा है।"

संजय ने कहा तो मुझे ध्यान आया था। एकदम से लगा था कि हो सकता है इसीलिए चन्दर को अम्माँ का घर ठीक कराने की इतनी हड़बड़ी रही हो, "मैं तो सोच रही थी कि चन्दर ने अम्माँ के प्यार में ठीक कराया है अपना घर।" मेरे स्वर में निराशा है।

"चलो जो भी हो ठीक हो गया घर। फ़र्क़ ही क्या पड़ता है कि ठीक कराने की वजह क्या थी।" संजय ने कहा था।

मैं चुप रहती हूँ। 'अच्छा ही तो है कि घर ठीक हो गया। कम-से-कम कच्चे पक्के घर की चिन्ता तो नहीं है इस समय। भला हुआ बाबा डेरी का काम बन्द कर चुके हैं। घर में घुसते ही गाय की गन्दगी की दुर्गन्ध और आँखों के सामने गाय भैंसें उनकी नाँदें और फैलाव।' मैंने सोचा था।

संजय से बात करने के बाद वीना और उसका परिवार दिमाग में घूमते रहे थे। मैं मन-ही-मन अपने आप को उन लोगों से साक्षात्कार के लिए तैयार करती रही थी।

रात में चन्दर लौटकर आया था तो मैंने उससे वीना के बारे में पूछा था। कहने लगा मैं तुम लोगों से बात करने वाला ही था। वह चाहता है कि मैं और संजय उसके साथ चलकर वीना के घर वालों से बात कर लें।

"चलो तुमने गाँव का घर ठीक करा लिया। यह तो अच्छा हुआ क्योंकि वे लोग एक बार घर तो जाएँगे ही।"

"हाँ घर तो ठीक करा लिया।" चन्दर कुछ देर तक चुप रहा था, "पर घर वालों का क्या करूँ।" चन्दर ने दुखी होकर कहा था। उसके चेहरे पर चिन्ता और झुँझलाहट की कई सारी लकीरें हैं।

मुझे उसका बात कहने का वह ढंग अच्छा नहीं लगा था हालाँकि बहुत कुछ ऐसी ही बात तो मेरे मन में भी आई ही थी। दोनों तरफ एकदम अलग तरह के लोग और अलग रखरखाव। पर उन बेचारों का कोई भी तो दोष नहीं।

मैंने पापा मम्मी से उस विषय में बात की थी। पापा का मसलों को निबटाने का अपना तरीका—एकदम सीधा और सच। उनसे मिलने की बात पर पापा ने कहा था कि "थोड़ा इन्तज़ार कर लो। उनको आने दो। अगर हैसियत में तुम बेहतर और वह कम होते तो तुम्हारा जाना सही होता।" पापा कुछ क्षण को रुके थे। मैं चुप हूँ। "जब भी मुलाकात हो तो उनसे एकदम सीधी बात करो। कुछ छिपाने या लगी लिपटी करने की ज़रूरत नहीं है। वह मिलने गाँव जाएँ उससे पहले ही बता दो कि वे लोग खेतिहर किसान हैं ताकि उस बात के लिए वे तैयार रहें। और अगर वह उस बात के लिए अपने मन को तैयार नहीं कर पाते तो वे फिर जाएँगे ही नहीं।"

"पापा गाँव के बारे में आप बात करेंगे उन लोगों से?" मैंने पूछा था।

"नहीं बेटा तुम ही बात करोगी अपनी तरह से। जैसे तुम ठीक समझो।"

माथुर दम्पती एक दिन अनायास ही मिलने आ गये थे। चन्दर इस समय घर पर नहीं है सो अच्छा है। शायद चन्दर के सामने मैं उतना सहज नहीं हो पाती। उसे क्या कहा जाना ठीक लगता और मेरी कौन सी बात उसे अच्छी न लगती यह भी तो नहीं पता।

माथुर दम्पती के साथ उनकी भाभी—यानी वीना की मम्मी—भी आई थीं।

उन्हें मैंने एक दो बार देखा भर है। शान्त सौम्य और कम बोलने वाली महिला लगी थीं वे। डॉक्टर माथुर ने उनसे हम लोगों को मिलवाया था और तुरन्त अपने आने की वजह भी बता दी थी, ''हमारी बेटी और आपके बेटे चन्दर पुराने दोस्त हैं और शायद उस दोस्ती को रिश्तेदारी में बदलना चाहते हैं।'' अपनी बात पूरी करके वे फौरन ही हँसे थे। उन्होंने पापा की तरफ देखा था, ''अंकल चन्दर को हम लोग आपका बेटा समझते थे। हम लोगों को लगता था कि आपने एक बेटे को डॉक्टर बनाया और दूसरे को अपने प्रोफेशन में ले आए ताकि चैम्बर का वारिस रहे जैसे हम डॉक्टर चाहते हैं कि हमारा बेटा हमारा क्लिनिक सँभाल ले।''

पापा खुलकर हँसे थे जैसे वह ख़ुश होने पर हँसते हैं, ''मेरा बेटा ही है समझिए। उसने यह प्रोफेशन लिया इस बात से मैं बहुत ख़ुश हूँ। मेरा चैम्बर मेरी इतनी बड़ी लाइब्रेरी—मेरे बाद झड़ेगी पुंछेगी और इस्तेमाल होगी—बहुत तसल्ली है मुझे।''

मैंने अभी कुछ दिन पहले कही गयी संजय की बात सबको बताई थी कि ''लगता है इस घर में सबके रोल बदल गये हैं। तुम घर की बेटी चन्दर बेटा है—मैं तो बाहर हो गया।'' सब लोग देर तक हँसते रहे थे और बीच का माहौल बहुत ही आत्मीय और अनौपचारिक हो गया था।

''अलबत्ता वसुधा को लग रहा था कि आपकी बेटी डॉक्टर है और चन्दर वकील तो शायद आपकी तरफ से हिच हो सकती है।'' पापा ने कहा था।

डॉक्टर माथुर कुछ देर तक पापा की तरफ देखते रहे थे जैसे अपना जवाब सोच रहे हों। ''अंकल आइडियली तो हम लोग, ख़ासतौर से भाभी डॉक्टर ही चाहती थीं। हमारे भाई साहब—वीना के फादर भी डॉक्टर ही थे। पर बच्चों की मर्ज़ी के सामने बहुत सी प्रायरिटीज़ बदल जाती हैं। फिर चन्दर को हम लोग बहुत साल से जानते हैं। अच्छा लड़का है। सबसे बड़ी बात आपके साथ वकालत कर रहे हैं—आप इस शहर के जाने माने काउंसिल हैं। हमें पता है कि चन्दर बहुत तरक्की करेंगे। डॉक्टर हो या वकील अगर हाथ में हुनर हो तो इंसान आसमान छू सकता है।''

मैंने वीना की मम्मी की तरफ देखा था, ''आंटी चन्दर इस घर का बेटा नहीं है—और जिस घर का बेटा है वह घर बिल्कुल भी ऐसा नहीं है। वे सब गाँव के लोग हैं। वे भले लोग हैं—कोई बुरा नहीं है—पर वे सब आप जैसे नहीं हैं। एक बार आप लोग उन सबसे मिल लें—सोच लें। बाकी तो कोई रुकावट है ही नहीं।''

डॉक्टर माथुर ने मेरी तरफ देखा था, ''हाँ शायद आप लोगों की फार्मिंग है?

''जी अंकल! फार्मिंग फैशनेबल शब्द है—उनकी खेती है और वे लोग खेतिहर किसान जैसे ही हैं।'' मैंने धीरे से कहा था।

पापा मेरी परेशानी समझ रहे हैं और मेरी उदासी का सबब भी।

"हाँ बेटा वह सब आप लोग देख लो। उन सबसे मिल लो—अपना मन बना लो। बाकी तो यह एक भाई और एक बहन ही हैं। दोनों को आप जानते हैं। खेतिहर किसान की बेटी से ही हमने अपने बेटे की शादी की थी और कभी उस बात का पछतावा नहीं हुआ। हम तो उनका बेटा भी ले आए। वैसे तो चन्दर की बहू के दो घर होंगे—शहर में हमारा घर और गाँव में तो इनके अम्माँ बापू हैं ही।"

"लीजिए पापा। लड़कियाँ तो एक ही ससुराल से घबराती हैं—आपने दो घर कर दिये।" संजय ने कहा था।

हँसी-मज़ाक होती रही थी।

वे लोग तीन चार दिन में गाँव जाने की बात कहकर चले गये थे। घर काफी कुछ ठीक हो चुका है—शहर के ठीक-ठाक घरों जैसा। अगले तीन चार दिन मैंने और चन्दर ने गाँव का चक्कर लगाने में ख़र्च किये थे। नाश्ते चाय से लेकर क्राकरी बर्तन और छोटे मोटे सामान जुटाने में। लड़की वालों के आने के नाम पर इतनी भागदौड़ गाँव में सबको कुछ समझ आया था और काफी कुछ समझ नहीं भी आया था। चन्दर की शादी के नाम पर अम्माँ बापू बहुत ख़ुश हो गये थे—काफी कुछ उत्तेजित से। अम्माँ ने चन्दर से उस बारे में बात करना चाही थी—पर चन्दर पूरे समय झुँझलाए और परेशान से लगते रहे थे—और अम्माँ के हर सवाल के जवाब में या तो वह चुप था जैसे उसने सुना ही न हो या वह झल्लाकर जवाब देता रहा था। उसके बाद अम्माँ और बापू ने मौन धारण कर लिया था और वे लोग दूसरे कमरे में चले गये थे—कुछ कुछ खिसियाये हुए से। किसी भी मामले में कोई राय देने का तो सवाल ही नहीं था। अपने ही घर में उन लोगों की यह अलग-थलग हो जाने वाली स्थिति मुझे परेशान करती रही थी। पर चन्दर से कुछ कह पाने की हिम्मत मेरी भी नहीं है। अच्छा हुआ कि इस समय मैं भी चन्दर के साथ आई हूँ—नहीं तो अम्माँ बप्पा बहुत अकेला और अपमानित महसूस कर रहे होते।

मैं अम्माँ के कमरे में उनके पास जाकर बैठ गयी थी, "अम्माँ तुम्हारे बेटे ने एक लड़की पसन्द की हुई है। अच्छी है।" अम्माँ और बप्पा के चेहरे पर उलझी हुई सी मुस्कराहट है।

"डॉक्टर है लड़की।" मैंने बताया था।

"डॉक्टर ?" दोनों के स्वर में थोड़ी सी ख़ुशी, थोड़ा सा आतंक और बहुत सारा अचरज है।

"अम्माँ तुम्हारे दामाद और बहू दोनों डॉक्टर।" मैंने उन्हें ख़ुश करने के अन्दाज़ में कहा था, "ख़ुश हो ?" मैंने पूछा था।

"हाँ बिटिया।" इतना कहकर अम्माँ चुप हो गयी थीं। मैंने सोचा था कि वे

हमेशा की तरह कहेंगी कि, "इत्ता ऊँचा तो हमने कभी सपना भी नहीं देखा था।" पर अम्माँ ने ऐसा कुछ भी नहीं कहा था। बापू हमेशा की तरह हँसे भर थे—उनकी उस हँसी में कुछ भी शामिल समझा जा सकता है—उनकी बहुत ज़्यादा खुशी से लेकर थोड़ी बहुत निराशा तक। दोनों के चेहरों पर खिसियाहट है। मुझे पता है कि अम्माँ और बापू को इस समय बाबा दादी और ताऊ परिवार का घर पर न होना भी ग़लत लग रहा है। पर चन्दर से कुछ भी कह पाने का साहस उनके पास नहीं है। मुझे यह भी पता है कि इस समय उन लोगों के यहाँ न होने के कारण ही चन्दर हड़बड़ी में था। शायद यह बात अम्माँ बापू भी समझ रहे हैं।

तीन दिन बाद ही वीना के घर वाले गाँव गये थे—डॉक्टर माथुर, उनकी पत्नी और वीना की मम्मी। लौटते समय वीना की मम्मी मेरे साथ मेरी ही गाड़ी में बैठी थीं। मैंने ही कहा था उनसे अपने साथ बैठने के लिए। चलते समय उन्होंने अम्माँ को जिस तरह से रुपयों का लिफाफा पकड़ाया था उससे स्पष्ट ही है कि वे बात पक्की करके जा रही हैं।

वे उलझन में लग रही हैं। बेटी के विवाह के नाम पर जो सपने उन्होंने सँजोए होंगे उसमें का कुछ भी तो पूरा नहीं हुआ होगा। मेरे बाएँ हाथ पर बैठी वे चुपचाप पीछे छूटते खेत खलिहान उदास निगाहों से देख रही हैं, जैसे कुछ समझ न पा रही हों। अपनी इच्छा के विपरीत इतनी जल्दी हाँ करने की मजबूरी उन्हें किसकी तरफ से थी—वीना की तरफ से या डॉक्टर माथुर परिवार की तरफ से या दोनों का ही दबाव था उन पर। वैसे भी शायद वह यह बात जानती थीं कि रुकावट डालने से कोई फायदा नहीं था। देर सबेर राजी उनको होना ही था। जो भी हो वे पराजित दिख रही हैं। उनकी उदासी मेरे मन में चुभती रही थी। अम्माँ बापू का खिसियाया चेहरा आँखों के सामने बना रहा था। घर पहुँचकर भी दिल दिमाग पर एक अकथ सा बोझ महसूस होता रहा था। लगता रहा था जैसे चन्दर के कारण ख़ुशी दिखाना पड़ रही है। चन्दर के अलावा कोई भी तो पूरे मन से ख़ुश नहीं दिख रहा है।

पापा ने मुझसे मेरी उदासी का कारण पूछा था। मैंने उनसे वीना की मम्मी की बात कही थी तो कुछ देर मुझे गहरी निगाहों से देखते रहे थे, "बेटा दूसरों की कुछ परेशानियाँ उनके पास ही छोड़ दिया करो। यूँ हरेक के दुख अपने कन्धों पर ढोती रहोगी तो बहुत थक जाओगी।"

पापा की इस बात के जवाब में क्या कहूँ। "फिर भी पापा।" बस मैं इतना ही कह पायी थी।

"थोड़े साल में अपनी बेटी को बहुत ख़ुश और अपने घर और पति पर राज

करते देखेंगी तो ख़ुश हो जाएँगी।'' पापा ने जैसे मुझे तसल्ली दी थी।

पापा कुछ देर सोचते रहे थे, ''चन्दर बहुत तरक्की करेगा वसुधा। बहुत तेज़ दिमाग है उसके पास। बहुत तेज़ निगाहें भी—अपनी पीठ के पीछे और दीवारों के पार भी देख लेता है वह। अपने दिमाग को सही जगह ख़र्च करना जानता है—अपने चार्म को भी।'' पापा ने कुछ इस तरह से कहा था कि मैं सोच में पड़ गयी थी। पापा ने चन्दर के पासिटिव ही गिनाए हैं मुझे या कुछ और भी। पापा मेरी तरफ देखते रहे थे, ''चन्दर की शादी को लेकर मन में किसी तरह की गिल्ट रखने की ज़रूरत नहीं है। उनकी लड़की भी इन्टरैस्टेड थी तुम्हारे भाई में। उन लोगों के मन में अगर कोई अफसोस है तो वह उनकी प्राब्लम है और समझ लो वह कुछ दिन की बात है, बस।'' पापा ने अपनी बात दुहराई थी, ''समझ लो सब कुछ बहुत अच्छा रहेगा—जितना हम लोग सोच रहे हैं उससे भी ज़्यादा अच्छा।'' पापा कुछ देर सोचते रहे थे, ''बहुत पैसा कमाएगा चन्दर।'' आगे की बात कहने से पहले ही पापा ठहाका लगाकर हँसे थे, ''हम भी तो वकील ही हैं—तुम्हारे डॉक्टर से कम हैं क्या?''

मैं भी खुलकर हँसी थी, ''बिल्कुल भी नहीं पापा!''

अपनी उदासी के दूसरे कारण के बारे में उनसे कुछ भी नहीं कह पा रही हूँ। आज चन्दर ने पूरे समय अम्माँ और बापू से जिस तरह से व्यवहार किया है उसको लेकर मैं दुखी हूँ। सारे समय ऐसा लगता रहा था जैसे चन्दर उनकी अवहेलना कर रहा हो—आत्मीयता की ज़रा सी भी झलक उसकी निगाहों में नहीं थी। न जाने क्यों मैं सारे समय अपराधी महसूस करती रही थी जबकि मेरी तो कोई ग़लती थी ही नहीं। मैं शहरवासी हूँ और चन्दर सालों से मेरे साथ रह रहा है—उतना ही तो। उस बारे में पापा से बात करूँ भी तो क्या कहूँ? और कैसे कहूँ? पापा इतने अपने हैं—फिर भी। उपेक्षित से दिखते बप्पा और अम्माँ—आज तो उन लोगों को बहुत ख़ुश दिखना चाहिए था। अगर पापा को बताती वह बात तो वे मुझसे क्या कहते। चन्दर को समझाते या मुझे कोई निदान सुझाते—नज़रअन्दाज़ करने की बात तो न ही कह पाते।

29

चन्दर ने अपनी शादी का पूरा आयोजन शहर में ही किया था। दिन की शादी थी सो गाँव से सब लोग सुबह सबेरे पहुँचे थे और शाम होने से पहले वापिस चले गये थे। चन्दर ने वैसी ही व्यवस्था की थी। शादी का आयोजन बहुत अच्छा था—साफ सुथरा, सादा सा। कोर्ट से पापा और चन्दर के दोस्त—मेडिकल कालेज के बहुत

सारे डॉक्टर—संजय और वीना के मित्रगण, वीना के गुरूजन, मेरे कालेज की टीचर्स और हमारे अड़ोसी पड़ोसी। उतनी भीड़ के बीच गाँव से आया हमारा परिवार जैसे छिप सा गया था। अम्माँ सहित गाँव के सब लोग पूरी शादी में न घर वाले जैसे ही लगे थे और न मेहमान ही। न घर वालों जैसा अधिकार और न मेहमानों जैसा सत्कार। मैं उन सबकी चोटों को सहलाती हुई उनके आगे पीछे और उन सबके आस पास बनी रही थी। अम्माँ अपना फर्ज पूरा करने को शादी के दो तीन दिन पहले आ गयी थीं। चन्दर के हर हाव भाव से समझ आ रहा था कि चन्दर को अम्माँ का पहले आ जाना अच्छा नहीं लगा था। वह उसे अपनी आज़ादी में दख़लअन्दाज़ी जैसा ही लगा था शायद।

''बहू के घर आने पर देहरी पूजा में क्या करना है बिटिया?'' अम्माँ ने शादी के एक दिन पहले मुझसे झिझकते हुए पूछा था जैसे वे तय न कर पा रही हों कि क्या और कितना करना चाहिए।

मैं अनिश्चय में बँधी अम्माँ की तरफ देखती रही थी। जो उनका मन हो या जैसी रसम हो वाली बात मैं उनसे नहीं कह पायी थी। ''अम्माँ मैं तुम्हें चन्दर से पूछकर बताती हूँ।'' गाँव में तो कितना कुछ होता है। दीवार पर ऐपन से देवी देवता बनाए जाते हैं। दूल्हा दुल्हन को वहाँ बैठाकर पूजा होती है—बहू के मुँह दिखाई की रस्म होती है। सोचा था चन्दर से बात करूँगी। पर फिर मैंने कुछ नहीं पूछा था। मैं उसका झुँझलाना जानती थी। आरते की एक सुन्दर सी थाली मैंने सजा दी थी—बस। दादी के हाथों बहू की आरती कर दी गयी थी। मैं जानती थी इससे ज़्यादा कुछ भी करना सही नहीं है।

चन्दर को बिना बताये गाँव के लिए मिठाई और नमकीन के डिब्बे बाज़ार से मैं पापा के साथ जाकर ले आई थी और उन्हें मैंने गाड़ी में रखवा दिया था—कुछ घर के लिए और कुछ अड़ोस-पड़ोस में बाँटने के लिए भी और ताई की बेटियाँ अपने घर लौटकर जाएँगी उनके साथ रखने के लिए। दुकान में अपना आर्डर पहले ही पैक करके रखने के लिए कह दिया था।

पापा ने सफ़ाई से डिक्की में सारा सामान स्वयं रखवाया था। हम लोग गाड़ी में आकर बैठ गये थे। पापा ने मेरी तरफ देखा था, ''कुछ और?''

मैंने 'न' में अपनी गर्दन हिला दी थी। पापा उलझे से लगते रहे थे, ''चन्दर ने मुझे बहुत निराश किया है।'' यह बात उन्होंने अचानक ही कही थी, ''मुझे उससे बात करनी होगी। मैं बहुत दिन से सोच रहा था। इन फैक्ट मुझे उससे पहले ही बातकर लेना चाहिए थी।''

मैं चुप हूँ।

"परिवार का मतलब क्या होता है—यही न कि रिश्तों में कोई पीछे न छूट जाए और कोई भुला न दिया जाए।" पापा ने बहुत उदास स्वर में कही थी यह बात। मैं उनकी तरफ देखती रही थी। इसका मतलब है कि चन्दर का रवैया पापा ने भी नोटिस किया है। मुझे पता है कि इस बारे में चन्दर से सिर्फ और सिर्फ वे ही बात कर सकते हैं।

मैं चुप हूँ। समझ नहीं आया था कि पापा की बात के जवाब में मैं क्या बोलूँ। कितना कुछ है इस एक वाक्य में। मैं अपने आपको टटोलती रही थी—कितने लोग पीछे छूट गये—बहुत से भुला भी दिये—अपने पूरे होशोहवास में—सोच समझ कर। कितना फ़र्क़ है मेरे और चन्दर के बीच? कुछ मात्रा का ही तो। फिर भी। फिर भी क्या? आज मैं फिर एक बार अपने ही सवाल जवाबों में फँस गयी थी। पापा की निगाहें तीक्ष्ण हैं। रिश्तों में मुझे भी तो चूकते हुए उन्होंने कभी तो देखा ही होगा। क्या सोचा होगा मेरे बारे में?

"उसको यह बात समझनी चाहिए कि रिश्तों में अगर कोई पीछे छूट गया हो तो उसे पीछे छोड़कर यूँ आगे नहीं बढ़ा जाता—छूट गये रिश्तों को साथ लेना पड़ता है। नहीं तो आगे बढ़ जाने का क्या मतलब? फिर जो जितना है उसे उतने में ही स्वीकार करना होता है—हर कोई हमारे जैसा नहीं हो सकता।" पापा ने बहुत दुखी होकर यह बात बहुत धीरे से कही थी। "वीना ने उससे लव मैरिज की है। चन्दर का इतना विश्वास उस पर होना चाहिए कि वह उसके रिश्तों को एक्सैप्ट करेगी। अपनी बीवी से छिपने का और उससे अपने घर वालों को छिपाने का क्या मतलब।" पापा धीरे से हँसे थे, "यह कैसी लव मैरिज हुई भई?" वे चुप हो गये थे और बहुत देर तक चुप रहे थे, "ही हैस फेल्ड मिज़रेब्ली।"

मैंने गर्दन मोड़कर अपने दाहिने हाथ पर बैठे पापा की तरफ देखा था। उनके होने से कितना बल मिलता है—एक भरोसा कि वह हर स्थिति में हमारे साथ शामिल हैं और किसी भी बिगड़ती हुई स्थिति को सही कर सकते हैं और यह विश्वास भी कि वे हमेशा सही ही सोचते हैं—कि वे हमेशा न्याय के साथ रहते हैं। पापा के साथ होने का मतलब एक बेहतर इंसान बनने के रास्ते पर चलना होता है।

शादी के घर पहुँचे थे तो सब लोग लौटने के लिए तैयार बैठे थे। मैंने जल्दी से सबका खाना लगवाया था। बप्पा और ताऊ को डिग्गी में रखी मिठाई के बारे में बताया था कि कौन सी घर के लिए और कौन से डिब्बे गाँव में बाँटने के लिए। दीदिया लोगों से अपनेपन से बात करती रही थी और उनके गाड़ी में बैठने से पहले उनके गले से लगी थी। बाबा दादी ताई-ताऊ और बप्पा सबसे अलग-अलग मिली थी। लगा था कि चन्दर के व्यवहार की क्षतिपूर्ति मुझे ही करनी थी। पापा ने अभी

थोड़ी देर पहले जो कहा था वह बात दिल दिमाग में घूमती रही थी। बगल में खड़े पापा मुस्कराते रहे थे।

सड़क के मोड़ पर गाड़ियों के मुड़ जाने तक पापा और मैं वहीं खड़े रहे थे। दोनों कारें निगाहों से ओझल हो गयी थीं तो हम दोनों गेट की तरफ को पलटे थे। मैंने पापा की तरफ देखा था। आज फिर उनसे 'थैंक यू पापा' कहने का मन किया था। पर हमेशा की तरह मैं चुप हूँ।

अम्माँ को मामी ने एक दो दिन के लिए अपने पास रोक लिया था।

चन्दर और वीना अगली शाम हनीमून पर चले गये थे।

चन्दर के लौटने पर उसकी शादी का जश्न अपनी तरह से अपने लोगों के साथ अपने घर पर मनाने के लिए, उसे डाँटने और समझाने के लिए पापा नहीं रुके थे। चन्दर के जाने के दूसरे दिन पापा को हार्ट अटैक पड़ा था। हम सब लोग रात भर अस्पताल में रहे थे। बड़ी मामी, अम्माँ और वीना की मम्मी सारे समय मम्मी के पास घर पर हैं। रात भर पापा की हालत बिगड़ती और सुधरती रही थी। आईसीयू के सामने वाला छोटा कमरा डॉक्टर नैथानी का है। उसे मेरे लिए खोल दिया गया था। अभी धुँधलका ही था जब संजय मेरे पास आकर बैठ गये थे, ''पापा की हालत सीरियस है वसुधा।'' संजय ने कहा था और उनकी आँखों के आँसू गालों पर ढुलक आए थे। मैं संजय के कन्धे पर हाथ रखकर उनके बगल में खड़ी रही थी। डॉक्टर होकर संजय ही हिम्मत हार रहे हैं। इस समय सुबह का साढ़े चार बज रहा है। मैंने अस्पताल के पी.सी.ओ. से चन्दर को फोन किया था। उसके कमरे तक नम्बर कनेक्ट होने में थोड़ा समय लगा था। उधर से चन्दर ने हैलो बोला था और मेरी आवाज़ गले में फँसने लगी थी, ''चन्दर कल रात पापा को हार्ट अटैक पड़ा है। ही इज़ सीरियस।'' मैं मुश्किल से इतना ही कह सकी थी।

''मैं फौरन निकल रहा हूँ दीदी।''

मैंने फोन काट दिया था।

मैं लौटकर कमरे में आई थी। संजय अभी भी वहीं बैठे हैं। उन्होंने मेरी तरफ देखा था, ''उस से बेकार कहा वसुधा। परसों ही तो गया है वह।''

चन्दर के पहुँचने से पहले पापा जा चुके थे। मम्मी के पास बैठकर चन्दर फूट फूटकर बच्चों की तरह रोया था। हम सब लोगों को मिलकर मम्मी को सँभालना था पर हक्की बक्की सी वे उल्टे हम सबको समझा रही थीं। मामी हमारे घर पर ही हैं। अम्माँ को अब तक गाँव लौट जाना था पर वे अभी रुकी हुई हैं।

हम सब लोग अपनी अपनी तरह से पापा के बगैर अधूरे हो गये थे। मैं?

लगा था दिग्भ्रमित सी अकेली छूट गयी हूँ। कितना कुछ पूछना था उन से—कितना कुछ बताना था उनको और कितना कुछ सीखना बाकी था।

काश हम लोग पापा को रोक पाए होते।

तेरहवीं की पूजा के लिए गाँव से सभी लोग आए थे। बाकी लोग तो पूजा ख़त्म होने के बाद हमारे घर से ही सीधे चले गये थे। बापू और अम्माँ कुछ घण्टे बाद जाएँगे।''

सब काम निबट जाने के बाद मैं उन लोगों के पास आकर बैठ गयी थी। ''अम्माँ, अब मैं काफी समय तक गाँव नहीं आ पाऊँगी। मम्मी को अकेले छोड़कर नहीं आ सकती। कुछ समय तक सिर्फ कालेज और बाकी समय घर पर।''

''गाँव की और हमारी चिन्ता मत करना बिटिया। वैसे भी तुम लोगों ने बहुत निभा दी हमारी। जिज्जी का ख़्याल रखना। अचानक इतना बुरा हो गया। नहीं होना चाहिए था। सुखी जीवन था।'' अम्माँ के स्वर में बेचैनी है जैसे समझ न पा रही हों कि क्या कहें। ''किस्मत वाली थीं जिज्जी जो उन्हें ऐसा साथ मिला।''

मैंने अम्माँ की तरफ देखा था। ''अब तो चन्दर का अपना घर है। तुम और बप्पा आते रहना।'' बप्पा अपनी तरह से हँसे थे जिसका मतलब कुछ भी नहीं होता—न हाँ और न भी नहीं। अम्माँ चुप रही थीं।

पास खड़ा चन्दर चुप है।

''क्या सोच रही हो?'' मैंने पूछा था।

अम्माँ फीकी सी हँसी हँस दी थीं।

''आओगी?'' मैंने पूछा था।

''देखो बेटा। पता नहीं।'' अम्माँ के चेहरे और स्वर में अनिश्चय है। मैं उनकी तरफ देखती रही थी। जिस अधिकार और विश्वास से वे मामा के पास आ जाती थीं शायद उस तरह से बिन बुलाये बेटे के पास आ पाने की बात वह नहीं सोच पा रही हैं।

उस दिन मैं चुप थी। मेरे पास कहने के लिए कुछ भी नहीं था। किसी तरह की बात कर पाने का वह मौका भी नहीं था।

अम्माँ चली गयी थीं।

उनके जाने के बाद हम लोग अन्दर आकर बैठ गये थे। चन्दर गम्भीर है।

''क्या सोच रहे हो?'' मैंने पूछा था।

''कुछ नहीं।'' वह अजब तरह से हँसा था, ''मैं सोच रहा था कि तुम लड़कियों का मज़ा है।''

मैं उसकी बात का मतलब समझी नहीं थी पर जिस ढंग से उसने चिढ़कर

कहा था वह मुझे अजीब लगा था, ''किस बात में?''

''बेटी के घर तो तुम आओगी नहीं, अब तो तुम्हारा बेटा यहाँ रह रहा है।'' मेरी बात दोहरा कर वह अजब तरह से हँसा था।

''मज़ा!'' मैंने ताज्जुब से उसकी तरफ देखा था, ''अच्छा माँ बाप का न आना?'' मैं खिसियाई हुई सी उसकी तरफ देखती रही थी, ''वैसे चन्दर बप्पा तो गाँव से बाहर आते ही नहीं—बस अम्माँ। ख़ैर छोड़ो।''

चन्दर ने जवाब देने को मुँह खोला था फिर जैसे कुछ सोचकर चुप रहा था। आगे उस विषय में न उसने कुछ कहा था न मैंने ही उस बात को दुबारा छेड़ा था पर चन्दर की वह बात और उसका चेहरा दिमाग में घूमता रहा था।

30

बीच में मैं एक दो बार अम्माँ के पास गयी थी। केवल अम्माँ के कारण ही नहीं—बिट्टो के कारण भी अपना गाँव जाते रहना ज़रूरी लगता है। कोशिश करके आधे एक घण्टे बैठी थी और चली आई थी। मुझे पता है कि वे दोनों मेरा इन्तज़ार करते हैं।

चन्दर वीना को लेकर एक बार गाँव हो आए हैं। पापा के निधन के नाम पर बहुत से रस्मोरिवाज़ की बात वैसे ही टल चुकी थी। नहीं तो मुझे उन लोगों को समझाना पड़ता। गाँव की शादियों की तरह का तामझाम करने की बात वीना के साथ नहीं सोची जा सकती थी। चन्दर का तनाव मैं समझ सकती थी। गाँव वालों से मिलवाने और बुलाने की बात भी चन्दर ने एकदम मना कर दी थी। मुझे पता था कि चन्दर बहुत दिन से गाँव से मुक्ति के रास्ते खोज रहा था। अम्माँ से मन का एक छोटा सा बन्धन वह पूरी तरह अभी भी तोड़ नहीं पाया था। पर उस दुविधा में उसे गाँव से बाँधे रखने की ताकत नहीं थी।

पापा के निधन के कारण गाँव में किसी भी हंगामे के लिए मना करते जाना किसी को ग़लत भी नहीं लगा था। शायद अम्माँ ने भी मुक्ति की साँस ही ली होगी। चन्दर के साथ किसी बात की पहल करने का अम्माँ के पास न साहस ही था न वैसा कोई अरमान ही बचा था।

गाँव में डेरी बन्द हो चुकी है। सो वहाँ से अब घी, मक्खन और पनीर नहीं आता है। पर सब्जियाँ अम्माँ अभी भी भिजवाती रहती हैं। फसल कटने पर दालें, गेहूँ, वगैरा भी। आने वाले सामान की मात्रा अब बढ़ गयी है। उस छोटी सी चिट्ठी में मामी को भिजवाने के साथ ही चन्दर का नाम भी जुड़ गया था।

चन्दर से कुछ दिन को अम्माँ बप्पा को लेकर आने की बात करना चाहती हूँ। पर न जाने क्या है कि उससे अधिकार के साथ सीधे सीधे दो टूक नहीं कह पाती। घुमा-फिराकर कहती हूँ। चन्दर मेरी बात को अनसुना कर जाता है। अब की से गाँव गयी थी तो अम्माँ बप्पा से साथ चलने के लिए कहा था।

बप्पा हँस दिये थे और अम्माँ चुप रही थीं। थोड़े समय में मुझे समझ आने लगा था कि वह संकोच केवल नई आई डॉक्टर बहू से ही नहीं अपने बेटे से भी था।

चन्दर आया था। अब की बार मैंने हिम्मत करके उससे कुछ दिन को अम्माँ बप्पा को लाने के लिए कहा था। यह भी कहा था कि तुम लोग तो गाँव जा नहीं पाते हो तो उन लोगों को ही कुछ दिन के लिए बुला लो। उनका भी मन करता होगा तुम लोगों के साथ रहने को।

चन्दर कुछ देर के लिए चुप रहा था फिर बहुत धीरे से उसने मेरी बात पर हामी भरी थी। फौरन ही यह भी कहा था कि आजकल तो वीना की मम्मी आई हुई हैं।

''तब क्या हुआ।'' की बात मेरे मुँह तक आई थी। पर वीना चुप है। यह बात तो उसे कहनी चाहिए थी। मैं कैसे कह सकती थी। पर बाद तक बुरा लगता रहा था।

कितना कुछ पुराना याद आता रहता है। चन्दर यहाँ रहते, तब तक हम सबसे काफी अन्तरंग हो चुका था। कभी-कभी मुझसे ख़ूब बातें करने लगा था। उन बातों में अक्सर उसके सपने होते थे—उन सपनों में नब्बे प्रतिशत अम्माँ और उनके सुख होते थे जो वह उन्हें नौकरी करने के बाद अपना घर हो जाने पर देना चाहता था। कई बार मन करता है कि उसको उन देखे, सोचे गये सपनों की याद दिलाऊँ—उससे पूछूँ कि अब क्या हो गया?

एक दो बार संजय से अपने मन की बात कही थी। वे हँसकर टाल देते हैं, ''अरे यार नई नयी शादी हुई है। सभी मियाँ बीवी अपनी प्राइवेसी इन्जाय करना चाहते हैं।''

''पर वीना की मम्मी तो आती हैं। वीना आए दिन उनसे मिलने कानपुर जाती रहती है।''

''वीना ज़्यादा अटैच्ड होगी अपनी माँ से।''

संजय का छोटा सा जवाब। मैं नहीं कह पाती कि फिर चन्दर क्यों नहीं करता माँ को प्यार? मुझे पता है कि उस सवाल को पूछने का कोई मतलब नहीं है—न संजय से—न चन्दर से। सवाल पूछकर या पुरानी बातों को याद दिलाकर प्यार हासिल नहीं किया जा सकता। कभी-कभी बहुत तकलीफ होती है यह सोचकर कि क्यों होता है ऐसा कि रिश्तों में इतना प्यार होते होते अचानक वह 'न' कैसे होने लग जाता है। यही चन्दर पगलाया रहता था अम्माँ के पीछे—अब बचने के

बहाने ढूँढ़ने लगा है। पतझड़ के सूखे पत्ते की तरह झर जाने वाली चीज़ तो नहीं होना चाहिए न प्यार को।

अम्माँ के पास न जाने के लिए शुरू में चन्दर के पास पापा के निधन का बहाना था—फिर वीना प्रैग्नैंट हो गयी थी। "उस हालत में मैं उसे गाँव लेकर नहीं जा सकता।" बिल्कुल ठीक। कुहू के होने के समय मैं भी लगभग एक साल नहीं गयी थी। अम्माँ शहर आती थीं तो मैं उनसे मिल लेती थी। मेरे घर वे मिलने भर को आती थीं—रहने के लिए नहीं। पर चन्दर तो उन लोगों को लेकर आ ही सकता है। नहीं तो वीना गाँव न भी जाए स्वयं तो गाँव के चक्कर लगा ही सकता है। दो तीन महीने में एक बार गया भी है तो बेमन सा—सबसे एक औपचारिक सी दूरी बनाए हुए। वैसे भी रिश्ते जब बोझ की तरह ढोये जाने लगें तो उनकी सुवास मिट जाती है। फिर भी मैं सोचती हूँ कि चलो गाहे-बगाहे चला जाता है उतना ही काफी है। उतना लोक दिखावा भी तो महत्त्वपूर्ण है।

चन्दर गाँव जाता है तो अक्सर वर्षों पहले कही गयी दादी की बात याद आती है, "ऐ चन्दर अपन बाबा दादी को घुमाय की खातिर कार लैके आयौ।"

दादा दादी के रहते कई बार मन किया था कि उसे वह बात याद दिलाऊँ। उससे कहूँ कि कहीं दूर नहीं भी तो पास ही उन लोगों को अपनी गाड़ी में घुमा दे कभी।" पर मैं कह ही नहीं पाती थी कभी न जाने कौन सा अभिमान रोक लेता था मुझे—उस समय स्वयं को गाँव वालों के साथ महसूस करती और चन्दर दूसरी तरफ—एकदम पराया।

31

चन्दर की शादी को दो साल हो चुके हैं। घर परिवार को लेकर एक छोटा सा संकोच जो चन्दर के मन में पहले था वह समय के साथ कम हुआ है। अब उसे जो कहना होता है निसंकोच कह देता है। "वीना डॉक्टर है। उसके पास कहीं जाने का समय ही कहाँ है। एकाध दिन बीच में फुर्सत मिलती भी है तो कुछ उसके अपने निजी प्रोग्राम भी तो रहते हैं।" चन्दर की यह बात कभी सही लगती है और कभी मेरे मन में दूनी झुँझलाहट भर देती है। संजय मुझे समझाते हैं।

उस दिन संजय बहुत देर तक सोचते रहे थे, "सच कहूँ तो मुझे तुम्हारे अम्माँ, बप्पा, चन्दर, वीना सबके लिए बुरा लगता है वसुधा।"

मुझे अजीब लगा था, "अम्माँ बप्पा के लिए तो ठीक है संजय, पर चन्दर और वीना के लिए? तुम तो दोषी को विक्टिम मान रहे हो।"

संजय बहुत देर तक मेरी तरफ देखते रहे थे जैसे अपनी बात के लिए शब्द न

मिल रहे हों, ''समझो वसुधा, वीना गाँव के घर को—वहाँ के लोगों को एक्सैप्ट नहीं कर पा रही—वहाँ न जाने के बहाने ढूँढ़ना—उन लोगों को बुलाने से बचना—बोझ तो चन्दर और वीना के मन में भी होगा ही। हो सकता है कि उसे शहर का जीवन मिला होता तो वह बुरी न होती। आइडियली तो उसे अभी भी सही ही होना चाहिए—पर अक्सर ऐसा नहीं हो पाता वसुधा। वह ख़ुश होकर गाँव जाती रहे और गाँव वालों में घुलमिल जाए? तुम्हें नहीं लगता कि यह बहुत ज़्यादा की उम्मीद रखना है?''

मुझे लगा था कि मैं निरुत्तर हो गयी हूँ, ''फिर उसे गाँव के लड़के से शादी नहीं करनी चाहिए थी।'' मैंने कुछ देर बाद कहा था।

संजय मुझे अजीब निगाहों से देखते रहे थे, ''तुम यह भी कह सकती हो कि गाँव के लड़के को उससे शादी नहीं करना चाहिए थी।''

''एक ही बात है संजय।''

कुछ कहने को संजय का मुँह एकदम खुला था फिर जैसे कुछ सोचकर वे चुप हो गये थे।

मैं उनकी बात सुनने के लिए उनकी तरफ ही देख रही हूँ। वह हँसे थे, ''अरे भाई! यह इश्क का मामला है।''

मैं चुप हूँ।

संजय ने जैसे मुझे समझाया था, ''चन्दर इस समय वीना के परे कुछ भी नहीं देख सकता। पर मन पर अपने ग़लत का—अपने गुनाह का थोड़ा बहुत बोझ तो होगा ही। इसीलिए हर समय झल्लाया खिसियाया सा लगता रहता है।''

''बोझ?'' मैं हँसी थी।

''अक्सर यह भी होता है कि इंसान जिसका गुनहगार होता है उसी से बदतमीज़ी करता है। उससे वह छुटकारा चाहता है इसलिए उसके लिए झुँझलाहट बनी रहती है।''

''छुटकारा! वही चाहता है वह। अब तुमने सही बात कही। पर सही है क्या वह?''

''नहीं वसुधा, बिल्कुल ग़लत है। मुझे तुम्हारे पेरैंट्स के लिए बुरा लगता है। पर इन हालातों में इस बात की बहुत सम्भावना थी।''

मैं संजय की तरफ देखती रही थी, ''संजय तुम्हारी तो हमारे घर वालों के लिए कोई ज़िम्मेवारी नहीं बनती थी फिर भी तुमने वहाँ से आना जाना किया। सच यह है कि मुझसे ज़्यादा पहल की तुमने वहाँ जाने की।''

''मैं?'' संजय कुछ क्षणों तक मेरी तरफ देखते रहे थे, ''मेरे लिए वह कुछ घण्टों का शगल भर था। मेरी वहाँ से कोई लम्बी ज़िम्मेवारी नहीं बँध रही थी।

चन्दर और वीना के साथ स्थिति फ़र्क़ है। वे लोग वहाँ जाएँगे—फिर गाँव से लोग यहाँ आएँगे। सिर्फ तुम्हारे अम्माँ बप्पा ही नहीं—बाबा-दादी—ताऊ-ताई—उनके बच्चे। चन्दर जानता है कि वह बहुत लम्बा सिलसिला है। चन्दर का घबड़ाना और उस बात से बचने की कोशिश करना बहुत ताज्जुब की बात नहीं है वसुधा। फिर मेरे दिमाग में मम्मी पापा वह बात कूट कूटकर भर चुके थे कि सिर्फ वसुधा ही नहीं है, वह पूरा पैकेज है गाँव वालों का। तुम क्या सोच सकती हो कि माथुर्स के यहाँ उस तरह की कोई बात हुई होगी? यही सोचा और समझाया गया होगा कि शादी के बाद गाँव वालों से कैसे बचना है—कैसे दूरी बनाकर रखना है।'' संजय काफी देर तक कुछ सोचते रहे थे, ''अगर वीना या उसके घर वालों ने चन्दर के सामने शादी से पहले ही गाँव से आना जाना न रखने की कोई शर्त रख दी हो तो भी कोई ताज्जुब नहीं है। ऐसे में चन्दर का हर समय झुँझलाए खिजलाए रहना बहुत नैचुरल है। सोचो कितना प्रैशर है उसके ऊपर?''

मैं संजय की तरफ देखती रही थी। मुझे लगा था कि शायद वह सही कह रहे हैं। बहुत सम्भव है कि वीना ने चन्दर से पहले ही कह दिया हो कि वह गाँव आना जाना या उन लोगों का रहना पसन्द नहीं करेगी। ऐसे में चन्दर को क्या करना चाहिए था या वह क्या कर सकता था। संजय ठीक ही तो कह रहे हैं कि यह दिल का मामला है। हमारी शादी में भी तो मामा ने मम्मी पापा से कह दिया था कि मत जाना आप लोग गाँव। मत भेजना बेटे बहू को गाँव। आख़िर उन सारी शर्तों के बाद भी मैं शादी के लिए तैयार थी ही—ख़ुशी ख़ुशी तैयार थी। आज फिर एक बार मैं अपने ही तर्कों के सामने कटघरे में खड़ी थी। समझ ही नहीं आया था कि चन्दर कितना ग़लत और कितना मजबूर। फिर भी मन में एक झुँझलाहट बनी रही थी कि अगर ऐसी कोई बात है भी तो कम-से-कम चन्दर उस बारे में मुझसे तो बात कर ही सकता है। मैं समझूँगी उसे।

''वेट फार टाइम।'' संजय ने कहा था तो मुझे लगा था कि शायद वही सही है। इसके अलावा कोई उपाय भी तो नहीं। मैं उनकी तरफ देखती रही थी। पापा की तरह संजय में भी दूसरे के नज़रिये से चीज़ों को देख पाने की कितनी ज़्यादा समझ है।

''दूसरे की ज़िन्दगी के बीच में उतना ही बोलो वसुधा जितना वह सुनने को तैयार हो—या जितना सुन सकना उसके लिए सम्भव हो। नहीं तो क्या फायदा। अम्माँ के पास उनके बेटे को नहीं पहुँचा पा रही हो तो अपने पास से भाई को क्यों परे धकेल रही हो। सोचो वह भी अकेला हो जाएगा और काफी कुछ तुम भी।''

मैं चुप बैठी हूँ। संजय ने अख़बार से सिर उठाकर मेरी तरफ फिर से देखा था, "अपने गुस्से को खुला छोड़ दोगी वसुधा तो वह बढ़ता ही चला जाएगा। वह न तुम्हारे रिश्ते के लिए अच्छा है न तुम्हारी हैल्थ के लिए।"

सही कह रहे हैं संजय। जब गुस्सा आता है तो आता ही चला जाता है और कनपटियों के पास की इस नस में खिंचाव महसूस होने लगता है जैसे कभी भी फट पड़ेगी।

मुझे अक्सर रात को देर तक नींद नहीं आती है। देर तक मैं मन-ही-मन चन्दर से बातें करती रहती हूँ—कितने संवाद और कितने विवाद भरे हैं मेरे दिल और दिमाग में उससे करने के लिए।

कैसा तो पगलाया रहता था कभी अम्माँ के लिए। लगता सिर्फ प्यार ही नहीं पूजा करता है माँ की। अब क्या हो गया? पढ़-लिखकर अपने पैरों पर खड़ा हो गया—अच्छी सी पत्नी, अच्छी सी आमदनी और अच्छा सा घर तो अम्माँ से कुछ लेना देना ही नहीं। सबसे पहले वे ही पराई हो गयीं और उसकी ज़िन्दगी में घरवालों की हैसियत मिसकास्ट की हो गयी—अम्माँ की भी।

मैं पहले की तरह गाँव जाती रहती हूँ। कुछ देर बैठती हूँ और फिर चली आती हूँ। मुझसे रुकने के लिए कोई नहीं कहता। मैं दौड़ते भागते गाँव जाती रहती हूँ इस बात को लेकर सब ख़ुश रहते हैं।

"चन्दर बहू और बच्ची कैसे हैं?" बप्पा ने पूछा था।

"ठीक हैं। बहुत व्यस्त हैं वह लोग। चन्दर की कचहरी और वीना का अस्पताल—उन लोगों को टाइम ही नहीं मिलता है।" मैंने जैसे उनके महीनों न आ पाने का कारण बताया था। बप्पा धीरे से हँसे थे। अम्माँ पहले की तरह ही चुप हैं। मैं उनकी तरफ देखती रहती हूँ। कभी-कभी मुझे उन पर आश्चर्य होता है—पत्थर की तरह अपारदर्शी चेहरा। अम्माँ के चेहरे पर कुछ नहीं आता तो क्या मन में भी कुछ नहीं आता? किसी बात को लेकर कम या ज़्यादा गुस्सा—कोई दुख या शिकायत।

क्या अम्माँ बप्पा कभी इस बात का हिसाब लगा पाते होंगे कि बच्चों की तरक्की का स्वप्न पूरा होते तक कितना पाया और कितना खो भी दिया।

पापा याद आते हैं। पापा ने चन्दर से बात की होती तो उनकी बात समझता क्या। पहले चन्दर अपनी स्थिति से परेशान लगता था—कभी सफाई देता रहता—बहानों के पीछे छिपने के रास्ते ढूँढ़ता रहता। फिर धीरे-धीरे वह सब कुछ सहज लगने लगा था—उसे भी और बाकी लोगों की भी आदत पड़ गयी थी। गाँव में उससे आने के लिए कोई नहीं कहता है। न कोई उलाहना और न कोई इन्तज़ार। चन्दर छठे छमाही गाँव जाते रहने का अपना दायित्व पूरा कर देता है। संजय कहते

हैं सारे रिश्ते इस दायित्व से ही तो पूरे होते हैं—प्यार और अरमान तो बाद की बातें हैं—हुआ या नहीं हुआ। संजय से यह कहना बेकार है कि इस दायित्व के कितने ही तो रंग हो सकते हैं—ख़ुशनुमा से लेकर बदरंग तक। फिर बिना धड़कन के दायित्व भला कितनी दूर चल सकता है। पर संजय से उस बातचीत में मैं हमेशा जल्दी ही चुप हो जाती हूँ—बेकार की बहस से फायदा?

पहले कई बार चन्दर से कहा था कि एक बार बाबा दादी, को ताऊ, ताई को बुलाकर अपना घर तो दिखा दो—कुछ दिन के लिए अम्माँ बापू को बुला लो। चन्दर मेरी बात या तो अनसुनी कर जाता या फिर वही चिड़चिड़ा सा कुछ शब्दों का एक छोटा सा जवाब—मैं क्या किसी को आने के लिए मना करता हूँ? या फिर जिसको आना है आए न, मुझसे गाँव आने के लिए कोई कहता है क्या? जब समय मिलता है मैं अपनी तरफ से ही तो जाता हूँ। तर्क की कसौटी पर उसकी हर बात सही है—पर वह भी जानता है यह बात कि इनमें से उसकी किसी बात में ईमानदारी नहीं है।

चन्दर को लेकर पापा ने सही ही सोचा था। उस बात को पन्द्रह साल बीत चुके। चन्दर का नाम शहर के अच्छे वकीलों में गिना जाता है। वह अपने परिवार और अपनी उपलब्धियों के साथ बेहद ख़ुश और आत्मविश्वास से भरा दिखता है। अच्छे स्कूलों में पढ़ने वाले भरे पूरे से बच्चे—नौकर चाकर, घोड़ा गाड़ी, अच्छा सा घर, सब कुछ है उसके पास।

वीना की मम्मी यदाकदा उसके पास आती रहती हैं। कभी-कभी लम्बे दिनों के लिए ठहरती भी हैं और बहुत ख़ुश लगती हैं। मानने वाले बेटा बेटी और दोनों हाथों से धन बटोरता हुआ सुदर्शन दामाद—घर में भरपूर सुख-सुविधा और वैभव। पापा की बात अक्सर याद आती है।

चन्दर जब तब अपने परिवार के साथ मेरे घर आता रहता है। वीना जब बहुत अपनेपन से मेरे गले से आकर मिलती है तो अच्छा लगता है—उसके परफ्यूम की महक से लेकर उसके शरीर की नरम छूअन, बगल में खड़े चन्दर की हँसी और उछलते कूदते बच्चों का शोर। पापा कहते थे कि तुम्हारा फ्यूचर मैका तो तुम्हारा भाई ही तो है। वह समय बीत चुका तब भी यह सोचकर घबराहट होने लगती है कि अगर अपनी पढ़ाई के लिए चन्दर लखनऊ न आया होता। चन्दर के बचपन की उजड्ड सी छवि आँखों के सामने आज भी जब तब खिंच जाती है—बालों से माथे तक आ गया तेल—चिपके हुए से बाल—बिना फिटिंग के कपड़े।

32

फूलों को सँभालने-सँवारने वाले बप्पा अब नहीं हैं। अपने वाले हिस्से और अपने चूल्हे-चौके के साथ अम्माँ एकदम अकेली छूट गयी थीं। बप्पा से अम्माँ का मन का रिश्ता भले ही न रहा हो पर एक छत के नीचे रहने का रिश्ता तो था ही—एक ही घर की खुशियों और ग़मों को एक साथ भोगने और महसूस करने का रिश्ता। उतना भी तो कुछ कम नहीं होता। यह बात बप्पा के न रहने के बाद अब समझ में आती है। बप्पा के रहते अम्माँ की उतनी चिन्ता नहीं होती थी। चन्दर से नाराज़ होने के बावजूद मैं इतना जानती थी कि अगर चन्दर कहता भी तब भी बप्पा कुछ घण्टों के लिए आ भी जाते पर कुछ दिन बिताने या रात बिताने के लिए कदापि न रुकते। यह बात चन्दर भी जानता ही था। पर चन्दर ने तो उस रिश्ते का उन कुछ घण्टों के लिए भी मान नहीं रखा।

अब तो बप्पा भी गये। अम्माँ अपनी गृहस्थी के साथ अकेले छूट गयी थीं। क्या बनाती होंगी और क्या खाती होंगी कुछ पता नहीं। ताऊ अभी भी रोज़ आते हैं पर घर के आँगन के बाहर खड़े रहकर एक बार पुकार कर अम्माँ का हाल लेते हैं और चले जाते हैं।

घर में घुसो तो आधा कटा बिन फूल पौधों का आँगन देखकर घर की वीरानगी और मुखर हो जाती है। अब धीरे-धीरे उस घर की उदासी की आदत सी पड़ गयी है। उस सबके अलावा एक बेआवाज़ सा सन्नाटा कि जाओ तो थोड़ी देर को अपनी ही आवाज़ शोर जैसी लगने लगती है। लगता रहता है कि इस वीराने में अम्माँ रात में अकेले कैसे सो पाती होंगी। अम्माँ से वह बात पूछने का भी तो साहस नहीं होता—फिर पूछने से फायदा?

मैं गाँव आती रहती हूँ—बप्पा के जाने के बाद पहले से थोड़ा ज़्यादा। कई बार मन किया था कि बिट्टो से कहूँ कि वह रघु को अम्माँ के पास सुला दिया करे पर नहीं कहा था। ताई और रज्जन भैया की इच्छा के बग़ैर ऐसा कोई निर्णय बिट्टो नहीं ले सकती—फिर उस बात को कहने से फायदा?

सालों हो गये जबसे रज्जन भैया और ताई हम सबसे रूठे से दिखने लगे थे। उन दोनों के पास अम्माँ से द्वेष का क्या कारण हो सकता है भला, सिवाय इसके कि अम्माँ बिट्टो की बुआ हैं और बिट्टो अम्माँ में सहारा और सुकून ढूँढ़ती रही है। रज्जन भैया फूटी आँख अम्माँ को बर्दाश्त नहीं करते। ताई के पास अपना दिमाग नहीं है—कभी नहीं था। वे कब अच्छी और कब बुरी बन जाएँ इस बात का कोई भरोसा रहता ही नहीं था। रज्जन भैया की नाराज़गी अम्माँ से ताई को विरत

कर देने के लिए काफी थी। अम्माँ के बच्चे शहरी और सफल हो गये इसलिए या फिर शायद वह भी बिट्टो पर वर्चस्व जताने का कोई तरीका होगा। भैया की मौजूदगी में बिट्टो बेचारी डरी हुई और दूर ही रहती है। दोनों घरों के बीच मुँह खोलकर कोई लड़ाई या जताकर कोई अनबोला नहीं है पर रिश्तों के बीच की दूरी को महसूस किया जा सकता है।

जितने दिन रज्जन भैया गाँव में नहीं रहते अन्जान में ही ताई बदल जातीं—पहले की तरह देर तक अम्माँ की तरफ बैठी रहतीं और गाँव भर के किस्से अपने चटपटे अन्दाज़ में सुनाती रहतीं—कभी अभी हाल में घटे हुए, कभी महीनों बरसों पुराने भी। मेरे आने की आहट मिलते ही दौड़ी चली आतीं। बिट्टो भी इधर बैठी रहती। घर का माहौल सुधर जाता। ताई इतनी जल्दी और इतनी आसानी से कैसे बदल जाती हैं—अपनी कोई सोच और सही ग़लत ही नहीं? मुझे आश्चर्य होता है।

हो सकता है कि ताई भी रज्जन भैया से डरती हों।

चन्दर अभी कुछ देर पहले आया है। हमेशा की तरह थोड़ी देर तक हो हल्ला। छोटे से लेकर बड़े तक। हर बार ऐसा ही होता है। अब पन्द्रह दिन चन्दर नहीं आता तो मैं ही नहीं संजय भी इन्तज़ार करने लगते हैं। मम्मी जी भी पूछने लगती हैं कि ''बहुत दिन से चन्दर नहीं आया।'' ये लोग घर में घुसते हैं तो थोड़ी देर तक रौनक लगने लगती है।

वीना मम्मी जी से गले मिल रही है। आज अचानक ध्यान आया था कि वीना को उस तरह से कभी अम्माँ के गले लगते नहीं देखा।

वीना हमेशा की तरह हँसते हुए मेरे गले से लग गयी थी। मैंने धीरे से उसके कन्धे को थपथपाया था और कुर्सी उसकी तरफ सरकाकर बगल की कुर्सी पर स्वयं बैठ गयी थी।

मम्मी और संजय को डॉक्टर के पास जाना था सो वे लोग कुछ ही देर में चले गये थे।

''अरे हाँ ध्यान ही नहीं रहा कि आज तो मंगल है। आंटी को जाना था।'' चन्दर ने कहा था।

''क्या फरक पड़ता है।''

चन्दर अभी भी मेरी तरफ देख रहा है। अपने स्वर के रूखेपन की तरफ मेरा ध्यान स्वयं गया था। मैंने अपने स्वर को कोशिश करके संयत किया था, ''क्या फरक पड़ता है। हम तो हैं और घर भी है।'' मैंने कहा था।

वीना के हाथ में एक पैकेट है जो उसने मेरे बगल में रख दिया था। "क्या है?" मैंने पूछा था।

"अम्माँ जी के लिए कुछ कपड़े लाये थे। अबकी से आप जाएँ तो ले जाइएगा।" उसने कपड़े बाहर निकाल लिए थे। सबसे ऊपर गहरे मैरून कलर की साड़ी।

"बहुत सुन्दर है।" मैंने कहा था।

"चन्दर ने पसन्द की है।" वीना ने बताया था।

सुनकर मुझे कैसा लगा था पता नहीं।

चन्दर ने मेरी तरफ देखा था, "क्या बात है आज बहुत सुस्त और थकी लग रही हो?"

मैं चुप रही थी। चन्दर और वीना दोनों मेरी ही तरफ़ देख रहे हैं। मैं तो कब से चन्दर के आने का इन्तज़ार कर रही थी। परसों से मन-ही-मन उससे न जाने कितने संवाद करती रही हूँ—कितना कुछ उससे पूछना चाहती हूँ और कितना कुछ उसे बताना भी चाहती हूँ—कि अम्माँ बहुत कमज़ोर लग रही थीं—बहुत उदास भी। इस तरह से बात बिन बात अम्माँ कभी नहीं रोती थीं। पता नहीं अबकी से उन्हें क्या हो गया—सारे समय उनकी आँखें भरी भरी ही सी लगती रहीं जैसे वे अपना रोना रोक ही न पा रही हों। शायद बहुत अकेली हो गयी हैं वे। यह भी बताना चाहती हूँ कि संजय कहते हैं कि शरीर की बहुत ज़्यादा कमज़ोरी से अक्सर डिप्रैशन रहने लगता है—हो सकता है वही हो। अपने अकेले के लिए भला क्या बनाती होंगी और क्या खाती होंगी? यह भी पूछना चाहती हूँ चन्दर से कि भला अब वे गाँव में अकेली क्यों रह रही हैं? बाबा, दादी, बप्पा अब कोई भी नहीं हैं। ताई से अम्माँ को कोई भरोसेमन्द सहारा नहीं है।

चन्दर के पास अच्छा सा घर है—घर में सारी सुविधाएँ हैं, फिर अम्माँ उस अँधेरे गाँव में उतनी असुविधाओं के बीच अकेले क्यों रह रही हैं। अभी तक बापू के रहने पर बात फिर भी फरक थी। वीना और चन्दर उन्हें लम्बा क्यों नहीं लाना चाहते। चन्दर से इस बारे में एक दो बार बात की भी पर न वह कोई सीधा जवाब देता है न मैं ही उससे ज़्यादा कुछ कह पाती हूँ। बस छोटे छोटे वाक्यों में दबे छिपे आग्रह कभी-कभी स्वयं मुझे ख़ुशामद जैसे लगने लगते। अब यह स्थिति मेरे दिमाग को बहुत परेशान करने लग गयी है। पर इस विषय में तसल्ली से पूरी बात चन्दर से कभी हो ही नहीं पाती है। कभी मेरी हिम्मत टूट जाती है और कभी वह छिपने के ओने कोने ढूँढ़ने लगता है।

समझ नहीं आ रहा कि कहाँ से अपनी बात शुरू करूँ। याद ही नहीं आ रहा कि कितने साल हो गये जबसे चन्दर से बात करने में घबराहट होने लगी है—किसी बात पर ही नहीं बिन बात भी। वह कब भड़क जाएगा पता ही नहीं होता। कभी यही चन्दर मुझसे आँख मिलाकर बात नहीं कर पाता था—आँख तरेरने की तो बात ही नहीं थी। ऐसे में वीना हमारी किसी भी बातचीत में बिना शामिल हुए अलग थलग बैठी रहती है तो मैं और खिसिया जाती हूँ। जब मैं ही उससे कोई बात नहीं कर पाती तो अम्माँ बेचारी तो। वे तो पहले भी किसी से नहीं बोल पाती थीं। वैसे भी चन्दर अब अम्माँ का छोटा सा लाड़ला नहीं है जिसे वे बात बेबात जब तब सीने से चिपका लेती थीं या वह ख़ुद ही उनके आँचल में दुबक जाता था। अब तो चन्दर पाँच फुट ग्यारह इंच का लम्बा स्वस्थ सुन्दर पुरुष है जिसकी चाल-ढाल तक में सफलता की ठसक है—उसके मिज़ाज में भी।

"क्या हुआ?" चन्दर पूछ रहा है—उसकी आवाज़ में झुँझलाहट है।

मुझे उसकी आवाज़ की तेज़ी अजीब लगी थी—अकारण भी। "कुछ नहीं। होगा क्या!" मैंने अपनी बात शुरू करनी चाही थी, "परसों हम गाँव गये थे। वहाँ"

चन्दर ने मेरी बात बीच में ही काट दी थी, "तुम्हारा उतरा चेहरा देखकर ही मैं समझ रहा था कि ज़रूर अम्माँ ने ही तुमसे कुछ बकवास की होगी।" उसने गुस्से से कहा था।

मैं उसके बोलने के ढंग से सन्न रह गयी थी, "किस टोन में बोल रहे हो! माँ के लिए तमीज़ से बात करो चन्दर। माँ ने कुछ नहीं कहा पर तुम बताओ कि तुम उनसे क्या बकवास करके आए हो जो बिना वजह तैश में आ रहे हो। बहुत सुस्त थीं। वजह बेवजह रोयीं भी। अब मैं समझ रही हूँ कि तुम ही उनसे कुछ उल्टा सीधा बोलकर आए हो।" मैंने वीना की तरफ देखा था, पर वह मैगज़ीन के पन्ने पलट रही है—जैसे प्लैटफार्म पर बैठे किसी अन्जान की बातें सुनी अनसुनी कर रही हों।

"मैंने कुछ भी ग़लत नहीं बोला। सारी ज़िन्दगी अम्माँ मुझे सच बोलने के लिए समझाती रहीं—सच बोलो—जो मन में है वह अम्माँ को बता दिया करो। सच ही तो बोला था। अब अगर अम्माँ चाहें कि मैं आता जाता रहूँ—हर होली-दीवाली उनके पास पहुँचा करूँ—नहीं होता यार। मेरी अपनी फैमिली है—बच्चे गाँव नहीं जाना चाहते। वीना को वहाँ अच्छा नहीं लगता। वीना के मम्मी और भाई भी हैं। मेरे लिए सिर्फ अम्माँ ही तो नहीं हैं।"

"अम्माँ ने क्या तुमसे कहा होली-दीवाली आने के लिए?" मेरा स्वर तेज़ हो गया था।

"कहा नहीं तो क्या—चाहती तो होंगी ही, जो हर समय चेहरा उतरा दिखता है। मैंने बता दिया कि वैसी उम्मीद मुझसे न करें—वह मेरे लिए सम्भव नहीं है। थक गया हूँ यार उनका उतरा चेहरा देख-देखकर।"

वीना ने चौंककर चन्दर की तरफ देखा था—"अरे" उसके मुँह से जैसे ख़ुद ब खुद निकला था।

"वाह—जो उन्होंने कहा भी नहीं वह तुमने उनके बिना बोले समझ लिया—क्या बात है?" व्यंग में बुझा वह बाक्य मेरे मुँह से अपने आप फिसला था। उसके चेहरे पर झुँझलाहट है पर वह चुप रहा था।

जिस ढंग से चन्दर ने अभी तक की बात की है उससे कुछ भी कहने का मन नहीं किया था। चन्दर ने तेज़ निगाहों से मेरी तरफ देखा था, "तुम कई बार ताना दे चुकी हो। मैं क्या समझता नहीं। सच है कि मैं अम्माँ को पहले बहुत प्यार करता था—अब नहीं फील करता उस तरह से। नहीं होता—यही तो बताया उन्हें—कुछ ग़लत नहीं बोला उनसे।"

मैंने आश्चर्य से उसकी तरफ देखा था, "तुमने अम्माँ से यह कहा कि तुम अब उन्हें प्यार नहीं करते?"

"क्या ग़लत कहा?" उसने झल्लाकर पूछा था, "क्या किसी के लिए फीलिंग्स बदल नहीं सकतीं?" उसने इस तरह से कहा था जैसे वह अम्माँ से अपने रिश्ते की बात न करके किसी ब्रांड मेक या दाल सब्जी की पसन्द की बात कर रहा हो।

हम दोनों की बातचीत के बीच हमेशा निर्विकार सी बैठी रहने वाली वीना एकदम हड़बड़ा गयी थी। उसने चन्दर की तरफ देखा था, "तुम इस तरह से अपनी माँ से कैसे बोल सकते हो चन्दर? दिस इस शॉकिंग।" उसके चेहरे पर शर्मिन्दगी है।

चन्दर ने झुँझलाकर वीना की तरफ देखा था, "अब तुम्हें इस पचड़े में पड़ने की ज़रूरत नहीं है।" चन्दर ने उससे डपटकर बोला था। कुछ कहने को वीना का मुँह खुला था। फिर वह चुप हो गयी थी और कुछ ही देर में वहाँ से उठकर दूसरे कमरे में चली गयी थी।

"तुम अब किसी के लिए कुछ महसूस नहीं करते चन्दर?" मैंने पूछा था, "या अम्माँ के लिए महसूस करना बन्द हो गया?"

चन्दर के चेहरे पर झुँझलाहट है, "तुम समझ रही हो मैं क्या कह रहा हूँ।" उसने आजिज़ी से कहा था, "बेवजह शब्दों में क्यों उलझा रही हो। मैंने साफ और ईमानदार बात कह दी—अम्माँ को सच ही तो बताया—तुम को भी वही बता रहा हूँ। अब तुम दोनों को समझ नहीं आ रहा तो वह तुम्हारी प्राब्लम है और मेरी बात बुरी लग रही है तो वह भी तुम्हारी ही प्राब्लम है।" उसके चेहरे पर ज़िद और

थकान है। अपने को सही साबित करने की ज़िद—और एक अनचाहे रिश्ते को ढोते रहने की थकान और ऊब।

मैं चुप हूँ। अम्माँ का थका उदास चुप चेहरा आँखों के सामने आकर खड़ा हो जाता है—जैसे कि अगर कुछ बोलेंगी तो आँखों से आँसू झरने लगेंगे। उस दिन वे लगभग मौन ही थीं या सिर्फ हाँ न में जवाब। मुझे लगा था कि अम्माँ अपने अकेलेपन के कारण उदास हैं। आज अम्माँ की भरी हुई सी आँखों का अर्थ समझ आ रहा है।

यह किस होली और दीवाली अपने जाने की बात कर रहा है। पर मैं जानती हूँ कि उससे बात करना बेकार है। चन्दर संवाद की सीमा के परे पहुँच चुका है—रिश्ते से निर्बन्ध और आज़ाद। उसने अपने आपको सही साबित करने के लिए स्वयं के स्पष्टीकरण जुटा लिये हैं। औरों को वह जड़ बुद्धि समझता है—जिन्हें समझाया नहीं जा सकता है। इसलिए उनके साथ लम्बे संवाद की वह ज़रूरत महसूस नहीं करता। उसकी समझ से वे लोग खारिज कर दिये जाने के ही लायक हैं—अम्माँ और मैं।

मैं चुपचाप सामने बैठे चन्दर को देखती रहती हूँ। पूछना चाहती हूँ कि तुम अब अम्माँ के लिए कुछ महसूस नहीं करते तब भी उस सच को बोलने की ज़रूरत क्यों थी। उस बात को मन में रखकर चुप भी तो रहा जा सकता था। इतने साल से तो चुप था। उनके लिए महसूस करना तो वह बहुत पहले बन्द कर चुका था। अपनी शादी से पहले—पापा के जीवन काल में। पापा ने भी तो उस बात को महसूस किया ही था। बस वीना के आने के पहले हम लोगों को ही वह बेगानापन इतना मुखर सुनाई नहीं दिया था।

बाद में मेरे मन में एक सवाल बार बार आता रहा था कि चन्दर जो कुछ अम्माँ से बोलकर आया था वह उसके मुँह से यूँ ही फिसला था या वह रिश्तों के बन्धन से उपजी हुई संचित खिजलाहट थी या जानबूझकर अम्माँ को आहत करना ही उसका मकसद था—ताकि सारे बन्धन से एक साथ मुक्त हो सके वह। अम्माँ के लिए उसके मन में इतना सूक्ष्म सा भी कुछ नहीं बचा कि वह यह सोच पाता कि उन्हें तकलीफ पहुँचेगी—ऐसी तकलीफ जिससे वे सारी उमर उबर ही न सकें। अम्माँ को उतनी बड़ी तकलीफ से बचाने के लिए चन्दर को कुछ भी तो नहीं करना था—बस चुप ही तो रहना था। कम-से-कम उनके पास रिश्तों में प्यार का भरम तो था। सोचकर अजीब लगता है कि कभी-कभी दूरियाँ कैसे चुपचाप अपने पास को सरक आती हैं—बीच में प्यार होते होते कैसे अचानक नहीं होने लग जाता है। इतने आत्मीय रिश्ते से ऐसी ऊब कि कोई जुड़ाव बाकी ही न रह जाए। अकारण

बड़ी से बड़ी चोट करने में भी कोई दुविधा तक नहीं। इतने आत्मीय रिश्ते पत्तों की तरह सूख कैसे जाते हैं। कोई इतना ज़्यादा अपना, अपने साथ इतना निर्मोही कैसे हो सकता है?

मन किया था कि उठकर दूसरे कमरे में चली जाऊँ और अन्दर से दरवाज़ा बन्द कर लूँ। पर मैं बैठी रही थी। मन में न जाने कितना कुछ घुमड़ता रहा था। चन्दर से पूछूँ क्या कि अम्माँ के घर जाना अच्छा नहीं लगता—क्यों आते हो मेरे घर? अच्छा सा घर है—संजय के साथ मेडिकल कालेज की बातें हैं—पालिटिक्स है—लेटेस्ट मूवीज़ के चर्चे हैं और खाने से पहले ड्रिंक्स के दौर हैं। बहन हूँ तो क्या ताई की बेटियों जैसी होती और गाँव में रह रही होती तो आते क्या? सारे रिश्ते सुविधा के हैं। सच तो यही है। यह भी जानती हूँ कि उस समय वह सवाल उससे पूछती तो उससे वही अड़ियल सा जवाब मिलता, "हाँ तो!"

मैं चन्दर की तरफ देखती हूँ। वह मुझसे निगाह चुराए अधलेटा सा अकेले ही स्क्रैबल खेल रहा है। मन किया था समझाऊँ इसे। पर उससे बात करने का मन ही नहीं किया था। किसी दिन अम्माँ नहीं रहीं तो यह अपने आप को माफ नहीं कर पाएगा।

पर कौन जाने? कौन जाने चन्दर को कैसा लगेगा अम्माँ के न रहने पर? कौन जाने पूर्ण मुक्ति महसूस करे वह। मैं उतनी दूर तक सोचना नहीं चाहती। कभी यही चन्दर अम्माँ के लिए पगलाया रहता था—तब कोई सोच भी सकता था भला कि एक दिन यह उनके प्रति इतना कठोर भी हो सकता है—कि एक दिन यह अम्माँ से छुटकारे के रास्ते तलाशने लगेगा। फिर वैसा हो जाने की कोई वजह भी तो नहीं।

नहीं चन्दर के पास कुछ-न-कुछ वजह तो होगी ही। किसी अपने का अपने आपसे बहुत पिछड़ जाना भी तो वजह है ही—या अपने आप का उस अपने से बहुत आगे निकल आना भी—बेहद पुख्ता सी वजह। उस सन्दर्भ में सही ग़लत की बात सोचना ही बेकार है—करना तो एकदम फिजूल।

अम्माँ यहाँ की शहरी औरतों की तरह, चन्दर के दोस्तों के घर की स्त्रियों की तरह या वीना की माँ की तरह शहरी नहीं हैं। उनके रहन सहन में गँवई गाँव की झलक साफ दिखाई देती है। उनमें आत्मविश्वास की कमी है। वे किसी से खुलकर बात नहीं कर पाती हैं। मेहमानों के साथ बैठकर खाने-पीने में सहज नहीं हैं। यह छोटी-छोटी बातें यहाँ शहर वालों के बीच मुखर हो जाती हैं। क्या इसीलिए वीना में अम्माँ के प्रति एक अलगाव हमेशा महसूस होता रहता है जैसे उसे अम्माँ का सम्मान करने की कोशिश करना पड़ रही हो—जैसे वह तय न कर पा रही हो कि वह कितना करना चाहती है और उसे कितना करना चाहिए। कुछ ऐसा लगता

रहता है जैसे उन दोनों के बीच रिश्ते लड़खड़ा रहे हों—अम्माँ की तरफ से भी और वीना की तरफ से भी—अलग-अलग कारणों से।

कई बार मन में यह भी आता है कि वीना ने चन्दर से अम्माँ के ख़िलाफ़ कुछ कहा क्या कि वह इस तरह से अम्माँ से एकदम विरत हो गया है। दादी की याद आती है—कहती थीं कि "माँ जो पच्चीस साल तक सिखाती है वह पत्नी एक रात में आकर धो देती है।"

ऐसे कैसे! एक लाचार सी झुँझलाहट लगने लगती है।

अचानक चन्दर ने इधर-उधर देखा था—बिना मुझसे निगाह मिलाये। "जाऊँ ज़रा बाज़ार होकर आता हूँ—तब तक जीजा जी भी आ जाएँगे।" यह बात उसने पता नहीं किससे कही थी। मैं चुप रही थी। वह पैरों में चप्पल डालकर बाहर निकल गया था। मैं वैसे ही बैठी रही थी। बाहर उसकी बात करने की आवाज़ आई थी। शायद उसने वीना से कुछ कहा है। फिर बाहर का दरवाज़ा खुलने और बन्द होने की आवाज़ आई थी। कुछ ही पलों में वीना मेरे पास आकर बैठ गयी थी। कुछ क्षण की चुप्पी के बाद वीना ने बहुत धीरे से कहा था, "सॉरी दीदी।"

"किस बात के लिए?" मैंने उतने ही धीमे स्वर में पूछा था।

वह कुछ क्षण को हिचकिचायी थी, "जिस ढंग से चन्दर ने आपसे बात की।" कुछ क्षण के लिए वह फिर चुप हो गयी थी, "और जो कुछ चन्दर अम्माँ से कहकर आए हैं।" उसके स्वर में खिसियाहट है।

मैं उसकी तरफ देखती रही थी। बुरी लड़की नहीं है। अच्छी है। अम्माँ से उसे प्यार नहीं है। शायद उनसे ऊबती भी है। पर मुझे पता है कि उनके प्रति फर्ज़ का बोझ यदाकदा मन पर महसूस करती है। इसीलिए उनको कुछ-न-कुछ भेजती रहती है। कभी मेरे हाथ से कभी चन्दर के साथ। मैं उससे कभी नहीं कह पाती कि उन्हें सामान की नहीं साथ की ज़रूरत है।

मैं अभी भी उसकी तरफ देख रही हूँ, "चन्दर ने बोला, तुमने तो बोला नहीं।" मेरे स्वर में दूरी है।

"तब भी। ग़लती तो मेरी भी है ही।" उसने बहुत धीरे स्वर में कही थी यह बात—जैसे फुसफुसा कर आत्मालाप किया हो।

मैं चुप रही थी। कुछ कहने का मन ही नहीं किया था।

मेरे दिल और दिमाग में न जाने कितना कुछ चल रहा है—बहुत सारे सवाल—एक अकथनीय सी लाचारी।

बहुत देर से चुप हैं हम दोनों, "अम्माँ बहुत अभागी हैं वीना।" मेरी आँखों में आँसू हैं, "तुम्हें तो हमारे घर के बारे में सभी कुछ पता है। अम्माँ डरती ही रहती

थीं कि उनके बच्चे गंवार ही न रह जाएँ। अम्माँ ने जिस समय मामा से मुझे अपने पास रखने के लिए कहा था बहुत रोई थीं वे। मामा से यही कहा था कि "गाँव में पली लड़की की ज़िन्दगी गाँव की ही होकर रह जाएगी। अपनी तो झेल ली इनकी नहीं झेल पाऊँगी।" मैं कुछ क्षण को चुप हो गयी थी, "अम्माँ बहुत संकोची हैं वीना। फिर भी उन्होंने मामा से वह कहा था। वह सिर्फ कोई बात कहना भर नहीं था। अम्माँ ने मामा से मेरे सुख के लिए भीख माँगी थी। मामा मना भी तो कर सकते थे। उस अपमान के लिए तैयार किया होगा उन्होंने अपने आप को। आसान था क्या वह?" मेरी आँखों से आँसू बहते रहे थे, "मामा मामी ने मुझे अपने पास रखा। चन्दर को मैं अपने साथ ले आयी। बल्कि संजय के पापा मम्मी ले आए थे। इन सारे सालों अम्माँ हम सबके लिए अहसानों के बोझ से लदी रहती थीं। अक्सर कहती थीं कि तुम सब ने हमें गाँव के श्राप से मुक्त कर दिया।" मैंने वीना की तरफ देखा था। वह सिर झुकाए बैठी है, "सोचो वीना! अम्माँ उस श्राप से कहाँ मुक्त हो पायीं। वे तो और भी अधिक श्रापग्रस्त हैं—उस अँधेरे घर में अकेली और त्यागी हुई। तुम लोगों का इतना बड़ा घर—घोड़ा गाड़ी—नौकर-चाकर। सब कुछ है, पर तुम्हारे घर में अम्माँ के रहने के लिए एक कोना नहीं है। चन्दर को कूलर ए.सी. सब चाहिए। उसके मन में एक बार भी नहीं आता वीना कि इस सड़ी गर्मी में अम्माँ बिना पंखे के रह रही हैं। अक्सर मेरे मन में आता है मैं न लाई होती चन्दर को अपने पास। बेहद अफसोस होता है कि क्यों ले आई उसे अपने साथ। गाँव में भी लोग रहते और जीते हैं न। अम्माँ की तकलीफ जानती थी मैं—सिर्फ उस लिए। न लाती तो क्या होता? चन्दर पढ़ा-लिखा पैसे वाला इंसान न बनता—इतना ही तो। ताई की तरह अम्माँ के पास उनका बेटा बहू तो होते—वे अकेली तो न होतीं। वे बेटे बहू के सामने आकर अपने आपको इन्फीरियर तो महसूस न करती होतीं—बेटे बहू की आँखों में अपने लिए ऊब और हिकारत तो न देखतीं। सोचो तो उनका क्या दोष? कि वह शहरी पढ़ी-लिखी औरतों की तरह स्मार्ट नहीं हैं—यही न? यह भी कि उन्होंने अपने से बियाण्ड सपने अपने बच्चों के लिए देखे। सपने सच हुए तो बच्चे पूरी तरह से बेगाने हो गये। कभी चन्दर ने सोचा है अपनी माँ की तकलीफ के बारे में—माँ के पीछे इतना दीवाना रहता था, अब क्या हो गया? उनके मरने जीने से कोई मतलब नहीं उसे।"

मेरी आँखों से आँसू बह रहे हैं। वीना की आँखें भी नम हैं।

जाते समय वीना ने हर बार की तरह मुझे अपने गले से लगाया था और देर तक वैसे ही खड़ी रही थी जैसे मुझे अपनेपन का कोई आश्वासन देना चाह रही हो।

मुझे आज भी रात को देर तक नींद नहीं आई थी। चन्दर पर बहुत गुस्सा है

मन में। पर आज कल अक्सर मेरा मन अपने आपसे सवाल जवाब करता रहता है। न जाने कितनी बार मैं अपने आप को कटघरे में खड़ा हुआ पाती हूँ। कितने सालों तक मैं ही गाँव कब जाना चाहती थी। ये ही चन्दर छोटा सा था तो इसके लिए कुछ भी तो मन में नहीं आता था। कौन जाने संजय ने मुझे फिर से गाँव ले जाना शुरू न किया होता तो गाँव मेरी ज़िन्दगी से पूरी तरह छूट गया होता—अम्माँ भी। जाना शुरू करने के बाद भी कितनी बार लगता रहा था कि नाहक ही यह अकेले आने का सिलसिला शुरू किया। पर न जाने क्यों ऐसा हुआ था कि नहीं जा पाती तो लम्बा समय बीत जाने पर ख़ुद भी कुछ ग़लत सा लगता रहता और अम्माँ भी बेचैनी से मेरा इन्तज़ार करने लगतीं। आज सोचती हूँ कि क्या कभी अम्माँ ने मेरी आँखों में भी अपने लिए और अपने घर के लिए वह ऊब पढ़ी होगी? कैसा लगा होगा—कितना अपमान, कितना अकेलापन। इस क्षण संजय के लिए बहुत आभार महसूस कर रही हूँ। मेरे घर वालों से रिश्ते को संजय ने सम्मान दिया था। यदि उन्होंने एक दायित्व की तरह वैसा न किया होता तो न जाने कितना कुछ मुट्ठी से रेत की तरह फिसल चुका होता—कितने रिश्ते और रिश्तों के कितने अहसास। अम्माँ और भी अधिक अकेली हो चुकी होतीं। सोच के ही मुझे घबराहट होने लगती है। अपनी लापरवाही और अपने साधारण से स्वार्थ के चलते मेरे हाथों अम्माँ के प्रति कितना बड़ा अन्याय हो गया होता। अम्माँ के लिए रिश्ते का फर्ज़ भर ही तो था जो चन्दर को अपने साथ ले आई थी। लाने के पहले एक दुविधा और लाने के बाद कई बार पछतावा। सच बात तो यही है कि उसके बाद भी और उससे पहले भी रिश्ते के उस दायित्व का मुझसे ज़्यादा तत्परता से निर्वाह संजय के मम्मी और पापा ने किया था। आज एक बार फिर लगा था कि संजय और उनके परिवार के देय से उऋण नहीं हो सकती। मामा तो फिर भी भाई थे अम्माँ के। संजय का उन सबसे नाता मेरे कारण था पर मम्मी पापा का तो कोई दायित्व किसी से बँधता ही नहीं था—न रक्त के हिसाब से न रिश्तों के सवाल से। फिर भी इतनी तत्परता से इतना किया जाना। एक बार फिर लगा था कि संजय और उनके मम्मी पापा चन्दर से बहुत बहुत बेहतर इंसान हैं—मुझसे भी। लगा था सब कुछ धुँधला रहा है। अम्माँ से अपने रिश्ते ग़लत होते होते मैं कब सही हो गयी—जैसे किसी दैवीय चमत्कार से।

सच तो यही है शायद कि कभी-कभी सही और ग़लत के बीच एक नन्हे से कदम भर का फासला ही तो होता है—चल लिए तो सही, नहीं तो सारी उम्र भर के लिए ग़लत।

मैं अगले दिन ही अम्माँ के पास फिर गयी थी। हमेशा की तरह उनके गले से लगी थी। हमेशा की तरह पूछा था, "कैसी हो अम्माँ?"

"ठीक हैं बेटा!" कहते तक उनकी आँखों से झर झर आँसू गिरने लगे थे। मैं उनके पास ही बैठ गयी थी। चन्दर की बात का ज़िकर न उन्होंने किया था न मैंने। उस दिन मैं अम्माँ के पास बहुत देर तक बैठी थी—आते समय मैंने उनसे साथ चलने के लिए कहा था पर उन्होंने मना कर दिया था। तभी अम्माँ ने बताया था कि सुबह बहू आई थी।

"कौन वीना?" मैंने आश्चर्य से पूछा था, "और चन्दर?"

"नहीं अकेली आई थी। हमसे साथ चलने के लिए कह रही थी।" अम्माँ ने बहुत धीरे से बताई थी यह बात।

"तब फिर तुम गयी क्यों नहीं अम्माँ।" मैंने व्यथित होकर कहा था, "कह रही है न वह तुमसे चलने के लिए।"

"नहीं बेटा।" अम्माँ सुस्त सा हँस दी थीं। उनके चेहरे पर मैंने एक संकल्प देखा था। मैं समझ गयी थी कि उनसे कितनी ही ज़िद करने का कोई फायदा नहीं है। मैं यह भी समझ गयी थी कि चन्दर अम्माँ से जो कुछ भी बोलकर आया था वह भूल पाना उनके लिए सम्भव नहीं है।

"अम्माँ वह बुरी नहीं है।"

"अच्छी है। हम ही फरक हैं उन लोगों से।" धीमे से इतना कहकर अम्माँ चुप हो गयी थीं। मैं अम्माँ की तरफ देखती रही थी। मैं समझ गयी थी कि अम्माँ को कुछ भी समझाने का फायदा नहीं है। वह अपना गाँव से कहीं न जाना तय कर चुकी हैं।

मैं अम्माँ से मिलने के लिए जल्दी जल्दी गाँव जाने लगी थी। कभी भी किसी बात पर—कभी बिना बात भी अम्माँ की आँख से आँसू गिरने लगते—ऐसे जैसे वे आँसू उन्हें बिन बताए—उनके बिन बुलाए और उनसे बिना पूछे उनकी साँसों की तरह आवाजाही कर रहे हों—जैसे लाचार हों वह उन आँसुओं के आगे।

33

एक दिन अचानक इस बात पर मेरा ध्यान गया था कि अब बात या बिन बात अम्माँ की आँखों में आँसू नहीं दिखते। अम्माँ के आँसुओं का समन्दर जैसे अनायास ही सूख गया था। अक्सर याद आता है कि जब बिट्टो शादी होकर गाँव नई ही आई थी तो जब तब अचानक रोने लगती—उसकी आँखों से आँसू बहते रहते। रज्जन भैया कभी देख लेते तो उनका चेहरा बिगड़ जाता, "ऊँ हूँ! जब देखो मनहूसियत।"

बिट्टो सहम जाती। अम्माँ जब तब उसे सीने से लगा लेतीं, ''रो ले बेटा! बहता ही रहे तो एक दिन दरिया भी सूख जावे है।'' सच ही कहती थीं अम्माँ। पता ही नहीं चला था कि बिट्टो के आँसू कब सूख गये थे।

अम्माँ के आँसू भी सूख गये थे। वे अचानक शान्त हो गयी थीं। अचानक लगा था जैसे वे दूर चली गयी हों—जैसे वैरागिन हो गयी थीं वे। शायद वे समझ गयी थीं यह बात कि ज़िन्दगी की दौड़ में वे अपने बच्चों से बहुत पिछड़ चुकी हैं—वे जहाँ हैं शायद सिर्फ वही जगह अब उनकी हो सकती है। इतनी लम्बी ज़िन्दगी वे गाँव में रहकर भी गाँव में अपने होने को नकारती रहीं। कितनी अजीब बात है कि जब आज उनके दोनों बच्चे शहर में सफल जीवन जी रहे हैं तब उनके हालातों ने पूरी तरह से उन्हें गाँव में पहुँचा दिया था। उनके पास सारे विकल्प ख़त्म हो चुके थे। बहुत दिन तक दिमाग में वीना का अकेले गाँव जाना और अम्माँ से चलने के लिए आग्रह करना घूमता रहा था। अच्छा लगा था। वीना पर बहुत प्यार आया था। लगा था मुझे वीना से पहले बात करनी चाहिए थी—सालों पहले। पर मैंने बात नहीं की थी तो क्या शायद वीना के मन पर ग़लत करने का बोझ बहुत दिन से था। अपने मन के उस अपराधबोध से मुक्त होने के लिए ही शायद वह अम्माँ के लिए कुछ-न-कुछ भेजती रहती है—कभी मेरे हाथ से कभी चन्दर के साथ। मैं समझती हूँ इस बात को और कभी नहीं कह पाती थी उससे कि कोई भी ग़लत दूसरे सही से अनहुआ नहीं हो जाता। ज़िन्दगी हिसाब किताब का बहीखाता भर नहीं है—इतने घटे और इतने जोड़े हासिल बराबर हो गया। कई बार वीना और चन्दर से यह भी पूछने का मन करता है कि रिश्तों का फर्ज निभाने के लिए हर किसी का हमारे जैसा होना या मन के माफिक होना ज़रूरी क्यों होना चाहिए? पर फिर भी ऐसा ही तो होता है। अगर ऐसा ही है तो भी रिश्ते की वह शर्त माँ बाप पर भी लागू क्यों होना चाहिए।

वीना के कहने से अम्माँ नहीं आई थीं। बाद में मुझे लगा था कि अम्माँ चन्दर से आहत हैं। शायद उस दिन वीना के साथ चन्दर जाता तो वे आ जातीं।

मैंने चन्दर से दीवाली पर अम्माँ को गाँव से लाने की बात कही थी। वीना अम्माँ के पास जा चुकी है और उनसे अपने साथ चलने के लिए कह चुकी है इसलिए मैं उससे अपनी बात सीधे तौर पर कह पायी थी। हमेशा की तरह वह घुमा फिराकर बुदबुदाना नहीं था। वीना ने हामी भरी थी, ''हम ख़ुद ही सोच रहे थे दीदी उनको बुलाने के लिए। बहुत समय से वे नहीं आई हैं।''

वे दोनों अम्माँ को लेने के लिए गाँव गये थे। वे नहीं आई थीं। उस दिन भी वीना खिसियाई हुई सी लगी थी—उसके चेहरे पर माफी पढ़ी थी मैंने। चन्दर झुँझलाया हुआ था, ''हम तो गये थे उनको लेने, पर नहीं आना चाहतीं—उनके नख़रे

वे जानें।'' मुझे आज भी उसके बात करने का ढंग अच्छा नहीं लगा था—हर समय तेज़ी और झुँझलाहट। अपने से परे किसी बात को समझ पाने की तबियत उसके पास नहीं है। अपने पैरों पर खड़ा होते ही पता नहीं कैसा हो गया है। एकदम तीखा और ख़ुरदुरा। अम्माँ के न आने से चन्दर निराश भी नहीं लगा था। कौन जाने उसने राहत ही महसूस की हो। पर मैंने कुछ कहा नहीं था।

थोड़े दिन बाद ही मैं गयी थी—चलने के लिए कहा था। उन्होंने हमेशा की तरह मना कर दिया था।

''अम्माँ तुम चन्दर के साथ नहीं जाओगी। मैं बेटी हूँ इसलिए मेरे घर रहने नहीं चलोगी। ऐसे कैसे होगा?'' मैंने झुँझलाकर कहा था।

अम्माँ हँस दी थीं, ''सारी ज़िन्दगी गाँव में कट गयी बिटिया। अब हमें यहीं अच्छा लगता है—अपना घर—अपने जैसे लोग।'' वह धीरे से हँसी थीं जैसे उनकी बात में कुछ गूढ़ निहितार्थ हो। पहले की बात होती तो इतना बोलते तक उनकी आवाज़ भर्रा जाती और आँखों में आँसू भरने लगते। पर इस समय तो एकदम शान्त सधी हुई है उनकी आवाज़—जिस स्वर में शुरू हुई थी उसी पर ठहरी हुई—एकदम सूखी आँखें और स्थिर निगाहें। उन्होंने उन्हीं ठहरी हुई निगाहों से मेरी तरफ देखा था, ''हमारे लिए हल्कान न हुआ कर बिटिया। फिर यहाँ बिट्टो है न—हमें उसके साथ अच्छा लगता है।'' लगा था कि अम्माँ ने अपने तक पहुँचने के सारे रास्ते बन्द कर दिये हैं। कितना पत्थर जैसा हो जाता है इंसान जब वह किसी भी बात के लिए प्रतिक्रिया देना बन्द कर देता है—जैसे वह सबकी पहुँच के परे चला जाता है।

मैं अम्माँ की तरफ देखती रहती हूँ। ज़िन्दगी में सारी सम्भावनाओं के ख़त्म हो जाने पर ख़ुद को कैसा लगता होगा? कैसा लगता होगा जब कोई सपना बचा ही न हो? तब शायद मन के काठ हो जाने के अलावा कुछ भी तो शेष नहीं रहता। मैं जानती हूँ कि अम्माँ धीरे-धीरे काठ बन गयी हैं—घर में रखी मेज़-कुर्सी, खिड़की-दरवाज़ों की तरह।

आजकल अक्सर मन में आता है कि बच्चों के वैभव से माँ बाप का क्या कोई भी रिश्ता नहीं होता है? फिर क्या है बच्चों का वैभव उनके लिए? बहुत बड़ी तसल्ली—चलो बच्चे वहाँ पहुँच गये जहाँ तक वे नहीं पहुँच पाए थे—कभी पहुँच पाने का सपना भी नहीं देख पाए थे। पर यह तसल्ली उनका सुख तो हो नहीं पाती। न मन से और न तन से। वह बड़ा सा घर, घर में सुविधाओं का साजो सामान, काम करते नौकर चाकर, मोटर कारें—कुछ भी तो अपना नहीं होता। उस तसल्ली से अपनी ज़िन्दगी में कुछ भी तो नहीं सँवरता—न तन मन का अकेलापन और न

अपनी ज़िन्दगी में चारों तरफ फैली बड़ी छोटी असुविधाएँ।

पर बच्चे तो अपने होते हैं—फिर उनका सुख अपना क्यों नहीं होता?

पता नहीं।

34

अम्माँ के गाँव रहने की स्थिति स्वयं उन्होंने ही नहीं हम सबने भी धीरे-धीरे किसी स्थायी सच की तरह स्वीकार कर ली थी। उसमें किसी बदलाव की बात हम सब ने शायद सोचना तक बन्द कर दी थी।

हम लोग उस समय सुबह की चाय पी रहे थे जिस समय चन्दर का फोन आया था। संजय बात करते रहे थे। लगा था कहीं जाने का प्रोग्राम बनाया जा रहा है।

"ओ.के. मैं तैयार रहूँगा।" संजय ने कहा था और फोन काट दिया था।

मैं समझ गयी थी कि चन्दर के साथ संजय की अकेले ही कहीं जाने की बात है। "कहीं जा रहे हो तुम दोनों?" मैंने पूछा था।

"हाँ गाँव जा रहे हैं।" संजय ने बताया था।

मुझे अजीब लगा था। एक तो गाँव जाने की बात फिर चन्दर ने चलने के लिए मुझसे नहीं संजय से तय किया है।

"मैं भी चलती हूँ।" मैंने कहा था।

संजय ने न में गर्दन हिलाई थी। तुम्हारे घर तो हम लोग बाद में जाएँगे। पहले एक दो और जगह जाना है। वहाँ टाइम भी लग सकता है।"

"गाँव में ही?" मैंने आश्चर्य से पूछा था।

संजय ने बताया था कि वे लोग ज़मीन देखने जा रहे हैं। "चन्दर कह रहा है शहर अब फैल रहा है। शहर से मिले गाँवों को फायदा होगा।"

मैंने आश्चर्य से संजय की तरफ देखा था। "तुमसे भी कहा उसने ख़रीदने के लिए?"

"कहा था। तभी तो पता है मुझे और आज मैं जा रहा हूँ। वैसे उसकी बात में दम है। कुछ दिन पहले एग्रीकल्चर सैक्रेटरी हमारे गाँव की किसी ज़मीन की रजिस्ट्री कराने के लिए कचहरी गये हुए थे। तब से चन्दर का दिमाग चौकन्ना हो गया है। उसने पता किया था। कई अफसरों ने इधर हाल में हमारे गाँव से एकदम मिले गाँव में ज़मीनें ख़रीदी हैं। चन्दर कह रहा है इंडीकेटर है यह।" कुछ क्षण चुप रहने के बाद संजय बोले थे, "बिल्कुल सही अन्दाज़ है उसका। शहर इसी तरह से आसपास के गाँवों की ज़मीनों को मिलाकर बड़े हो जाते हैं। आज जहाँ इन्दिरा

नगर की गझिन बस्ती बनी हुई है कभी वहाँ सिर्फ खेत और जंगल थे। कोई बहुत पुरानी बात नहीं है वसुधा। बस दस पन्द्रह साल तक।'' मुझे मौन देखकर संजय ने समझाने वाले अन्दाज़ में कहा था, ''असल में हम लोग उस तरफ कभी पहले जाते नहीं थे न तो तुम्हें आइडिया ही नहीं है। मेरे एक दोस्त ने उधर ज़मीन ख़रीदी थी सो एक दो बार मैं गया था। हम लोग शाम होने से पहले लौट लेते थे। रात होते तक चोर डाकू ही नहीं जंगली जानवरों तक का डर रहता था।'' मैं अभी भी चुप हूँ। संजय कुछ सोचते रहे थे। ''मेरे उस दोस्त ने तब मुझसे भी ज़मीन ख़रीदने के लिए कहा था। पर अपने समझ ही नहीं आया था। उस ज़मीन पर उसने बहुत बड़ा नर्सिंग होम बनाया है—आशालता नर्सिंग होम तुमने देखा है। मैं उसकी ही बात कर रहा हूँ। तब हज़ारों में ख़रीदी ज़मीन अब करोड़ों की हो चुकी है। बल्कि अब तो किसी भी दाम उस एरिया में ज़मीन मिलनी ही नहीं है। आई वाज़ अ फूल।'' संजय के स्वर में अफसोस है।

मैं चुप बैठी हूँ।

''पुनवानीस को जानती तो हो। शहर के रईसों में गिनती है उनकी। कहते हैं साधारण से मिडिलक्लास लोग थे। जब लखनऊ कैन्टोनमैंट के बियाण्ड फैलना शुरू हुआ था तो मिट्टी के मोल उन्होंने दाएँ-बाएँ ज़मीनें ख़रीद डाली थीं। रिटायरमैंट का मिला सारा पैसा ज़मीनों में लगा दिया था। माल एवेन्यू की जिस कोठी में वे लोग रहते हैं और उसके चारों तरफ का पूरा एरिया उस तरफ सैक्रटेरियट तक इस तरफ फेसिंग लौरेटो कान्वैंट, इधर म्यूनिसिपल स्कूल तक—सब उनका है। यह सारी अमीरी उन ज़मीनों की ही है। आज लगता है कि पुश्तैनी अमीर हैं। जबकि सब कुछ दो जैनेरेशन पुराना भी नहीं है।''

फिर मैं और संजय बहुत देर तक उस बारे में बात करते रहे थे। लखनऊ पहले कितना सा था और किधर से भी फैलकर अब इतना बड़ा हो चुका है। संजय के पास शहर से जुड़ी कहानियों का भंडार है। पहले वह कहानियाँ पापा सुनाते थे अब संजय। वह नहाने के लिए ऊपर अपने कमरे में चले गये थे। थोड़ी देर बाद तैयार होकर नीचे उतरे थे।

''उधर जा रहे हो तो अम्माँ से मिलकर ज़रूर आना संजय।'' मैंने कहा था।

''बट आफ कोर्स वसुधा। पर ऐसे क्यों कह रही हो। तुम्हें क्या यह लगा कि हम लोग गाँव जाकर भी अम्माँ से बिना मिले भी आ सकते हैं?'' संजय के स्वर में आश्चर्य और थोड़ी सी शिकायत है।

''पता नहीं संजय। जब अम्माँ के बेटे पर ही भरोसा नहीं रहा तो क्या कहूँ।''

''तुम भी।'' संजय ने अजब तरह से कहा था।

अगले ही शनिवार चन्दर और संजय फिर गाँव गये थे—वही ज़मीन के सिलसिले में। मुझे अजीब लगा था। ''अभी पिछले हफ्ते ही तो जा चुके हो तुम लोग।''

''तब ?'' चन्दर हँसा था।

''तब क्या ? क्या हर हफ्ते ज़मीन ख़रीदोगे ?''

''अरे दीदी यह प्रापर्टी ख़रीद रहे हैं—सब्जी फल नहीं कि गये और लेकर आ गये। एक दिन में डिसाइड थोड़ी कर सकते हैं। एक ज़मीन को कई बार देखेंगे—कई ज़मीनों को देखेंगे तब एक पर ज़ीरो इन करेंगे।''

''हाँ यह तो मैंने सोचा ही नहीं था।''

संजय और चन्दर दोनों हँसते रहे थे। मैं चन्दर की तरफ देखती रही थी। वह नहाया धोया एकदम ताज़ा और ख़ुश लग रहा है। मन आया था कि कहूँ उससे—अम्माँ के पास जाने के लिए कहने पर तो आँखें तरेरने लगते हो। अब ज़मीन ख़रीदने के नाम पर हर हफ्ते जाने का समय कैसे निकल आया। पर मैंने कुछ नहीं कहा था। मुँह खोला तो बात बढ़ती ही जाएगी और देर तक गुस्सा सुलगता रहेगा। सुबह सुबह सबका मूड ख़राब करने से फायदा। वैसे भी कुछ कहने से कुछ बदलने वाला तो है नहीं—न चन्दर के मिज़ाज में न अम्माँ की ज़िन्दगी में। वैसे भी संजय के सामने मैं ऐसी किसी भी बातचीत से बचती हूँ।

35

अम्माँ के पास गयी थी। थोड़ी देर बातें करने के बाद उन्होंने बताया था कि अब की दो हफ्ते से इतवार को चन्दर और दामाद जी आए थे। अपनी आशा या निराशा की कभी भी बात न करने वाली अम्माँ के स्वर में अजब सा सुकून था।

मैं अम्माँ के चेहरे की तरफ देखती रही थी। वे दोनों पास के गाँव में ज़मीन ख़रीद रहे हैं कि बात कहते कहते मैं चुप हो गयी थी। अम्माँ को शायद लगा है कि वे उनसे मिलने गये थे—वही सही। कारण जो भी रहा हो अम्माँ के लिए तो चन्दर दो रविवार लगातार उनसे मिलने गया था। वे ख़ुश लग रही हैं। मुझे अच्छा लगता है।

कितना आसान था अम्माँ के बुढ़ापे को खुशगवार बनाना—पता नहीं चन्दर क्यों चूक गया।

मैंने अम्माँ के साथ बैठकर खाना खाया था फिर मैं अम्माँ की अल्मारी ठीक करने लगी थी। चन्दर ने जब घर ठीक कराया था तब कमरों में अल्मारियाँ भी बनवायी थीं। नीचे वाली शैल्फ में एकदम पीछे की तरफ एक एक करके कई सारे

पैकेट्स रखे थे। मैं समझ गयी थी कि यह वीना का लाया सामान है—जिसे अम्माँ ने इस्तेमाल नहीं करना चाहा है। कुछ वह स्वयं अपने हाथ से यहाँ लाई थी और कुछ चीज़ें समय समय पर उसने मेरे हाथों से भी भेजी थीं। अम्माँ ने मुझे उन थैलों के अन्दर झाँकते देख लिया था। कुछ देर मैं वैसे ही चुपचाप बैठी रही थी। मन में जैसे बवंडर सा उठने लगा था। अम्माँ चुप हैं। मैंने उनकी तरफ देखा था। अल्मारी से निकाले वे कुछ पैकेट्स मेरे आसपास जमा हैं। हाथ में पकड़ा बैग मैंने अम्माँ की तरफ बढ़ाया था, "यह क्या है अम्माँ? वीना जो साड़ी तुम्हारे लिए लाई थी वही न? तुमने नहीं पहनी?"

अम्माँ कुछ बुदबुदाई थीं। शायद कोई बहाना जैसा।

"आगे भी इनको पहनने का तुम्हारा इरादा नहीं है। यही न? सही बात क्यों नहीं कह रही हो कि तुमने तय कर रखा है कि इन चीज़ों को तुम इस्तेमाल नहीं करोगी।" मेरे स्वर में दुख है।

अम्माँ अभी भी चुप हैं जैसे कोई जवाब उन्हें नहीं सूझ रहा है।

मैं अम्माँ के पास जाकर बैठ गयी थी। मेरे स्वर में आज़िजी है, "मुझे पता है अम्माँ कि तुम किसी बात से चन्दर से नाराज़ हो—बहुत ज़्यादा नाराज़ हो। उस बात के लिए मैं कुछ नहीं कह रही। ज़रूर कुछ ऐसा हुआ है जिससे तुम्हें बहुत तकलीफ पहुँची है। जब भी मैं उस बारे में सोचती हूँ मुझे बेचैनी होती है। मुझे कभी-कभी पछतावा होता है कि मैं नाहक ही चन्दर को अपने साथ ले आई थी। न लाती तो कम-से-कम आज तुम अकेली न होतीं—तुम्हारे पास तुम्हारे बेटा बहू होते। गाँव के और लड़के जैसे छोटे मोटे काम करते हैं वैसे ही कुछ चन्दर भी कर लेता और यहीं गाँव की किसी लड़की से उसकी शादी हो जाती—बच्चे हो जाते—वे सब तुम्हारे पास रहते।

अम्माँ एकदम घबड़ा गयी थीं—जैसे मैंने कुछ अशुभ बोल दिया हो। नहीं बेटा। ऐसा कभी मत सोचना। हम उसका बुरा तो नहीं चाह सकते न। चन्दर पढ़ लिख गये, बड़े आदमी बन गये—हमारे लिए इससे बड़ी तसल्ली और क्या हो सकती है। दामाद जी और चन्दर दोनों एक साथ दोस्तों की तरह आते हैं—बड़ी सी गाड़ी से उतरते हैं—हमारी ज़िन्दगी के सारे दुख धुल जाते हैं। इससे ज़्यादा भगवान हमें क्या दे सकता था? इत्ता ऊँचा तो हमने सपना भी नहीं देखा था। थोड़ा कुछ और मिला न मिला क्या फरक पड़ता है। हमारी ज़िन्दगी कट रही है न?" अम्माँ ने चारों तरफ निगाह घुमाई थी, "अब तो यह घर भी कितना अच्छा लगता है। ऐसा घर कभी हमने कहाँ सोचा था।" मुझे लगा था अम्माँ अपने तर्कों से मुझसे ज़्यादा अपने आप को ही समझा रही हैं।

"मैं तुम से चन्दर की कोई बात नहीं कर रही हूँ—पर तुम बताओ कि वीना तुम्हारे लिए क्या करे जो तुम उसे माफ कर दो। अम्माँ त्यागना बहुत आसान होता है—किसी की ग़लती के बाद उसे अपनाना, फिर से उन्हें सीने से लगाना कठिन है—पर इतना कठिन भी नहीं कि वैसा किया ही न जा सके—वह भी अपने ही बच्चों के साथ। फिर वीना ने पहले जो भी ग़लत किया हो पर अब सब कुछ कर तो रही है—करना चाह तो रही है। सब कुछ ठीक है अम्माँ, पर तुम नार्मल नहीं हो रहीं। तुम नार्मल होना ही नहीं चाह रहीं। तुम हम लोगों को भी नार्मल नहीं होने दे रही हो—मुझे और वीना को। कर रही है न वह कोशिश तुम्हें मनाने की? यह बार बार आना—उपहार लाना। तुम्हारे लिए किसी बात का कोई मतलब नहीं? सोचो कितनी तकलीफ होती होगी उसे कि इतने शौक से वह यह सब तुम्हारे लिए लाती है और तुम किसी कूड़े की तरह ओनों-कोनों में छिपाकर रख देती हो।" मैं चुप हो गयी थी।

मैं थोड़ी देर बाद वापिस आने के लिए उठ गयी थी। "अब चल रहे हैं।" मेरे स्वर में थकान है, जैसे मीलों चलने के बाद। अम्माँ भी खड़ी हो गयी थीं। मैंने अम्माँ की तरफ देखा था। वे रो रही हैं। आज मैंने बहुत लम्बे समय के बाद उनकी आँखों में आँसू देखे थे। मैंने उनको गले से लगा लिया था, "अम्माँ मैं तुम्हें समझाना चाह रही थी।" मैंने जैसे उनसे माफी माँगी थी।

अम्माँ ने अपनी गर्दन हिलाई थी, "हाँ बेटा। सही कह रही हो।" अम्माँ की आँखों में अभी भी आँसू भरे हैं।

"अम्माँ अब देर हो जाएगी। मुझे जाना होगा।" मैंने जैसे अम्माँ को इस मन:स्थिति में छोड़कर जाने की माफी माँगी थी।

"हाँ अब जाओ!" अम्माँ का स्वर भीगा हुआ है, "मिलोगी तो उसे हमारा प्यार देना।" उनकी आँखें तरल हैं।

"अगले इतवार को आएँगे।" मैंने कहा था। एक बार मैं फिर से उनके गले से लगी थी और बाहर निकल आई थी।

चलो इनके सीने पर रखा वह हिमखण्ड पिघला तो—मैंने सोचा था। आज उनसे इतनी बात कर ली शायद सही ही किया। कार की पिछली सीट पर बैठी मैं पीछे छूटते खेत खलिहान देखती रही थी। मन को अजब सी उदासी घेरने लगी थी। मुझे दरवाज़े तक छोड़ने के लिए आई अम्माँ आँखों के सामने खड़ी हो गयी थीं—उदास और निपट अकेली—कुछ इस तरह से कि मन किया था कि अभी उनके पास लौट चलूँ। पर मैं चुपचाप बैठी रही थी।

अगले दिन वीना और चन्दर आए थे। वीना ने एक पैकेट मुझे पकड़ाया था, "आप गाँव जाएँगी तो इसे अम्माँ के लिए ले जाइएगा।"

साड़ी मैंने पैकेट में से निकाली थी। "बहुत सुन्दर है।" मैंने सच ही कहा था।

वीना ने चन्दर की तरफ देखा था, "चन्दर की पसन्द है।" उसने बताया था।

चन्दर चुपचाप खड़ा हुआ साड़ी की तरफ देखता रहा था जैसे कुछ सोच रहा हो। उसने झुककर साड़ी मेरे हाथ से ले ली थी, "रहने दो। हम लोग ही चले जाएँगे इसे लेकर।"

मुझे अच्छा लगा था। मेरा मन किया था कि मैं चन्दर की बात पर अपनी ख़ुशी ज़ाहिर करूँ। पर मैं चुप रही थी। बहुत दिन हो गये जबसे चन्दर से अम्माँ को लेकर कोई बात करने का मन ही नहीं करता।

चन्दर वीना अपने गाँव जाने का प्रोग्राम बनाने लगे थे। चन्दर ने बगल की राइटिंग टेबल पर रखा कलैण्डर उठा लिया था। वह हँसा था, "अरे वाह! अगले इतवार को साल का आखिरी दिन है—इकतीस दिसम्बर।" चन्दर के हाथों में कलैण्डर अभी भी है। उसकी बात पूरी होने से पहले ही वीना चहकी थी, "अरे। साल का आख़िरी दिन ही नहीं इस शताब्दी का आखिरी दिन है। अगले दिन से इक्कीसवीं शताब्दी शुरू। कमरे में उत्तेजित होकर बातें होने लगी थीं। अचानक हम सब ने ही आने वाले इतवार को गाँव चलने का मन बना लिया था। मम्मी के पास रहने के लिए मैं मामी को बुला लूँगी।

हम लोगों का प्रोग्राम तय हो गया था। ग्यारह बजे तक यहाँ से निकलेंगे और पाँच बजे से पहले लौट आएँगे। खाने पीने का सामान हम साथ ले चलेंगे। बढ़िया पिकनिक रहेगी। इस फैमिली इवेंट में कुहू नहीं होगी—सोचकर मुझे बुरा लगा था। कभी तो ऐसे सब लोग एक साथ जाते नहीं। वैसे भी उसे नानी के पास जाकर अच्छा लगता है। वह आजकल पूना के एफ.एम.सी. से अपनी मेडिकल की पढ़ाई पूरी कर रही है।

36

गाँव ले जाने के लिए नाश्ते का काफी कुछ सामान मैंने टोकरी में रख लिया था। खाना वीना लेकर चल रही है।

मैं नहाकर निकली ही थी कि गाँव से रज्जन भैया का फोन मिला था, "चाची अभी सो रही हैं। पता नहीं आज वह बिस्तर से उठी हैं या नहीं। पुकार रहे हैं तो जवाब नहीं दे रहीं। सतनाम गया था उनकी तरफ । घर बन्द है—उसने खिड़की

से पुकारा था।''

मेरे मन में एकदम से आया था कि अम्माँ गयीं। दिमाग सुन्न हो गया था—जैसे मुझे समझ ही नहीं आ रहा कि कैसा लग रहा है। मम्मी और मामी बातें कर रही हैं। मैं कुछ देर उन दोनों की तरफ देखती रही थी फिर सीढ़ी की तरफ को जल्दी से बढ़ ली थी। संजय ऊपर वाले कमरे में हैं। संजय को बताया था तो वे भी हड़बड़ा गये थे। उन्होंने जल्दी से फोन उठाया था—चन्दर को पूरी बात बताई थी और हम दोनों नीचे आकर बाहर निकल गये थे। मामी और मम्मी को अभी कुछ भी नहीं बताया था।

हम लोगों के पहुँचने से पहले चन्दर और वीना पहुँच चुके थे। अम्माँ जा चुकी हैं। वीना का अन्दाज़ है कि डैथ अभी एक डेढ़ घण्टे पहले ही हुई है। हम सब स्तब्ध से चुपचाप खड़े हैं। बस चन्दर बिलखकर बच्चों की तरह रो रहा है। काश अम्माँ जान पातीं कि आज हम सब उनके पास आ रहे थे और यह भी कि चन्दर इतना तड़पकर रोया है उनके लिए। उस दिन चलते समय अम्माँ के गले से मिली थी कि अगले इतवार को आएँगे अम्माँ। तब कहाँ पता था कि उस तरह से अम्माँ के गले से आख़िरी बार मिली थी।

ताई ने अम्माँ के शरीर को ज़मीन पर लेने के लिए फर्श मिट्टी गोबर से पुतवा दिया है। उनको पलँग से उतारा जाने लगा था तो चन्दर ने रोक दिया था। उसने चारों तरफ देखा था। बगल के पलँग पर नया बेडकवर रखा है। शायद हम लोगों के आने से पहले अम्माँ ने उसे पलँग पर बिछाने के लिए निकालकर रखा होगा। बगल में वीना की लाई चौड़े बार्डर की साड़ी रखी है—आज पहनने के लिए निकाली होगी। ''इस साड़ी में अम्माँ कितनी सुन्दर लगतीं।'' मैंने सोचा था।

चन्दर ने पलँग पर से बेडकवर उठा लिया था। उसे दोहरा मोड़कर ज़मीन पर बिछा लिया था और अपने दोनों पुष्ट हाथों से अम्माँ को किसी नन्हे बच्चे की तरह उठाकर ज़मीन पर लिटा दिया था। चारों तरफ खड़े लोगों में से बहुतों की आँखों में आँसू हैं। कुछ लोग उस भीड़ में से झाँककर अम्माँ की डॉक्टरनी बहू की तरफ देख रहे हैं—दामाद की तरफ भी। चन्दर, वीना और संजय अगल बगल खड़े हैं। अम्माँ के दूसरी तरफ मैं।

अम्माँ के घर के बाहर खड़ी अम्माँ के दामाद और बेटे की नई चमचमाती गाड़ियाँ—शहर से आए उनके दोस्तों की गाड़ियाँ। वैरागिन हो गयी माँ को इनसे ख़ुशी मिलती थी। पिछले हफ्ते आज के दिन ही तो कहा था उन्होंने मुझसे यह।

शहर से और बहुत से लोग भी आए हैं—वीना की मम्मी, डॉक्टर और

मिसेज़ माथुर, हमारे कुछ और पड़ोसी भी—मेरे कालेज से कुछ लोग, संजय और चन्दर के मित्र। यह आना जाना अभी कुछ दिन चलता रहेगा—हम दोनों भाई बहन के घर पर भी। जाने वाला चुपचाप चला जाता है—पीछे यह औपचारिकताएँ रह जाती हैं। पता नहीं कहाँ चला जाता है इंसान। चेतना जैसा कुछ रहता होगा तो उसे यह सब अच्छा लगता होगा क्या? अपने कारण अपने लोगों का दुख भी। कोई क्षतिपूर्ति होती होगी उससे क्या? कौन जाने क्या होता है। आज अम्माँ के घर के अन्दर बाहर कितनी रौनक है—मैं सोचती हूँ। पर वे नहीं हैं। वे अब यहाँ कभी नहीं होंगी। ज़िन्दगी के बहुत से हिसाब किताब—बहुत सी चिन्ताएँ ख़त्म—रिश्तों की बहुत सी उलझनें भी।

अम्माँ के जाने के बाद उनके बारे में बहुत बातें हुई थीं।

''शाम को बुआ ने देर तक बातें की थीं हम से। वे ख़ुश थीं।'' बिट्टो ने कहा था, ''चन्दर की बहू का लाया सामान दिखा रही थीं—साड़ियाँ और बाकी चीज़ें। कह रही थीं कि बहू कुछ-न-कुछ भेजती रहती है। कल वसुधा आएँगी, हो सकता है बहू भी आ जाए।''

''बहू जी दुई किलो दूध मँगाइन रहिन खीर बनावै ख़ातिर। बतउती रहीं बिटिया बहुरिया अइहैं। हुई सकत है चन्दर भइया और जमाई बाबू भी आवें। ख्यातन से साग अउर तरकारी मँगवाइन रहीं—बाज़ारौ से मँगवाइन रहीं।'' सतनाम ने बताया था।

मुझे लगता है अम्माँ हम दोनों का इन्तज़ार कर रही थीं—ख़ासतौर से वीना का। हम दोनों के साथ चन्दर, संजय और बच्चों को आया देखकर उन्हें अच्छा लगता। कभी तो इस तरह से अचानक हम सब एक साथ आए भी नहीं। इतने लोगों को देखकर हड़बड़ा जातीं क्या? मैं सोचती रहती हूँ।

देर दुपहर तक सब लोग नहा धोकर झप्पर के नीचे बैठे हैं। बिट्टो दीवार से धोक लगाये बैठी है। अम्माँ के जाने पर सबसे ज़्यादा बिट्टो और चन्दर ही रोए हैं—अलग-अलग कारणों से। मुझे पता है आज के बाद वह बहुत अकेली हो गयी है। और चन्दर?

वीना मेरे पास बैठी है। बिट्टो बहुत देर से गर्दन मोड़े हमारी तरफ देख रही है—जैसे किसी गहरे सोच में हो—जैसे आँखें खुली होने के कारण कुछ भी देखते रहना ज़रूरी हो इसलिए।

मैं बिट्टो के बगल में जाकर बैठ गयी थी। ''क्या सोच रही हो?'' मैंने उससे पूछा था।

उसने 'न' में अपनी गर्दन हिलाई थी। वह अभी भी वीना की तरफ देख

रही है। ''चन्दर की बहू की सब लोग कितनी इज़्ज़त करते हैं।'' उसकी सूखी सी मुस्कान दयनीय लगने लगी थी, ''वह डॉक्टर है न!''

कुछ ऐसा है उस भीगे से स्वर में कि मैं एकदम परेशान हो गयी थी। मामी याद आई थीं—बिट्टो का बचपन याद आया था—बिट्टो के डॉक्टर बनने का वह टूट गया सपना याद आया था। मेरे पास कहने के लिए कुछ भी नहीं है। वह अपने दोनों हाथों से अपने घुटने समेटे हुए है। मैंने उसके घुटने के ऊपर अपनी हथेली रख दी थी। कुछ भी तो नहीं है मेरे पास उसके टूटे सपनों को जोड़ने के लिए इस प्यार भरे स्पर्श के अलावा।

कुछ लोग अन्दर भी हैं। अन्दर से बाहर आवाजाही हो रही है। मैंने मम्मी जी को अन्दर के कमरे में लिटा दिया है। उनके बगल में ही मामी के लेटने की व्यवस्था कर दी है। मुझे पता है वे इतनी देर नहीं बैठ सकती हैं। मेरी निगाहें मम्मी के नीचे बिछे चादर पर ठहरी रहती हैं। अजीब सा लगता रहता है यह सोचकर कि न जाने कितने दिनों, महीनों से वीना का लाया यह सामान अम्माँ ने पैकेटों में बन्द अल्मारियों में रखा हुआ था। आज निकाला भी तो? सब कुछ वही और वैसा ही है जैसा उन्होंने रखा होगा—पर वे नहीं हैं।

मैं दूर से मम्मी और मामी की तरफ देखती रही थी। दोनों ही अम्माँ से काफी बड़ी हैं। जाने का कोई उम्रवार खाता नहीं होता। पर यह सोचकर अजब सी घबराहट होती है कि उन्हें भी देर या जल्दी जाना तो है ही। ये दोनों भी किसी दिन किसी लम्बी बीमारी के बाद या यूँ ही अचानक चली जाएँगी—जैसे पापा और बप्पा चले गये—जैसे अम्माँ चली गयीं। संजय कमरे के दूसरे किनारे चुपचाप बैठे हैं। मैं उनकी तरफ देखती रही थी। सोचा था कि यहाँ से लौटकर संजय से बात करूँगी कि मेडिकल कालेज से लौटकर मम्मी के साथ कुछ समय बैठा करें—उनसे बातें किया करें। पापा की डैथ के बाद हम दोनों नीचे मम्मी के बगल वाले कमरे में सोने लगे हैं। पर संजय अपना बाकी अधिकांश समय अपने ऊपर के कमरे में ही बिताते हैं। पहले से उनकी वही आदत पड़ी हुई है।

सामने दिखती मम्मी और मामी के लिए मन में अजब सा मोह लगने लगा था। मैं उठकर उनके बगल में जाकर बैठ गयी थी। मामी मम्मी के दूसरी तरफ लेटी हैं। मन किया था कि मम्मी की गोदी में सिर रखकर रोती रहूँ—पर मम्मी लेटी हैं। मैं चुपचाप बैठी रही थी।

शहर से मिसेज़ माथुर ने ढेर खाना भेजा है। गाँव से भी कहीं से खाना आया है। पार्वती सबको प्लेटों में निकालकर पहुँचा रही है। दरी पर बैठी ताई बैठे-बैठे वहीं लेट कर सो गयी हैं। ताई एकदम बीमार लग रही हैं। सुबह से लेकर अब तक की

थकान—फिर इतने सालों तक एक साथ रहते हुए मोहब्बत भी तो हो जाती होगी।

उस दिन अम्माँ के निधन का तीसरा दिन था। हम लोग तब से गाँव में ही रह रहे हैं। इस घर में कितना कुछ उलट पुलट गया है फिर भी दिन अपने तरीके से बीत रहे हैं। ज़िन्दगी रुकती कहाँ है—चलती रहती है। यह बात अलग है कि उसके तरीके बदल जाते हैं। तीसरे दिन शान्ति पाठ करा दिया गया है ताकि ज़रूरी काम के लिए घर वाले बाहर निकल सकें। पर बाकायदा दसवें दिन दसवाँ और उसके तीन दिन बाद तेरहवीं का आयोजन है। सोचकर अजीब लगता है कि मरने के भी रस्मोरिवाज़ होते हैं—पूरी-कचौड़ी, मिठाइयाँ—शादी-ब्याह की तरह। अब आगे किस दिन क्या होना है और किस तरह से होना है—ताई की मौजूदगी में पंडित जी सब बताते जा रहे हैं—कौन सी पूजा और किस तरह का दान-पुण्य। चन्दर के मुंशी जी सब कुछ बड़े मनोयोग से लिखते जा रहे हैं। चन्दर वहीं बैठा है और बीच-बीच में मुंशी जी को निर्देश देता जा रहा है। मुझे अजीब लगता है। रीति रिवाज़ों को कतई भी न मानने वाला चन्दर इस समय बेहद श्रद्धा के साथ ताई की हर बात में हामी भरता जा रहा है। ताई ने पूरे तेरह दिन का फैलाव बता दिया था। चन्दर सब कुछ उसी तरह से करना चाहता है जिस तरह से वह सब होना चाहिए। वह हाथ खोलकर दान-पुण्य और पूजा-पाठ पर खर्च कर रहा है। बाबा, दादी और बप्पा के निधन पर इतना फैलाव था, ऐसा कुछ याद नहीं आ रहा। मैं और वीना चुपचाप थोड़ी दूर पर बैठे हैं।

"चन्दर को हो क्या गया है? बेवकूफों की तरह हर बात में सिर हिलाता चल रहा है। इस तरह करेगा तो यह पंडित और गाँव वाले रस्मों के नाम पर पागल बना देंगे।" मैंने वीना से कहा था, "इसे समझाओ वीना।"

वीना थकी और उदास लग रही है। वह सुस्त सा मुस्कराई थी, "चन्दर इस समय कोई बात नहीं सुनेगा दीदी। कर लेने दीजिए उसे सब कुछ अपने मन की शान्ति के लिए।"

मैंने सवाल करती निगाह से वीना की तरफ देखा था। वह फिर से उसी तरह मुस्कराई थी, "चन्दर अम्माँ से माफी माँगना चाह रहा है दीदी। उसे मत रोकिए।" हँसती हुई वीना की आँखों में आँसू भरने लगे थे।

मैं चुप हूँ। कहने के लिए कुछ है भी नहीं। पर दिल और दिमाग में बातों के अंधड़ चल रहे हैं। मेरी निगाहें ताई, पंडित जी और गाँव के कुछ लोगों के बीच बैठे चन्दर पर जम गयी थीं। कितनी अजीब बात है कि अक्सर बहुत दमख़म के साथ जीने वाला इंसान अपने आप को ख़ुद भी नहीं जानता। जानता होता तो आज

चन्दर इतना बेचैन न होता और अपने आपको पराजित महसूस न कर रहा होता। तब अम्माँ भी गाँव के अपने घर में अपनी ज़िन्दगी के आख़िरी दिन इस कदर अकेले बिताकर यूँ चुपचाप न चली गयी होतीं। चन्दर को न तब होश था जब अम्माँ जीवित थीं और न अब होश है जब वह उनके नाम पर कुछ भी करने को तैयार है। इतना दुख—इतनी बेचैनी—इतना ख़र्चा—कुछ भी तो हासिल नहीं।

37

अम्माँ को इस दुनिया से गये पाँच साल बीत चुके हैं। बहुत याद आती है उनकी। उनके जीते जी तो कभी समझा ही नहीं था कि मुझे उनसे इतना प्यार है। अपना नियमित गाँव जाते रहना और उनकी ज़िन्दगी से जुड़े रहना एक फर्ज़ अदायगी और सालों से बन चुकी दिनचर्या जैसा लगता था। तब कभी सोचा ही नहीं था कि उनके जाने के बाद मन उनके लिए इतना व्यथित रहेगा।

अम्माँ एक रहस्य की तरह जीं और उसी तरह से चुपचाप चली गयीं। कब, किसकी, कौन सी बात बुरी लगी या कितनी बुरी लगी कभी मुँह पर लाती ही नहीं थीं। कभी-कभी अजीब लगता है कि वे मुझे भी इतना अपना नहीं समझ पायीं कि चन्दर से आहत हुई थीं तो कम-से-कम मुझसे ही अपने मन का दुख कह लेतीं। आज सोचती हूँ कि इतने अकेलेपन के साथ कोई कैसे जी सकता है। ये भी नहीं समझ पाती हूँ कि यूँ चुप रहकर वे चन्दर का मान सम्मान ढँके रहीं या चन्दर से अपने रिश्ते का? वर्षों मैं चन्दर से गुस्सा रही—आज भी गाहे-बगाहे उससे कुछ तीखा बोल ही जाती हूँ। माँ का अकेलापन याद आता है तो सब आगा पीछा भूल जाती हूँ। पर शायद संजय ही सही हैं कि "चन्दर पर गुस्सा नहीं तरस आता है। एकदम बच्चों की तरह। अम्माँ के लिए अपनी फीलिंग न उनके जीते जी समझ पाया और न उनके जाने के बाद ही हैंडिल कर पा रहा है।"

क्या सही क्या ग़लत—मैं कई बार उलझ जाती हूँ।

अम्माँ के निधन के बाद अब गाँव जाने का मन नहीं करता। पर लम्बा समय बीत जाता है तो कुछ गलत सा लगता रहता है। बिट्टो है न वहाँ। मामी ने मुझसे बिट्टो का ख़्याल रखने के लिए कहा था। यूँ तो उसके लिए कभी कुछ ख़ास नहीं किया—पर फिर भी बहुत दिन न मिलने पर कुछ ग़लत सा लगने लगता है।

पिछले हफ्ते गाँव गयी थी। मुझे देखकर सतनाम गाय-भैंस को चारा भूसा डालने की एक लकड़ी की नाँद पीछे जाकर उठा लाया था। घर के बाहर जहाँ कभी जानवरों का तबेला बना था, वहीं कहीं पड़ी मिली है उसे। नाँद के किनारों को

गायों ने चबा रखा है।

"तुम्हारे कोई काम आए तो तुम इसे ले जाओ सतनाम, नहीं तो इसमें कोई गमला लगा दो।" मैंने कहा था।

सतनाम अजब सी निगाह से उस नाँद को देखता रहा था, "पता नहीं यह हिंया कैसे छूटि गयी। बब्बा जी तो गैया भैंसिया का सब्बै सामान बहना के लगै पठाय दिहिन रहै।"

मुझे पता है कि सतनाम बड़ी बुआ को बहना पुकारता है। मेरे कुछ समझ नहीं आया था। सतनाम मेरी तरफ देखता रहा था जैसे जो कुछ मन में था उसका बोझ सँभाल न पा रहा हो। उन्हीं निगाहों से मेरी तरफ देखते हुए उसने अपनी बात पूरी की थी, "बब्बा साहब जनावर बेचिन नहीं रहै। बहना के ठिंया पठाय दिहिन रहै।"

मैं आश्चर्य से सतनाम की तरफ देखती रही थी। पूरी बात समझ पाने में मुझे समय लगा था। मुझे अच्छा लगा था कि अपने निधन से पहले बब्बा अपने बूते भर बेटी की मदद कर गये थे। ऐसा लगा था जैसे मेरे मन से कोई पुराना बोझ हट गया हो। एक अन्जाना सा सुकून। बाबा ने सब काम बहुत सोचकर किया था। कहने को बाबा ने रज्जन भैया की बकवास का बहाना लिया था पर सही समय चुनकर उन्होंने अपनी बेटी की मदद की थी। अपनी पूरी ज़मीन दोनों बेटों में बाँट दी थी और डेरी अपनी अभावग्रस्त बेटी को सौंप दी थी—बिना किसी को बताये। भैया की आत्महत्या के बाद उस दिन बब्बा के उन आर्तनाद जैसे वाक्यों का मतलब आज समझ पा रही हूँ, "न जाने का सोचत सोचत समय निकल गवा। अब कछु नाही हो सकत है—कछु नाहीं।" बाबा ने जैसे मजबूर विलाप किया था और बहुत देर तक अपने सिर को धीरे-धीरे बाएँ से दाएँ हिलाते रहे थे। बाबा ने अगर बुआ को डेरी जल्दी सौंप दी होती तो उनके बेटे जयराम भैया ने आत्महत्या न की होती। शायद वह त्रासद अन्त नियतिबद्ध था।

बाबा ने बुआ को आमदनी का एक ज़रिया दे दिया था। अपना राज़दार बनाया भी तो किसे—सतनाम को। वह इतने सालों तक चुप रहा। आज उसने मुझे बताया है जब वह पिछली पूरी पीढ़ी जा चुकी है—हमारी पीढ़ी से रज्जन भैया भी।

न जाने कितना कुछ याद आने लगा था। बाग किनारे पड़ी खटिया पर बैठकर उस दिन बब्बा ने मुझसे कितनी बातें की थीं। कुछ ही दिन पहले वे ज़मीन का बँटवारा कर चुके थे। दोनों बेटों के घर भी अलग हो गये थे और दोनों घरों को अलग करती और आपस में जोड़ती एक कच्ची दीवार खड़ी हो चुकी थी। बाबा जब भी कोई गम्भीर बात करते थे तो अपनी बड़ी सी आँखों को सामने वाले के चेहरे पर इस तरह गढ़ा देते जैसे वे अपने पपोटों से बाहर को निकल आई हों।

उस दिन भी बब्बा कुछ क्षण तक मेरी तरफ घूरते रहे थे। उन्होंने अपने दोनों हाथों की हथेलियों की तरफ देखकर बिन आवाज़ उन्हें आपस में थपथपाया था, ''हमरे बड़के बब्बा कहत रहै—मनई का ऐसै करै चहि कि एक हाथ से देय तो दूसरे को ख़बर नाहि होय के चहि—सब कुच्छ चुपै चाप।'' उन्होंने बारी बारी से अपने दोनों हाथों की हथेली को खोलकर सामने किया था।

उम्र की आख़िरी दहलीज पर खड़े हुए बब्बा अपने बब्बा की बात कर रहे थे—जैसे वे कोई छोंटे से बच्चे हों। मुझे अजीब लगता रहा था। बब्बा के बब्बा—मैं सोचती रही थी—वर्षों का हिसाब लगाती रही थी। उनकी बात का असली सन्दर्भ तो आज इतने सालों बाद समझ में आ रहा है—आज जब बाबा, दादी, ताऊ, ताई, रज्जन भैया सब इस दुनिया से जा चुके हैं। आज भी अगर सतनाम मुँह न खोलता तो मुझे कुछ भी पता नहीं चलता। उनमें से अब कोई जीवित नहीं है शायद इसीलिए सतनाम वह बात कह सका—नहीं तो इतने सालों से तो वह चुप ही था। मैंने सतनाम से उस बारे में कुछ भी नहीं पूछा था। दिमाग में न जाने कितनी बातें याद आती रही थीं। बाबा का पश्चाताप भी।

मैं कुछ देर सतनाम से घर के बाहर लगे फूल पौधों की बात करती रही थी। कुछ पौधों को अपने लिए बाँधने को कहा था और फिर मैं बिट्टो के पास चली गयी थी।

उस दिन से बिट्टो का उदास चेहरा और घुटी हुई सी आवाज़ जब तब दिमाग में घूमती रहती है, ''रघु के पास रहने का मन नहीं करता जीजी।'' जैसे उसने विलाप किया हो।

चन्दर और वीना आए तो मैंने चन्दर से बात की थी, ''चन्दर मुझे तुमसे कुछ पूछना है।'' मैंने कहा था, ''बिट्टो शायद रघु से परेशान है। वह उसके साथ नहीं रहना चाहती। कह रही है कि अगर तुम अम्माँ के घर का एक कमरा उसके लिए खोल सको तो...'' मैंने वाक्य अधूरा छोड़ दिया था—पर अपनी बात सीधे तरीके से चन्दर तक पहुँचा दी थी।

''अकेली रहना चाहती हैं?'' उसने आश्चर्य से पूछा था, ''और खाना पीना कैसे मैनेज करेंगी?''

''कहती है रज्जन भैया की पेंशन आती है। उसका पूरा पड़ जाएगा।''

''वह कोई बात नहीं है। वह तो हम लोग भी मदद कर सकते थे उनकी।'' चन्दर ने अपनेपन से कहा था।

''उसकी ज़रूरत नहीं है।''

चन्दर उठकर खड़ा हो गया था, ''चलो!''

"कहाँ?" मैंने हैरान होकर पूछा था।

"गाँव! चलकर घर खोल देते हैं और उन्हें चाभी दे देते हैं। एक कमरा क्यों वे पूरे घर में आराम से रहें।"

मैं चन्दर की तरफ देखती रही थी। लगा था कि शायद संजय ही सही कहते हैं कि इन सालों में चन्दर बहुत बदल गया है। बदल तो गया ही है—मैंने सोचा था। भला पहले की बात होती तो मैं उससे इतनी आसानी से अपनी बात कह पायी होती? वह भी बिट्टो के लिए? "अभी नहीं। खाना खा लें। तब तक तुम ठीक से सोच भी लो।"

"सोचना क्या है?" चन्दर बैठ गया था।

काफी देर तक हम लोग बिट्टो, रघु, पार्वती और गाँव की बातें करते रहे थे। साथ ही उन सबसे जुड़ी अनेको बातें—मामा, मामी, रज्जन भैया, ताई या कोई भी। थोड़ी देर में मैं खाना लगवाने के लिए अन्दर चली गयी थी। लौटकर बाहर आई थी तो देखा कि चन्दर चुप बैठा है और कुछ सोच रहा है। वीना और संजय मेडिकल कालेज की बातें कर रहे हैं। मैं ख़ुश हूँ कि चन्दर ने बिट्टो के अम्माँ के घर में रहने की बात पर हाँ कर दी है। पिछले हफ्ते से मन में उलझन बनी हुई थी कि अगर चन्दर राज़ी नहीं हुआ तो बिट्टो को न कहते मुझे तकलीफ होती। चन्दर ने मेरी तरफ देखा था, "पर मेरे यह समझ नहीं आया कि रघु को बिट्टो दीदी के रहने से परेशानी क्या है? फिर बदतमीज़ी करने की क्या बात है?" चन्दर के स्वर में हल्की सी तेज़ी और झुँझलाहट है।

मुझे होश ही नहीं रहा था कि मेरे स्वर में तुर्शी आ गयी थी। "कोई भी बेटा अपनी माँ से बदतमीज़ी क्यों करता है और उसे अपने घर में या अपनी निगाहों के सामने अपनी माँ का आना बुरा क्यों लगने लगता है—इसका कारण कैसे पता किया जा सकता है चन्दर?"

चन्दर ने स्तब्ध होकर मेरी तरफ देखा था। उसके चेहरे पर खिसियाहट है। अभी कुछ देर पहले तक वह तरोताज़ा दिख रहा था, अब वह उदास है। संजय ने मुझे घूरकर देखा था। हँसती हुई वीना गम्भीर हो गयी थी। मुझे देर तक बुरा लगता रहा था। आज इतने दिनों बाद हम लोग मिले थे। सब लोग ख़ुश थे और मैंने सारा माहौल ही बिगाड़ दिया था। वैसे भी मुझे अच्छी तरह से पता है यह बात कि माँ अब इस दुनिया में नहीं हैं—अम्माँ के हिस्से का दुख, अपमान और अकेलापन सब बीत चुका अतीत के गर्भ में। किसी भी जतन से उन्हें लौटाकर कोई सुख अब नहीं दिया जा सकता। जानती हूँ अब मैं कुछ भी कर लूँ अम्माँ की बीत गयी ज़िन्दगी में रत्ती भर भी तो कुछ बदला नहीं जा सकता—फिर बार बार उन्हीं बातों को कुरेदने

का मतलब? पर मैं क्या करूँ अम्माँ को लेकर जो मलाल मन पर काई की तरह जम गया है उसे वहाँ से हटा ही नहीं पाती। हज़ार संकल्प करने के बाद भी जब तब मैं कुछ-न-कुछ कह ही जाती हूँ।

खाने की मेज़ पर मैं चन्दर के बगल में ही बैठी थी और बहुत प्यार से उसको सर्व करती रही थी। बीच का भारीपन काफी कुछ छँट गया था। पहले की तरह आपस में हल्की-फुल्की बातचीत होती रही थी पर चन्दर के चेहरे पर सुस्ती बनी रही थी।

चन्दर ने घड़ी की तरफ देखा था, ''चलो गाँव चलकर काम निबटा लें।'' उसने कहा था।

खाने के बाद अब आलस्य लग रहा है। पर मैं उठकर खड़ी हो गयी थी। जानती हूँ कि बिट्टो भी इन्तज़ार कर रही होगी।

रास्ते में चन्दर बातें करता रहा था। गाँव की समस्याओं के बारे में और धीरे-धीरे गाँव में आने वाले बदलाव के बारे में भी।

बाराबंकी की तरफ जाने वाली चौड़ी सड़क पर सीधे चलते हुए चन्दर ने चौराहे से गाँव की तरफ गाड़ी मोड़ दी थी।

मैंने उसे टोका था, ''चन्दर आज इतवार है। इस तरफ हाट लगता है। इतवार को संजय इधर से कभी नहीं आते।''

चन्दर चुप है और उसी रास्ते पर आगे बढ़ लिया था।

मुझे हाट में दादी के साथ घूमते अपना बचपन याद आया था—बाबा की दुकान लगाना याद आया था—अनाज तोलते रज्जन भैया। तब तक मैं गाँव में ही थी—मामा के घर नहीं गयी थी। पूरे हफ्ते तब हम बच्चे हाट के दिन का इन्तज़ार करते थे। हाट का शोर, भीड़ और रौनक अच्छी लगती। घर की छोटी-मोटी ज़रूरतों की दादी ख़रीदारी करती रहतीं और हम बच्चे उनके आगे पीछे फुदकते रहते थे। गर्मी के दिनों में बरफ की हरी लाल चुस्की और जाड़े में दोने में रखी गरम पकौड़ी और उसके ऊपर पड़ी धनिया और इमली की खट्टी-मीठी चटनी। दादी हम बच्चों का लालच जानती थीं। घर में पैसे की बहुत तंगी होने के बावजूद वह हम सबको अक्सर एक छोटा दोना दिला देतीं। न जाने कैसे दादी का प्रभाव हम बच्चों के मन पर हावी होने लगता—वे सारी दुनिया से न्यारी लगने लगतीं। आज वह सब याद आया था तो अजीब लगा था। मन के पिछवाड़े अतीत कितने रूपों में पड़ा रहता है। उस बीते हुए में कुछ भी तो मनमोहक नहीं है, फिर भी क्या है वह जो इतने सालों बाद मन को मोह रहा है। बीती हुई ज़िन्दगी के मायने भले ही ख़त्म हो जाएँ पर वह कभी हमारा पीछा नहीं छोड़ती—हमारे साथ-साथ बनी रहती है। कभी-कभी

हमारे किसी रोज़मर्रा के अनुभव में पूरी तरह से भूल गया अतीत भी अचानक अपने किसी न किसी अंश में शामिल हो जाता है।

कुछ ही देर में दूर पर पोस्ट आफिस और पंचायत का छोटा सा भवन दिखने लग गया था। तब मुझे समझ आया था कि हम घर की तरफ जाने वाली सड़क पर पहुँच गये हैं। मुझे अजीब लगा था, ''अरे! इतनी जल्दी कैसे?''

चन्दर हँसा था, ''अब यह सीधी सड़क बन गयी है। सो उतना दूर नहीं पड़ता। अब वहाँ हाट नहीं लगता—उस तरफ की सड़क पक्की कर दी गयी है और अब उस तरफ बढ़िया मार्केट बन रहा है। लोग तो कह रहे हैं कि लखनऊ के कुछ शानदार शोरूम उधर आ रहे हैं।'' चन्दर ने मेरी तरफ देखा था, ''एक ही गाँव होने पर भी जो घर सड़क के किनारे बने हैं या जो गाँव के एकदम शुरू में हैं उनको फायदा मिलता है। वहाँ सड़कें, बिजली, पानी का कनेक्शन सबसे पहले पहुँचता है।

''हाँ! शायद तुम ठीक कह रहे हो। हमने इस तरह से पहले कभी सोचा ही नहीं। वैसे भी सबसे पहले शहर आसपास के इलाकों में ही तो पहुँचेगा। अन्दर तक पहुँचने में तो समय लगेगा।''

''हाँ ज़रूरी भी नहीं है कि वहाँ तक शहर पहुँच ही जाए।'' चन्दर के स्वर में अजब सी निराशा है।

मैंने चारों तरफ अपनी गर्दन घुमाकर देखा था। दूर-दूर पर एक दो खेतों की पक्की सीमेंट की बाउंड्रीवाल बन गयी हैं—कुछ की बन रही है—आधे-चौथाई पक्के घर भी। अब समझ आया था कि उस दिन गाँव में अपने घर की खिड़की से मैंने खेतों के पार बनती इन्हीं चौड़ी सड़कों को और बनते हुए घरों को देखा होगा। मैंने गर्दन ऊपर उठाकर देखा था—बहुत ऊँचे लैंप पोस्ट, जिन में अभी बिजली का कनेक्शन नहीं लगा है पर जो जल्द ही बिजली आने की सूचना देते हुए से सिर तानकर खड़े हैं। मैं देखती रही थी। यह सब सड़कें गाँव की तरफ जा रही हैं। पर अभी गाँव के उतने नज़दीक नहीं पहुँची हैं जितनी उस दिन अपने घर की खिड़की से लगी थीं।

चन्दर ने गाड़ी एकदम धीमी कर दी थी और थोड़ा आगे बढ़कर दाहिनी तरफ को मोड़कर टेढ़ी करके रोक दी थी। खेतों और उनके पीछे बनी कच्ची सड़कों के पार बहुत दूर बनती हुई सड़क की तरफ उसने इशारा किया था। वहाँ बड़ी-बड़ी मशीनें और बहुत सारे मज़दूर दिख रहे हैं, ''देख रही हो! इस कोने से दिखता है। वह बंधा बन रहा है। जिस दिन यह पूरा हो जाएगा, हमारे गाँव की सड़कों से सीधा कनेक्ट हो जाएगा। सुन रहे हैं कि यह शहर का सबसे पॉश इलाका बनकर तैयार होगा।'' उसने दूर बाएँ तरफ इशारा किया था, ''वहाँ खेत और पगडंडियों दिख रही

हैं? हम लोगों ने उधर उस गाँव की ही ज़मीन ख़रीदी है। हमारे गाँव से भी पहले वह शहर में शामिल हो जाएगा। यह सारे इलाके हज़रतगंज और गवर्नर हाउस से एकदम निकट पहुँच जाएँगे।''

मैं चकित सी चारों तरफ देखती रही थी।

''यह मत सोच लेना कि हमारी सरकार हमारे गाँवों की तरक्की के लिए यह सब कर रही है।'' चन्दर अजब सिनिकल सी हँसी हँसा था, ''इनके शहरों को हमारी जमीनों की ज़रूरत होने लगी तो चले आए टहलते हुए। गाँव की तरक्की करना होता तो काम गाँव के बाहर से नहीं अन्दर से या बीच से शुरू होता।'' उसके स्वर में रोष है।

''कारण जो भी हो कुछ तो बेहतर हुआ। देर सबेर अन्दर भी पहुँचेंगे ही।'' मैंने कहा था।

''कोई ज़रूरी भी नहीं है।'' चन्दर ने सोचते हुए कहा था, ''उतने ही अन्दर तक पहुँचेगा जितने की ज़रूरत इनके शहर को होगी।'' चन्दर ने मेरी तरफ देखा था।

''सोचो दीदी इन गाँवों में तो किसी ने कुछ काम किया ही नहीं है। लखनऊ से एकदम नज़दीक बने इन गाँवों तक में अभी तक बिजली, सड़कें, पानी, नहीं—कायदे का अस्पताल कायदे का स्कूल कुछ भी नहीं—जैसे गाँव वाले इंसान नहीं जानवर हों। केवल बातें और झूठे वादे। इन गाँव वालों की न माँगें बड़ी हैं न सपने। सच बात यह है कि इनको तो ठीक से अपनी ज़रूरतें भी नहीं पता। राजनीतिक दल इन्हें जो बता देते हैं वही इनको सही लगने लगता है—ज़रा सी मुन्ना भैया की और बना लो इनको मूरख। नेता और अफसरों की शान शौकत, आगे पीछे पुलिस देखकर रोब खाते हैं। हम जैसे लोगों की गाड़ियाँ और कोठियाँ देखकर इम्प्रैस होते हैं। बताओ उस सबसे इन्हें क्या फायदा—क्या मिलना है इन्हें—पर ख़ुश हैं कि फलाना उनसे मिलने उनके दुआरे तक आया है। कितना आसान है इनको ख़ुश करना। हमारे चालाक नेता लोग जानते हैं यह बात अच्छी तरह से। इसीलिए सत्ता में आने के बाद आराम से अपने वादे भूल जाते हैं और पाँच साल बाद फिर से उन्हीं वादों के साथ मैदान में आ जाते हैं। कोई इनसे यह भी नहीं कहता कि पिछली बार क्या किया इसका तो जवाब दो।'' चन्दर गम्भीर है, ''उनको हमेशा लैसर ह्यूमन समझा गया है।'' कुछ क्षणों के लिए चन्दर चुप हो गया था जैसे कुछ सोच रहा हो। उसके चेहरे पर दुख है। ''सच ही तो है, जब इन्हें अपने हक के लिए खड़े होना और अपना गुस्सा ज़िन्दा रखना आता ही नहीं तो हेय इंसान तो हैं ही।''

''गुस्सा ज़िन्दा रखना!'' मैं चन्दर की तरफ देखती रही थी और सोचती रही थी। अम्माँ ने यही तो किया था। आहत हुई थीं तो उस बात को कभी भूली ही

नहीं—कभी भूलना चाहा ही नहीं। क्या था वह? स्वाभिमान? या एक ज़िद? या सिर्फ गुस्सा? इस तरह से कि रिश्ते ही दाँव पर लग जाएँ और इंसान स्वयं एकदम अकेला हो जाए। जिस सम्मान की बात चन्दर कर रहा है—सच ही अम्माँ ने बहुत बड़ी कीमत देकर भी उससे समझौता नहीं किया। और गाँव के लोग? क्या करेंगे गुस्सा करके और उस गुस्से को ज़िन्दा रख के? विद्रोह ही तो पनपेंगे। सरकारों को कोई फरक पड़ेगा क्या? जिनके गुस्से बहुत बहुत जायज़ थे वे ही सही नहीं थे—कानून या समाज किसी की भी निगाह में नहीं। गुस्से को ज़िन्दा रखकर ही तो नक्सलबाड़ियाँ पनप गयीं—न देश को कुछ मिला न आन्दोलनकारियों के हाथ कुछ आया—दोनों तरफ की बर्बादियाँ। दोनों तरफ अपने ही लोग तो थे फिर भी आपस में खून बहाया गया। न जाने कितने घर उजड़े, गाँव उजड़े, न जाने कितने लोगों की जानें गयीं—दोषियों के साथ न जाने कितने निर्दोष जेलों में ठूँसे गये। कीमती ज़िन्दगियाँ दाँव पर लग गयीं—पूरे के पूरे परिवार तबाह हो गये। जिन नेताओं ने उनकी आग को भड़काकर उन्हें अपना चुनावी मोहरा बनाया था उन्होंने भी तो उनका साथ नहीं दिया—उन्हें अपने से दूर धकेलकर ख़ुद पाक-साफ निकल लिये।

"सच बात यह है कि इनको सही नेता मिले ही नहीं हैं।" चन्दर ने सोचते हुए बहुत धीरे से कहा था। वैसे भी इन्हें क्या चाहिए? बस इनकी बेसिक ज़रूरतें पूरी कर दो—इनके घर और खेत खलिहान तक सड़कें—थोड़ी बहुत रोशनी—बच्चों के लिए स्कूल और इलाज के लिए अस्पताल। पैदा गाँव में होते हैं और मरने के लिए—या दो चार और साँसों के लिए शहर भागना पड़ता है—नहीं तो मरते रहो यहीं। मरने के हज़ार बहाने—हैज़ा, टायफायड, सैप्टिक, चाइल्ड बर्थ—कुछ भी।"

मुझे भाभी याद आती हैं, "मरने के लिए शहर"। सच तो है। गाँव में अगर डॉक्टर अस्पताल होता तो शायद भाभी न मरतीं। फिर उतनी तकलीफ। सोचकर ही दिल दहल जाता है। कितनी सच्ची हैं इन गाँव वालों की तकलीफें।

मुझे अचानक संजय की बात याद आई थी, "लगता है चन्दर पॉलिटिकली इन्क्लाइन्ड हो रहा है। वह बहुत ज़्यादा गाँव की बात करने लगा है।"

"तुम क्या राजनीति में आने की बात सोच रहे हो चन्दर?" मैंने अचानक पूछा था।

चन्दर उसी मुद्रा में चुप बैठा रहा था, "पता नहीं।" उसने काफी लम्बे क्षण बीतने के बाद कहा था।

उसने हामी नहीं भरी थी, किन्तु इनकार भी नहीं किया था। वह सिर उठाकर विण्डस्क्रीन के पार दूर तक देखता रहा था। शीशे से छनकर धूप उसके चेहरे पर पड़ रही है, "पता नहीं!" उसने एक बार फिर कहा था, "जब गाँव से गया था तब

छोटा था। गाँव जैसा था वैसा ही हमें समझ आता था। जैसे गाँव का वैसा ही होना ज़रूरी था। कभी सोचा ही नहीं कि यहाँ सड़कें नहीं, घरों में नल और बिजली नहीं, बच्चों के लिए प्रापर स्कूल नहीं, अस्पताल नहीं—कुछ भी तो सही नहीं है। कभी मन में यह भी नहीं आया था कि यहाँ यह सब क्यों नहीं है? कोई गुस्सा, कोई अफसोस, कोई ईर्ष्या—कुछ भी नहीं।'' चन्दर चुप हो गया था जैसे कुछ सोच रहा हो। ''अब यहाँ कुछ बरस पहले लौटा हूँ।'' उसने गर्दन घुमाकर मेरी तरफ देखा था, ''तुम प्लीज़ मुझे मेरा सही ग़लत मत बताने लगना। मैं अब कुछ नहीं कर सकता उसके लिए।'' उसके चेहरे पर दुख और स्वर में लाचारी है। मैं खिसिया जाती हूँ। उसकी निगाहों से बचती हुई मैं उसी तरह से बैठी रही थी। ''अब यहाँ लौटा हूँ तो यहाँ का सब कुछ मुझे परेशान कर रहा है—तकलीफ दे रहा है। यहाँ के हालात—और यहाँ के लोगों के एटीट्यूड—हर ज़्यादती को झेलने के लिए तैयार। हम शहर वाले इनके देहातीपन पर हँसते हैं। इनके टोने-टोटके के इलाज—इनकी इग्नोरेंस—इनकी जाहिलियत—सब पर। सोचो अगर दीदी इन हालातों में इनमें हर चीज़ की समझ आ जाए तो क्या कर लेंगे यह? कहाँ से लाएँगे सब कुछ? पागल नहीं हो जाएँगे क्या? अच्छा है जाहिल हैं—अच्छा है टोने-टोटके से इलाज करते हैं। अच्छा है गन्दगी और असुविधाएँ इन्हें दिखाई नहीं देतीं। अपने हर दुर्भाग्य को किस्मत का लिखा मान कर झेल लेते हैं।

वह थोड़ी देर के लिए चुप हो गया था, ''अब मुझे सब कुछ तकलीफ दे रहा है।'' उसने अपनी बात दोहराई थी। नेताओं और अफसरों का लैक आफ कन्सर्न।'' उसने हाथ उठाकर बनते हुए बंधे की तरफ इशारा किया था, ''अब यह शहर वहाँ तक आ गया है—कोई बड़ी बात नहीं कि वहीं पर रुक जाए। पहले सड़कें, बिजली पानी हमसे पन्द्रह-बीस किलामीटर दूर था अब केवल पाँच किलोमीटर रह जाए। सोचो कोई फायदा हुआ क्या तब? चलो यहाँ तक आ भी गया तो और अन्दर जाकर बाकी और गाँव में क्यों नहीं। अन्दर हमारे गाँव में चला भी गया तो अगल बगल के और गाँवों में क्यों नहीं? पूरा न्याय तो नहीं हुआ न। बिके हुए नेता और निकम्मे अफसर। कोई तो कुछ करे।'' उसका स्वर एकालाप जैसा सिनिकल होने लगा था, ''सरकार में बैठे लोग थोड़े से सीन्सियर हो जाएँ और थोड़ी सी सही प्लानिंग करें तो इन गाँवों को चमन बनाना कठिन है क्या?'' चन्दर मेरी तरफ देख रहा है। ''गाँव तो वही हैं या उससे भी बदतर हालत में हैं जहाँ दस, बीस या तीस साल पहले थे। न जाने कितने खेतिहर किसान आज खेतिहर मज़दूर की हैसियत पर पहुँच चुके हैं। क्योंकि खेती की नई ज़मीनें ख़रीदी नहीं गयीं और हर बीतती पीढ़ी के साथ वे बँटती गयीं और छोटी होती गयीं—या छोटी मोटी ज़रूरतों के लिए

बिक गयीं। रूकन्दे चाचा के दोनों छोटे बेटे अपने हिस्से की ज़मीनें बेचकर गाँव छोड़कर शहर जाना चाहते हैं। घर में सब उनसे बहुत नाराज़ हैं। पूरे गाँव में उनके नाम की थू थू हो रही है। पर बताओ कहाँ ग़लत हैं वे ? खेतिहर मज़दूर बनकर गाँव में रहना है तो इससे अच्छा शहरों में जाकर कुछ काम कर लें। कम-से-कम बच्चों को स्कूल, बीमारों को अस्पताल तो मिलेंगे। हो सकता है अगली पीढ़ी तरक्की ही कर ले। यहाँ रहकर तो कुछ भी सम्भव नहीं है।'' चन्दर गर्दन मोड़कर अभी भी मेरी तरफ देख रहा है, ''इस तरह के किसानों की अन्तिम नियति क्या हो सकती है ?'' चन्दर ने अजब सी मुद्रा में पूछा था यह सवाल। मैं चुप हूँ। न कोई जवाब ही सूझा था—न पूरा सवाल समझ आया था। अपनी बात उसी ने पूरी की थी—''यही न कि ये किसान अपने आप को मिट्टी में मिल जाने दें।''

मैं एकदम से परेशान हो गयी थी, ''यह तो बहुत डरावना है।'' मैंने घबराकर कहा था।

''वही तो।'' चन्दर फीका सा हँसा था, ''बस एक ही रास्ता तो बचता है कि सरकार और समाज अब इन हाशिये पर पहुँच चुके किसानों को लेकर गम्भीर हो जाएँ और कुछ उपाय खोजें। न नेताओं के भाषण से कुछ होगा न लेखक और कवियों की आँसू पोंछ कहानी और कविताओं से।'' अपनी ही बात पर वह हँसा था पर उसका चेहरा कठोर हो गया था, ''कुछ तो किया जाना ज़रूरी है ही। हम लोग ऐसे तमाशबीन की तरह बैठे कैसे रह सकते हैं।'' उसके स्वर में बहुत थकान है।

सही तो कह रहा है वह। मैंने सोचा था। कुछ तो किया ही जाना चाहिए। मुझे पापा याद आते हैं। गाँव की समस्याओं के बारे में बात करते हुए एक बार ऐसा ही कुछ उन्होंने चन्दर से कहा था। ''तुम्हारे गाँव में इतने बुरे हाल हो जाएँ—लोग सुसाइड तक करते रहें—तुम तमाशबीन की तरह बैठे कैसे रह सकते हो चन्दर ?''

मैं सोचती रही थी।

तभी चन्दर ने कहा था, ''हम लोगों ने अपने खेतों की उपज देखी है या आसपास के एक दो लोगों की। मैं सोच रहा था कि आसपास के गाँवों में से सबकी उपज मिला दो तो वह अनाज की पूरी इन्डस्ट्री है।''

मैंने चौंककर चन्दर की तरफ देखा था। वह स्टीयरिंग व्हील पर हाथ रखकर मेरी तरफ को मुड़कर बैठा है। मैं उसकी तरफ देखती रही थी। अभी कुछ क्षण पहले मुझे लगा था कि शायद चन्दर पालिटिक्स में आना चाह रहा है। अब मेरे दिमाग में गया था कि क्या वह व्यापार करना चाह रहा है—जैसे शहर के व्यापारी गाँवों से कर रहे हैं—जिन्हें अभी चन्दर मिडिलमैन कह रहा था।

चन्दर ने मेरी आँखों में कुछ देखा होगा। "इस पूरी डील में मुझे कोई फायदा नहीं चाहिए दीदी। उसके लिए मेरी वकालत मुझे बहुत दे रही है। बस मैं यह चाहता हूँ कि गाँव की उपज और आमदनी के बीच से मिडिलमैन हट जाय। पूरा फायदा किसानों को मिले। कोई बहुत मुश्किल काम नहीं है। मैं फसल को सँभाल लूँ और तुम यहाँ के चिकन और ज़रदोज़ी के वर्क्स के बीच से मिडिलमैन हटा दो। कुछ भी कठिन नहीं है। बस ऐसे लोग चाहिए जो अपने लिए नहीं इन लोगों के लिए काम करें। ज़रा सोचो जो पैसा वे लोग कमा रहे हैं वह इनके बीच आने लगे तो कितनी खुशहाली यहाँ आ सकती है। तुम्हें पता है जिस चिकन और ज़रदोज़ी के काम का यह व्यापारी लोग लाखों करोड़ों रुपया कमा रहे हैं—और इतनी वाहवाही—शो केसिंग—उसका इन कारीगरों को पेट भरने लायक पैसा भी नहीं मिलता। सब कुछ पैथेटिक है।" चन्दर चुप हो गया था और मेरी तरफ देखता रहा था, "कुछ भी नहीं करना दीदी—सिर्फ बीच से मिडिलमैन को हटाना है।" उसने अपनी बात दुहराई थी। वह कुछ क्षण के लिए फिर चुप हो गया था, "हम भाई बहन इस गाँव को चमन बना सकते हैं।" उसके चेहरे पर शिशु जैसा उत्साह है, "फिर आसपास के गाँवों को। हम हैं, तुम हो, बिट्टो दी और पार्वती को भी लगा सकते हैं। शुरू में थोड़ा पैसा लगाना पड़ेगा—मैं लगाँऊगा। फिर चेन बन जाएगी। अपनी लागत निकालकर पूरा फायदा इन कारीगरों को। अनाज का पूरा पैसा इन किसानों को।"

मैंने चन्दर की आँखों में सपना देखा था। मुझे शिद्दत से पापा याद आते हैं।

चन्दर ने अचानक चौंककर घड़ी की तरफ देखा था और हँसा था, "अरे हम लोगों को यहाँ पर बैठे हुए पौना घण्टा हो चुका।" उसने गाड़ी स्टार्ट कर दी थी।

चन्दर ने गाड़ी ताऊ के घर के सामने रोक दी थी। रघु और पार्वती बाहर निकल आए थे। उनकी आँखों में चन्दर के लिए पहचान है। चन्दर की शायद उन लोगों से मुलाकात होती रहती है। बिट्टो अन्दर अपनी कोठरी में होगी जिसे सब तिदरी कहते हैं।

मैं बिट्टो के कमरे में गयी थी। एक कमरे के अन्दर दूसरा कमरा और फिर उसके अन्दर यह तीसरी कोठरी। अन्दर लगभग अँधेरा है। मेरी आँखों को उस धुँधलके की अभ्यस्त होने में समय लगा था। चन्दर ने अपना घर ठीक करा लिया था। उससे पहले अपने घर में भी तो इसी तरह से एक के अन्दर दूसरा कमरा बना हुआ था। चन्दर ने अन्दर की दोनों कुठरियों को तोड़कर एक कमरा करा दिया था और उनमें बड़ी सी खिड़की लगवा दी थी। अपने घर की वह पुरानी वाली शक्ल तो मैं लगभग भूल ही चुकी हूँ। मैं चुपचाप खड़ी रही थी। मैंने अम्माँ के अकेलेपन से दुखी होकर न जाने कितनी बार अफसोस किया था कि इससे अच्छा मैं चन्दर

को गाँव से अपने साथ न लाई होती तो बुढ़ापे में अम्माँ का बेटा तो उनके पास होता। कितनी बार यह बात सोची थी मैंने। वीना और अम्माँ से कुछ ऐसा कहा भी था। आज इस कमरे में खड़े होकर अजब तसल्ली सी महसूस कर रही हूँ कि अम्माँ अकेली थीं तो क्या पर चन्दर के बनवये घर में सुविधा से रह रही थीं। इस तरह के अँधेरे बन्द कमरे में अम्माँ के रहने की बात नहीं सोचना चाहती। उस घर का साजो सामान उनके लिए उनके सम्पन्न बेटे ने जुटाया था—उसके कारण चाहे जो भी रहे हों। कम-से-कम वे अपने ही घर के सबसे अन्दर वाले अँधेरे कमरे में रहकर बेटे की आँखों में अपने लिए ऊब और तिरस्कार देखकर जीने के लिए बाध्य नहीं थीं। बिट्टो और पार्वती के बीच में प्यार है—कौन जाने अम्माँ की वह बहू वैसी न होती। लगा था अम्माँ के जीवन में कुछ बुरा होते होते बच गया और कुछ बहुत अच्छा हुआ था। यह भी जानती हूँ कि अम्माँ के मन में अपने बच्चों की उपलब्धियों के लिए बहुत गर्व था—एक अद्‌भुत तसल्ली। वह एक ऐसा सुख था जो उनके हर दुख को हल्का कर देता था। आज अचानक लगा था कि ज़िन्दगी का हिसाब किताब अन्तत: अंकों में ही सिमटता है—कुछ खोया और कुछ पा भी लिया। सही ग़लत का मापदण्ड केवल इतना हो सकता है कि कितना खोया और कितना पा लिया।

बिट्टो जग गयी थी और मुझे देखकर वह ख़ुश हो गयी थी। हम दोनों बाहर आ गये थे।

चन्दर ने बिट्टो की तरफ देखा था। प्रणाम में उसके घुटने पर हाथ लगाया था, ''चलिए दीदी आपको अम्माँ के घर शिफ्ट करने आए हैं। अब आप उसी घर में रहिए और उसे अम्माँ की तरह से ही मेनटेन करिये। आप उनकी ख़ास लाड़ली थीं तो आप ही वह काम सबसे अच्छी तरह से कर सकती हैं। हम लोग आते हैं तो बन्द घर देखकर तकलीफ होती है।'' अन्त तक आते उसका स्वर भावुक होने लगा था। सबके चेहरों पर ही उलझन और बहुत सारे मिले-जुले भाव हैं—अलग-अलग तरह के।

मेरे मन में इस समय चन्दर के लिए बहुत आभार है। उसने एक कठिन स्थिति को बहुत अच्छी तरह से सँभाल लिया है। मैं डर रही थी कि रघु और पार्वती के सामने बिट्टो के अम्माँ के घर में रहने की बात कैसे की जाएगी। इस समय खुशी का इज़हार भले ही किसी ने खुलकर नहीं किया था पर सब उत्साहित लग रहे हैं—रघु, पार्वती और बच्चे।

चन्दर ने मेरी तरफ देखा था, ''ठीक है दीदी?'' उसने पूछा था।

''परफैक्ट!'' मैंने ख़ुश होकर कहा था।

चन्दर ने रघु और पार्वती की तरफ देखा था, ''कोई प्राब्लम तो नहीं है न?''

दोनों ने आगे पीछे अपनी गर्दन हिलाई थी।

सतनाम ने अच्छी तरह से घर की झाड़-पोंछ कर दी है। किचन की सफाई करके बर्तन कायदे से लगा दिए हैं। बाज़ार से लाया खाना पकाने का सामान उसने करीने से सजा दिया है। उदास वीरान सा घर अचानक गुलज़ार लगने लगा था। बिट्टो का जो भी थोड़ा बहुत सामान था उसके साथ हम लोगों ने उसको उसी समय शिफ्ट कर दिया था। कमरे में बनी अल्मारी मैंने खोली थी और उसमें अम्माँ के कपड़ों के साथ बिट्टो के कपड़े रख दिये थे। "बिट्टो यह सब इस्तेमाल करना—साड़ियाँ, चादर, बर्तन क्राकरी—हम सबको अच्छा लगेगा।" मैंने अम्माँ की तस्वीर की तरफ देखा था—"उन को भी अच्छा लगेगा। अपनी ज़िन्दगी के आख़िरी दिन वह यह सब इस्तेमाल करना चाहती थीं।"

सतनाम बाहर से कुछ फूल तोड़ लाया था और उसने अम्माँ की तस्वीर के सामने रख दिये थे। पिछले हफ्ते जब मैं यहाँ आई थी तब भी यह फूल इसी तरह से रखे हुए थे। मेरी निगाहें अम्माँ की मुस्कराती तस्वीर पर गढ़ जाती हैं। मुझे लगा था वे ख़ुश हैं।

हम लोग चलने लगे थे तो चन्दर ने बिट्टो के घुटने पर हाथ लगाया था। पार्वती से कुछ कहा था और रघु का कन्धा थपथपाया था और हम लोग बाहर निकल आए थे। चलने से पहले मैं बिट्टो से धीरे से कह आई थी कि वह रात में रघु के बच्चों को अपने पास सुला ले। अम्माँ को जब भी घर में अकेले छोड़कर निकलती थी तो तकलीफ होती थी—दरवाज़े पर अकेली खड़ी वे परित्यक्त और अभिशप्त लगने लगती थीं।

कार का फाटक खोलने से पहले मैं घर की तरफ देखती रही थी। बिट्टो बाहर के दरवाज़े पर खड़ी हुई है। उस दिन अम्माँ को भी तो इसी जगह खड़ा छोड़कर गयी थी। मेरी निगाहें वहीं ठहरी रहती हैं।

"क्या देख रही हो?" मेरी निगाहों का पीछा करते हुए चन्दर ने घर की तरफ देखा था।

"कुछ नहीं।" मैंने कहा था। बिट्टो की तरफ देखकर हाथ हिलाया था जैसे उस दिन अम्माँ को हाथ फहराकर विदाई ली थी। मैं चुपचाप अन्दर बैठ गयी थी। चन्दर गाड़ी चला रहा है। मैंने उसकी तरफ देखा था। वह बहुत शान्त लग रहा है। उससे 'थैंक यू चन्दर' कहना चाहती हूँ—पूछना चाहती हूँ कि वह क्या सोच रहा है। पर उसकी गहरी सोच में व्यवधान डालने का मन नहीं किया था।

मैं चुप हूँ।

ooo